ANNE L. PARKS

CLEMÊNCIA

Traduzido por João Pedro Lopes

1ª Edição

2022

Direção Editorial:	**Arte de Capa:**
Anastacia Cabo	Buoni Amici Press, LLC
Tradução:	**Adaptação de Capa:**
João Pedro Lopes	Bianca Santana
Preparação de texto:	**Diagramação:**
Marta Fagundes	Carol Dias
Revisão Final:	**Ícones de diagramação:**
Equipe The Gift Box	macrovector_oficial/Freepik

Copyright © Anne L. Parks, 2021
Copyright © The Gift Box, 2022

Todos os direitos reservados.
Nenhuma parte do conteúdo desse livro poderá ser reproduzida em qualquer meio ou forma – impresso, digital, áudio ou visual – sem a expressa autorização da editora sob penas criminais e ações civis.

Esta é uma obra de ficção. Nomes, personagens, lugares e acontecimentos descritos são produtos da imaginação da autora. Qualquer semelhança com nomes, datas ou acontecimentos reais é mera coincidência.

Este livro segue as regras da Nova Ortografia da Língua Portuguesa.

CIP-BRASIL. CATALOGAÇÃO NA PUBLICAÇÃO
SINDICATO NACIONAL DOS EDITORES DE LIVROS, RJ
Meri Gleice Rodrigues de Souza - Bibliotecária - CRB-7/6439

P263c

Parks, Anne L.
    Clemência / Anne L. Parks ; tradução João Pedro Lopes. - 1. ed. - Rio de Janeiro : The Gift Box, 2022.
    248 p.

Tradução de: Revenge
ISBN 978-65-5636-192-5

1. Romance americano. I. Lopes, João Pedro. II. Título.

22-79445   CDD: 813
                    CDU: 82-31(73)

PRÓLOGO

ALEX

— Kylie!

Ela cai no chão e sua cabeça se choca contra a rocha. Eu corro em sua direção, deslizando ao seu lado para alcançá-la.

Seus braços se estendem, mas suas pernas se cruzam de forma desajeitada. A bala da arma de John atingiu seu ombro, e o sangue escorre pelo braço. Rasgo minha camisa, enviando os botões para todas as direções, e cubro o ferimento. Estou aplicando pressão, ciente de que não posso estancar o sangramento, mas talvez possa retardar um pouco.

— Jake! — chamo, olhando por cima do ombro para encontrá-lo.

Ele está ajoelhado sobre o corpo inerte de Sysco, e só posso torcer para que o desgraçado esteja morto.

— Venha até aqui. Kylie foi baleada.

Coloco a mão debaixo da cabeça dela, sentindo a viscosidade envolver meus dedos. Olho para o chão e, pela primeira vez, reparo na poça de sangue. Meu estômago se contorce, o pavor dominando meu corpo.

Jake se ajoelha ao meu lado, perto de Kylie, porém do lado oposto.

— Eu liguei para a emergência, e eles têm um helicóptero vindo para socorrer Kylie. Thomas está esperando por eles e os acompanhará até aqui assim que pousarem.

Ele ergue minha mão que ainda comprime o ombro de Kylie e examina os danos. A vantagem de contratar um ex-militar da Marinha e um policial local como chefe da segurança é que ele tem uma cabeça fria, um histórico médico na triagem e pode mexer uns pauzinhos com o departamento de polícia.

— Jesus — Jake murmura ao ver minha mão manchada com o sangue quando afasto da cabeça de Kylie.

— Ela está inconsciente — digo, com o peito apertado. — Está assim desde que cheguei até ela.

Jake se inclina, e eu me afasto, para que ele possa avaliar melhor.

— A ferida está feia. — Ele se inclina e se aproxima do rosto dela, virando a cabeça para que sua bochecha fique acima da boca entreaberta de Kylie. — Ruído respiratório decente. Lento, não muito penoso. — Pressiona os dedos na artéria do pescoço e fica em silêncio por um momento. — A pulsação está boa.

Ele retira sua própria camisa polo e a entrega para mim. Eu a coloco debaixo da cabeça de Kylie e o sangue encharca o tecido na mesma hora. Nós ficamos ali parados, ambos com camisas que uma vez foram brancas, mas que agora se encontram manchadas com o sangue de Kylie.

Jake mais uma vez verifica a ferida no ombro dela, enquanto eu apoio minha mão livre em sua bochecha e viro o rosto delicado ligeiramente na minha direção.

— Não a mova, Alex — Jake comanda, soando mais como um sargento do que meu chefe de segurança. — Não podemos arriscar no caso de haver uma lesão no pescoço. Qualquer movimento antes de fixarem devidamente um colar cervical pode resultar em algum dano grave a ela.

Se fosse qualquer outro homem, eu teria dito para ele ir se foder e, provavelmente, o teria demitido. Mas este é Jake, o homem em quem confio minha vida. Mais importante ainda, o homem em quem confio a vida de Kylie.

Meu olhar se concentra no rosto dela. Ela parece estar apenas dormindo de forma pacífica. Eu me inclino sobre ela, fecho os olhos e deposito um beijo em sua bochecha. A pele é quente, suave, e na mesma hora um nó se forma na minha garganta.

Maldita seja esta mulher. Eu não faço isso. Eu não me envolvo emocionalmente. E não choro.

Só que estou cem porcento apaixonado por ela.

Aquele cretino, Sysco, estava certo sobre uma coisa: Kylie é uma força da natureza. Ela exigiu minha atenção, invadiu meus pensamentos e meus sonhos, me fez querer planejar meu futuro ao seu lado. Ela tem feito isso desde o momento em que a conheci. E não a deixarei partir agora.

Eu sei o que é a vida sem ela. Não é uma vida. É uma série de reuniões, jantares e mulheres que eu fodo e esqueço. Não é nada.

A vida com ela tem sentido e propósito. Anseio pelos dias e pelas noites, desde acordar com ela ao meu lado até adormecer com ela em meus braços. Seu belo sorriso me deixa sem fôlego. Sua boca inteligente me faz rir como não ria há anos. Sua teimosia me frustra.

Eu quero tudo, a parte boa, a ruim, a "encheção" de saco e até mesmo a perda de controle sobre minha vida. A própria coisa que me definiu é agora substituída pela mulher que me obrigou a lidar com meus demônios e a aceitar que estou apaixonado.

E também estou profundamente apaixonado. Sou todo dela. E eu não temo o desconhecido ou a vulnerabilidade porque confio a ela minha vida, meu coração, minha sanidade.

Com os lábios perto de seu ouvido, sussurro para que só ela possa ouvir:

— Querida, por favor, não vá. Por favor, não me abandone. Você me prometeu, Kylie. Você prometeu que nunca me deixaria. — Roço de leve meus lábios aos dela.

O medo me domina. Dores que eu não sentia desde criança devastam o meu corpo. Desde aquela noite, há tantos anos, nunca senti medo do desconhecido. Observei minha mãe escorregar para longe de mim, em direção ao vazio, e temo que a história se repita.

Eu mal sobrevivi à morte de minha mãe. Não há como Kylie falecer sem que eu a siga. Não serei capaz de viver sem ela.

O ruído de um helicóptero à distância rompe o silêncio. Ergo a cabeça e depois desvio o olhar para Jake.

Seu semblante está fechado, com profundas rugas em sua testa. Ele vira a cabeça na direção de onde o corpo de John Sysco se encontra e eu faço o mesmo.

— Ele está morto? — pergunto, sabendo que é a única resposta que me dará qualquer paz neste momento.

— Não — Jake murmura. — Pelo menos não quando o deixei. Ele está em péssimo estado, mas acho que vai resistir até que os paramédicos cheguem.

Eu encaro Jake.

— Se Kylie não sobreviver, ele também não vai.

CLEMÊNCIA

CAPÍTULO 1

KYLIE

Nada pode me atingir aqui.

A oração é silenciosa, e tão pacífica quanto a trilha que percorro pelo bosque. O ar está frio esta manhã. Uma leve brisa apanha as folhas em queda livre, fazendo-as esvoaçar suavemente até seu lugar de descanso no chão da floresta. O céu é um conjunto brilhante de cores vivas – azul e violeta sangram em vermelho e laranja, entrelaçando-se com as cores vibrantes do outono, me engolindo.

Meu ritmo é lento esta manhã. Minhas pernas parecem pesar dez quilos, e eu acabo embaralhando os pés ao longo da trilha. Os músculos das coxas queimam a cada passo. Estou inspirando o oxigênio como se cada respiração fosse a última. Eu costumava correr para clarear as ideias, centrar minha alma. Tudo isso mudou agora. Perdi tempo demais por causa dele.

John Sysco.

Meu ex-namorado. O homem que abusou de mim, me perseguiu. Atirou em mim.

Ele invadiu minha vida como um câncer, infectando todas as suas facetas, envenenando o amor que Alex e eu havíamos encontrado.

Gravetos estalam sob os meus pés, assim como os galhos das árvores gemem e rangem acima. Meu coração bate com força contra as costelas. Já não corro com música explodindo pelos fones de ouvido. Não é seguro. Eu quero ouvir tudo ao meu redor. Nunca mais serei pega de surpresa.

Os trovões ressoam no céu, com nuvens sinistras de tempestade se movendo como ondas, eclipsando o sol. O ar fresco é terroso. Uma fina camada de sujeira reveste o interior da minha boca, se tornando mais espessa a cada inspiração. Um relâmpago rasga uma cicatriz na atmosfera cinzenta. Uma segunda trovoada envia calafrios pelo meu corpo, não pela proximidade, e, sim, pela voz que chama o meu nome.

— Kylie!

Meu coração explode, enviando ondas dolorosas no peito. A visão flui diante dos meus olhos, como um filme de terror que não consigo parar de observar. Cenas assombrosas da minha vida. John me amarrando pelos pulsos; me açoitando com aquele maldito chicote. A pele das costas sendo dilacerada. E quanto mais alto meus gritos ricocheteiam nas paredes do espaço fechado, mais largo é seu sorriso. O cheiro de sangue se mistura com seu suor e excitação quando ele profana meu corpo ao se forçar para dentro de mim.

Sua realização sexual distorcida. Para me conquistar e me controlar, como fez tantas vezes. Ele gostava tanto de me ver sofrer em suas mãos.

Sacudo a cabeça, tentando escapar das visões. A cena se desloca. Uma figura sombria entra na trilha não muito longe de onde estou correndo. Turbilhões ácidos se agitam em meu estômago, e posso sentir o gosto da bile subindo pela garganta.

Ele vem na minha direção e a adrenalina dispara pelo meu corpo. Eu corro, obrigando meus pés a seguirem mais rápido. No entanto, a figura avança sobre mim. Ele está a poucos metros quando as árvores se tornam esparsas e nos vemos em um campo aberto. As flores silvestres que normalmente florescem em cores vibrantes são subjugadas, em várias tonalidades do céu pétreo. Elas estão murchando, definhando. Morrendo.

Elas espelham meu destino.

Algo se move. Viro a cabeça e minha pulsação acelera, o som do meu coração martelando nos ouvidos.

— Não, não, não! — Os gritos ressoam pela minha cabeça.

Alex fica no meio do campo, com o olhar fixo em algo ao longe.

— Alex!

Ele não me ouve. Ele continua a olhar fixamente para o abismo, alheio à ameaça que existe.

É quando eu o vejo. John. Ele avança em direção a Alex e eu corro até eles, mas pareço não sair do lugar.

— Alex! Corra!

Ele se vira para mim com o olhar suave e um sorriso nos lábios. Ele parece tão feliz. Tão completamente satisfeito.

CLEMÊNCIA

John se aproxima dele como uma espécie de ceifeiro visível, sem suas vestes. No entanto, é como se Alex não reparasse em sua presença.

Por que ele não corre? Será que ele não vê John? Será que não percebe que John vai matá-lo?

Ou talvez ele simplesmente não se importe, aceitando seu destino inevitável. Assim como aceitei o meu.

Um gemido vibra do peito e escapa pela garganta. Minhas bochechas estão molhadas por conta das lágrimas, meu corpo sendo devastado pelos soluços.

— Kylie — diz Alex.

John eleva sua mão ao nível do peito de Alex, o cano escuro da arma apontando diretamente para o coração. Eu grito mais uma vez para Alex, suplicando que ele fuja dali.

— Eu te amo, Kylie. Sempre te amarei. — As palavras são silenciosas, ouvidas somente pelo meu coração e minha alma.

O disparo da arma se mistura com meus gritos. Alex agarra o peito. O vermelho brilhante, a única cor na paisagem macabra, encharca sua camisa. Ele cai de joelhos, desmoronando no chão.

A dor dilacera e rasga o meu peito. Cubro o meu coração, afundando o dedo no pequeno buraco no centro. Está molhado, quente. O sangue escorre pelo meu braço em um fluxo constante e pinga no chão. Minha vida nada mais é do que uma piscina vermelha brilhante aos meus pés.

John paira à minha frente com um sorriso perverso se alastrando pelo rosto. Ele acaricia minha bochecha. Os lábios estão se movendo, mas as palavras são distantes e vazias. Tudo ao meu redor está desfocado, girando. Eu quero fugir. Quero me deitar em posição fetal e morrer. Eu quero matá-lo.

Ele sobreviveu. Ou voltou do inferno para me assombrar. Não importa qual seja a verdade… ele estava certo. Nunca serei capaz de escapar dele.

CAPÍTULO 2

— Shhh... Kylie. Está tudo bem.

A luz suave da lâmpada na mesa de cabeceira, de repente, me banha. Alex está ao meu lado, os braços me cercando, consolando, os lábios suaves e cálidos contra meu ouvido.

Eu quero gritar que nada está bem, mas apenas um suave gemido emerge. Arrisco um olhar para o peito forte, esperando ver a camisa encharcada de sangue. Porém, o tom é de um branco brilhante, sem um amassado sequer. Posiciono a mão contra o seu coração, me deleitando com a sensação da batida forte contra minha palma.

Ele está vivo.

Tento, desesperadamente, separar os fatos da ficção. Sonho da realidade.

— John atirou em você, Alex?

— Não, querida. — Ele afasta minha mão de seu coração e deposita um beijo terno antes de colocá-la sobre o meu ombro. Sinto a pele macia, porém irregular. — Ele atirou em você. Você se lembra?

Minhas lembranças são obscuras. Eu tento me concentrar, mas não consigo vê-las. E então é como se uma represa explodisse, me inundando de memórias como um rio em fúria ameaçando me puxar para baixo e me afogar. Cenas desarticuladas. John conversando com Alex. Apontando a arma. Professando que estaríamos sempre juntos, mesmo que isso significasse na morte. Condenando Alex a uma vida de arrependimento e culpa ao saber que ele era a causa da minha morte.

Acordei no hospital semanas depois de um coma causado por um traumatismo craniano. Desde então, venho me recuperando mental e fisicamente.

— Você estava tendo um pesadelo. — Alex levanta meu queixo e me obriga a olhar para ele.

Estou perdida em seus olhos, buscando a força que ele sempre me dá.

— Foi tão real. John estava na trilha. Ele tinha uma arma.

— Ele não pode mais te machucar, Kylie. — O tom é suave, mas a mandíbula se contrai.

— Ele se foi? — sondo, com a voz rouca.

Alex fica em silêncio por um segundo, os músculos, de repente, retesados. Então, ele exala, baixando os ombros.

— Sim.

— Para sempre?

— Para sempre, querida.

Recosto a cabeça contra o seu peito forte e agarro sua camisa. Meu batimento cardíaco abranda. A respiração desacelera, sem esforço. Este homem. Ele é minha rocha. Minha rede de segurança. Aquele que amo mais do que tudo no mundo.

Ele faz com que nos deitemos na cama e eu me aconchego ao seu corpo, descansando o braço sobre seu peito. Fecho os olhos e respiro fundo. *John está morto.* Ele se foi para sempre. Ele não pode nos ferir nunca mais.

Logo após pressionar levemente os lábios contra a camisa de Alex, eu os posiciono contra seu pescoço, sentindo o sabor salgado de sua pele. Acaricio seu maxilar com a ponta dos meus dedos, a barba áspera como uma lixa, o cheiro leve de seu suor misturado com a colônia almiscarada. Movendo os quadris, aninho minha perna entre as dele, esfregando meu joelho ao longo da parte interna de sua coxa.

Eu o quero. Anseio a maneira como ele me faz sentir viva quando fazemos amor. Como nossos corpos se entrelaçam, como se fôssemos um só; corações fundidos pelo profundo amor que compartilhamos. Há tanto tempo que eu preciso dele.

Alex segura minha mão e a afasta de seu rosto, colocando-a de volta em segurança em seu peito com um tapinha suave. Em seguida, ele afasta a cabeça para longe do toque dos meus lábios.

— Kylie, esta noite não.

Eu gemo e me deito de costas no colchão, respirando fundo e prendendo o fôlego antes de, finalmente, expirar. Toda a tensão que liberei um momento antes inunda meu corpo mais uma vez. Uma onda de náusea me atinge e meu estômago embrulha. Contraio a mandíbula com força, para não gritar, e obrigo que as lágrimas recuem.

Alex afasta minhas mãos do meu rosto.

— Desculpe, querida. Tenho uma conferência telefônica antecipada sobre este novo empreendimento, e estamos em um ponto tênue das negociações. Quero dormir um pouco para que eu me prepare para isso. Está bem?

Avalio as olheiras profundas em seu rosto, as sobrancelhas cerradas. Ele se revira em seu sono durante a maioria das noites, e raramente consegue dormir. Estresse tem sido seu companheiro constante durante os últimos meses. Testemunhar John atirando em mim, ter que esperar para ver se sobrevivi à cirurgia para remover a bala. Preocupado que eu pudesse nunca mais acordar do coma.

Nada disto tem sido fácil para ele.

Concordo com um aceno, dou um sorriso e fecho os olhos. Quando é que Alex e eu, finalmente, renovaremos a conexão que tínhamos antes de John arruinar nossas vidas? Será que eu estava certa o tempo todo? A felicidade é tão fugaz quanto o sol poente no horizonte? Lá em um minuto, belo e maravilhoso e, de repente, se foi num piscar de olhos?

Eu me deito de lado, de costas para Alex, afundo o rosto no travesseiro e choro.

CLEMÊNCIA

CAPÍTULO 3

A água quente cai em cascata sobre meu corpo e lava as lembranças do pesadelo. Meu terapeuta assegurou que os terrores noturnos cessarão e minha vida voltará ao normal. Chega de assombrações noturnas por causa de John.

Rezo para que esse dia chegue logo. Nada se interporá no caminho que eu e Alex estamos percorrendo para sermos verdadeiramente felizes.

Saio do chuveiro, seco o meu corpo e me visto. Eu preciso de café. Desesperadamente. Saio do quarto em direção à cozinha e ouço as vozes que derivam do escritório de Alex, então estaco em meus passos do lado de fora.

— Ela ainda está tendo o mesmo pesadelo — diz Alex. — Ela acorda gritando, convencida de que foi em mim que John atirou.

— Bem, ela já passou por muita coisa. Tudo isso é muito traumático — argumenta Jake, com calma. Sempre a voz da razão.

Eu não deveria ouvir a conversa alheia, mas se não o fizer, nunca conseguirei nenhuma informação. Alex está em uma missão para garantir que eu não tenha mais qualquer estresse em minha vida. Ninguém está autorizado a falar comigo sobre nada além do clima e o que quero comer no café da manhã. Toda vez que me veem, eles se separam e agem como se tudo estivesse normal.

No entanto, nada mais é normal. Não desde o dia em que John atirou em mim e Jake o matou.

Alex não tem ideia de como estou estressada a cada minuto da minha vida.

— Mas já se passaram três semanas desde que saiu do coma — diz Alex, e pelo tom de voz, é nítido que está tenso. Não posso deixar de me perguntar se ele está bravo com John ou frustrado comigo.

— Ela não sobreviveu apenas a um ferimento à bala. Ela também levou uma pancada significativa na cabeça contra aquela rocha.

— Estas feridas cicatrizaram. Esse não é o problema.

As palavras de Alex são rudes, a voz inexpressiva. Ele exala um suspiro longo e baixo. Os ombros agora sempre demonstram o peso que carrega, o brilho em seus olhos raramente é visível hoje em dia, e sua incrível luz interior se escureceu.

Mais uma vez, o arrependimento quase me afoga. Se ele nunca tivesse me conhecido... Se não estivéssemos apaixonados.

— Dê tempo ao tempo — diz Jake. — Ela está passando por um quadro de estresse pós-traumático. Ela é forte... e teimosa. E nunca vai deixar John Sysco impedi-la de se recuperar por completo. Mas esta é Kylie, patrão, e ela decidirá quando estiver pronta para seguir em frente.

Em silêncio, volto ao final do corredor, fora de vista. Os passos de Jake ecoam pelo vestíbulo. Depois, devagar, entro no escritório de Alex.

Eu amo esse lugar. É aconchegante e confortável, apesar das paredes escuras de mogno, do piso e da escrivaninha maciça. Os tapetes largos e felpudos, em cor clara, proporcionam uma sensação caseira ao espaço e rompem a sensação de monotonia. Também é incrivelmente macio quando meus pés descalços se afundam. Eu respiro o aroma tentador do lustra móveis de limão e o perfume amadeirado de Alex.

— Olá, querida. Há quanto tempo você está acordada? — Alex está atrás de sua escrivaninha, sob a luz que incide das grandes janelas voltadas para a entrada circular de carros. Ele vem até mim, afasta os fios de cabelo da minha testa e deposita um beijo cálido.

— Tempo suficiente para tomar um banho quente. — Encaro o sofá de couro, avistando o travesseiro e o cobertor. Alex dormiu aqui ontem à noite, de novo.

Alex se move ao meu lado.

— Fiquei inquieto ontem à noite, depois que você voltou a dormir. Eu não queria te acordar, então entrei aqui e tentei descansar um pouco. — Sua voz é suave, mas sem a confiança habitual.

Eu o encaro, mas ele desvia o olhar na mesma hora, pois está mentindo para mim. Ele não queria ficar na cama comigo, provavelmente temendo que eu tentasse me atirar sobre ele novamente. Meu coração se aperta. Odeio a ideia de Alex não me querer mais. Se ao menos conseguirmos superar isso, se ele se abrir comigo – podemos voltar ao normal. Se fizermos amor, Alex se lembrará de como somos incríveis juntos.

Encostando meu rosto ao dele, deposito um beijo suave em seus lábios. Ele não se afasta, e uma onda de calor e excitação se alastra pelo meu corpo.

CLEMÊNCIA

Alojo minhas mãos em sua nuca, aprofundando o beijo. Um gemido rouco vibra em seu peito e eu me aproximo um pouco mais. Um arrepio percorre minha coluna só por estar com nossos corpos colados dessa forma.

Alex desliza as mãos pelos meus braços, agarrando meus ombros com firmeza. Em seguida, ele segura minhas mãos e as leva aos lábios, afastando-se logo depois.

— Estou morrendo de fome. Quer ver o que tem para o café da manhã?

Antes que eu possa responder, ele se vira e se dirige à porta, me puxando pela mão.

Meu coração despenca e sou capaz de jurar que posso senti-lo morrendo.

Mais uma vez, ele se distanciou de mim quando tentei me aproximar. Alguma coisa mudou em nosso relacionamento. Costumávamos brincar, provocar um ao outro e paquerar. Sinto falta de seu sorriso brincalhão e da maneira como ele piscava sempre que eu me chateava com ele. Ainda nos beijamos, mas geralmente são apenas selinhos rápidos, não os beijos longos e apaixonados que costumávamos compartilhar.

Dormimos juntos, nos aconchegamos a noite inteira. Mas nunca fazemos sexo. Caramba, nós nem sequer trocamos amassos mais. Estamos, aparentemente, em uma relação muito amorosa, comprometida, mas completamente platônica.

Quero levantar meus punhos e bater em seu peito. Gritar o mais alto que puder:

—*Você está partindo o meu coração! Por que não pode me deixar te amar?*

Eu nunca teria aceitado esta vida antes do tiroteio. Mas agora? Estou fraca. E é tudo por causa de John.

Alex se comprometeu a me amar para sempre, a estar sempre comigo. Ele nunca quebrará uma promessa, mesmo que isso signifique viver com uma mulher a quem não ama mais.

E não tenho certeza do que me assusta mais: ficar ou partir.

Alex está falando, mas não estou ouvindo nada. Meu cérebro está confuso e estou completamente distraída. Tudo que posso fazer é olhar para ele e admirar a maneira como seus lábios formam palavras, seu sorriso quando ele diz algo que acha que me fará feliz, e o movimento de sua garganta ao beber o café. Basta um olhar com aquelas deslumbrantes íris azuis e ainda me derreto em uma poça no chão.

Maggie, que basicamente comanda a casa e é uma incrível cozinheira, retira os pratos à nossa frente. De repente, estou ciente de outras coisas que acontecem ao meu redor. Jake servindo café e falando com seu ajudante, Thomas. O noticiário matutino na enorme tela plana da sala de estar… com uma foto de Alex surgindo na tela.

— Christopher Terry acompanha a investigação, o julgamento e a condenação de James Wells, que foi condenado pelo assassinato de Ellen Stone Wells, em 1986. Muitos devem se lembrar deste caso, que envolveu os pais de um empresário local, Alex Stone. Ontem, o Sr. Stone foi anunciado como o ganhador do prêmio de 'Filantropo do Ano'. O relatório investigativo de três horas será transmitido no domingo, às nove da noite. Agora, vamos até Dan Rogers com uma olhada no trânsito esta manhã.

Encaro Alex, que termina seu café e lê o jornal como se o noticiário nem estivesse ligado.

— Você sabia disto, Alex?

— Sim, fui informado ontem sobre o prêmio. Eu queria contar, mas acabei me esquecendo.

Dou a volta na mesa e me sento em seu colo, repousando as mãos sobre seus ombros.

— Você esqueceu que vai receber um dos prêmios mais renomados da cidade?

Ele desliza as mãos pelas minhas coxas, descansando-as sobre meus quadris e inclina a cabeça para trás para olhar para mim.

— Não é nada de mais, Kylie. É apenas mais um motivo para que os ricos saiam com seus trajes formais e bebam champanhe barato.

— É uma coisa muito importante. Você merece este reconhecimento depois de tudo o que doou para suas instituições de caridade. Se as pessoas soubessem até metade do que você doou anonimamente… — Eu me inclino para frente e beijo seus lábios. — Estou muito orgulhosa de você.

— Obrigado, querida. — Ele tenta me levantar do colo, mas ainda não terminei de falar e não vou a lugar algum.

— Okay, e quanto à outra história? Você tinha alguma ideia de que estava em investigação?

Alex gentilmente me empurra de seu colo e fica de pé.

CLEMÊNCIA

— Sim, acho que me deram um aviso prévio. — Pega sua xícara de café e vai até a cozinha.

Apoio as mãos nos quadris, como sempre faço quando Alex dá respostas vagas às minhas perguntas.

— O que quer dizer?

Ele me olha de relance e sorri, e eu inclino a cabeça para o lado. Seu sorriso encantador não vai me distrair.

Alex vem até mim e segura minhas mãos, levando-as aos lábios.

— Quero dizer que recebi alguns telefonemas do Sr. Terry solicitando uma entrevista para discutir o assunto a respeito da morte de minha mãe. Na época, eu estava um pouco preocupado com o amor da minha vida em coma. Nunca mais retornei a ligação. Presumo que ele decidiu ir em frente sem minha entrevista.

Thomas verifica seu relógio, levanta-se e acena com a cabeça para Alex.

— Está na hora da sua sessão de terapia. Thomas vai te levar e Leigha irá te buscar para o seu dia no Spa.

— Sabe, em algum momento, você vai ter que se lembrar de que sou adulta e capaz de dirigir eu mesmo do ponto A ao ponto B sem acompanhantes. — Eu me inclino e beijo seu pescoço.

Ele segura meu queixo entre o polegar e o dedo indicador.

— Sim, mas hoje não é esse dia, e amanhã também acho que não.

— Hmm, bem, não adie por muito mais tempo ou serei forçada a tomar o assunto em minhas próprias mãos.

— Não me ameace. Você não está pronta para dirigir, linda. — Sua voz é profunda e sombria, e uma corrente elétrica atravessa meu corpo inteiro.

— E se eu te desobedecer? Você vai bater na minha bunda? Porque isso pode me estimular a quebrar suas regras, Sr. Stone.

Um sorriso descontraído se espalha pelo seu rosto. Há quanto tempo eu não o via sorrir assim? De repente, estou sentindo um tesão frenético, e o quero tanto que estou pronta para cair de joelhos e implorar que faça amor comigo.

— Vá à terapia, Srta. Tate, e pare de tentar me provocar.

Uma sensação gélida inunda meu peito. *Como Alex pode passar de tão feliz e sedutor num minuto para frio e indiferente no outro?* Eu desejo que as coisas sejam como eram antes. Isto é pura agonia. Eu gostaria de poder me deitar em posição fetal até acordar deste pesadelo onde Alex não me ama mais.

Coloco a bolsa em meu ombro e me dirijo para a porta sem dizer mais nada a Alex.

CAPÍTULO 4

— Kylie, pode me acompanhar.

Sigo meu terapeuta, Dr. Watson, pelo corredor até seu escritório no canto esquerdo. Ele tem sido meu terapeuta durante as últimas três semanas. Acho que Alex o contratou antes mesmo de eu acordar do coma, mais do que certo de que eu precisaria de ajuda psicológica para lidar com o meu ex atirando em mim.

Com quarenta e tantos anos, ou cinquenta e poucos, o Dr. Watson parece alguém saído dos anos 60. O longo cabelo grisalho trançado em um rabo-de-cavalo, comprido até o meio das costas, calça cáqui que deve ter sido nova há cerca de quinze anos, eu só o vi usar camisetas do *Grateful Dead*.

Ele tem uma bela vista do centro da cidade com sua arquitetura centenária e ruas sinuosas que levam às docas. Eu me sento no sofá aninhado entre duas estantes cheias de vários livros de psicologia.

— Então, como vão as coisas? — Ele abre meu arquivo, escreve algo em um formulário e olha para mim. — Alguma mudança relacionada aos pesadelos?

— Não, nada. — Suspiro, me sentando e afundando contra as almofadas fofas.

— E quanto à frequência? Ainda cerca de quatro a cinco noites por semana?

— Acho que sim.

Ele cruza a perna, apoiando o pé esquerdo no joelho direito, e coloca o arquivo aberto sobre sua mesa de colo improvisada.

— E quanto à violência... ou aos eventos que ocorrem nos sonhos?

— É sempre o mesmo sonho. Estou correndo, John está lá e atira em Alex.

— Você está usando as dicas de que falamos para administrar seus sintomas? As técnicas respiratórias? Isso tem ajudado de alguma forma? — Dr. Watson faz algumas anotações sobre um bloco de notas que repousa sobre o arquivo.

— Sim, um pouco, eu acho. Quando começo a me sentir ansiosa, tento desacelerar a respiração para estabilizar do jeito que você me ensinou.

— E anda comendo uma dieta saudável?

— Sim, Maggie se certifica disso.

— Bom. — Ele olha para cima e sorri. — O que você está fazendo para se exercitar? Você começou a correr novamente?

Viro-me ligeiramente, descansando o braço na parte de trás do sofá, e apoio a cabeça na mão.

— Não, tenho dificuldade de discernir a realidade do pesadelo quando corro, e isso normalmente termina em um ataque de ansiedade. Estou convencida de que John está à espreita em algum lugar com uma arma apontada para mim.

Ele arqueia as sobrancelhas.

— Você já pensou em outras formas de exercício?

Exalo um suspiro longo e cansado.

— Alex me colocou em contato com seu instrutor de artes marciais, mas não consegui me envolver nisso. Deveríamos praticar juntos, mas Alex pensou que seria melhor se eu treinasse separadamente.

— Hmmm, entendi. Bem, que tal restabelecer as conexões com os amigos?

Dou de ombros, indiferente.

— Converso com Ryan e Paul quase todas as noites, mas já não os vejo há algumas semanas. Leigha vem me buscar após nosso encontro e vamos sair.

— Mais alguém? Outros passeios fora de casa?

— Isso é um pouco mais difícil. Alex não quer que eu saia sozinha. Tenho motoristas e acompanhantes para todos os lugares que vou.

— E por quê?

— Você sabe fazer uma pergunta que não começa com "por quê"?

Ele balança a cabeça.

— Não com frequência.

Nós apenas ficamos ali sentados, nos encarando.

— Prossiga, Kylie. Por que Alex não quer que você saia sozinha?

Estou hiperventilando e suando. Esfrego as palmas contra o jeans e lanço uma olhada para o Dr. Watson. Em seguida, inspiro fundo e exalo bem devagar.

— Ele não pode controlar o que acontece e, portanto, não pode garantir minha segurança. Sou como uma boneca de porcelana sempre em exposição, mas nunca usada, porque sou muito delicada e posso quebrar.

Dr. Watson arregala os olhos e inclina a cabeça para o lado.

— Bem, parece que Alex pode estar sofrendo com seu próprio estresse pós-traumático. — Fecha o arquivo e o coloca sobre a mesa.

Brilhante. Não é preciso ser um gênio para descobrir que Alex não é capaz de dissociar o que aconteceu comigo do que aconteceu com sua mãe. Ele não foi capaz de salvá-la de ser assassinada por seu pai quando ainda era um adolescente. Isso o afetou tanto que ele nunca foi capaz de se conectar com as pessoas, nem mesmo com sua família. Até que eu cheguei.

Nós nos apaixonamos. Ele abriu seu coração, se tornou vulnerável. No entanto, o tiro que levei de John apenas mostrou a Alex que mais uma vez ele era incapaz de proteger a pessoa que ele mais amava no mundo. Não importou nem um pouco eu ter sobrevivido.

Ele jamais voltará a cometer esse erro.

E nunca serei nada mais do que a pessoa a quem ele precisa proteger a todo custo.

A boneca de porcelana na prateleira. E nada mais.

A recepcionista olha da tela do computador para nós assim que entramos no Spa.

— Bom dia, como posso ajudá-las?

Leigha segue até a mesa, enquanto dou uma olhada ao redor. Música suave de flautas está tocando. Lavanda, eucalipto e hortelã perfumam o ar. As prateleiras de vidro estão cheias de sabonetes, loções e outros produtos para tornar a pele impecável enquanto acalmam os sentidos.

Leigha se aproxima com duas taças de champanhe.

— Nos levarão ao nosso vestiário particular daqui a alguns instantes — diz ela, em fingido tom altivo ao me entregar uma taça.

Dou uma risada e bebo um gole. Leigha é uma das pessoas mais despretensiosas e simples que já conheci. É provavelmente por isso que nos damos tão bem. Isso e o fato de compartilharmos um vínculo único – as mulheres que amam os homens Stone. Ela e o irmão de Alex namoram há milhares de anos, o que é um assunto delicado para Leigha.

Eu suspiro. Após a sessão da manhã que acabei de ter com o Dr. Watson, estou pronta para algumas horas de mimos e rejuvenescimento. O champanhe também ajuda. Nada como uma massagem e uma garrafa do líquido borbulhante para limpar a mente das preocupações.

Se Alex pudesse me ver agora, ele daria um chilique. No mínimo, ele me proibiria de beber álcool, por conta de eu estar misturando aos medicamentos.

Graças a Deus por Leigha...

Uma jovem vestida com uma camisa polo e calça brancas nos acompanha até o vestiário. Em seguida, entramos em um boxe e tiramos as roupas, nos enrolando nos roupões felpudos e pantufas, ambos bordados com a logo do Spa em fios dourados. Com nossas taças reabastecidas, somos encaminhadas pela guia através de um longo corredor até um conjunto de portas duplas em vidro jateado. Assim que ela as abre, avisto uma imensa sala com uma dúzia de espreguiçadeiras. Uma grande lareira de pedra ocupa toda a parede na extremidade oposta da sala, o fogo crepitante aquecendo o ambiente. A iluminação é suave, com a mesma música de antes tocando. Em um canto há uma mesa com uma grande jarra de água saborizada com pepino, um pote de café e algumas garrafas abertas de champanhe em um banho de gelo.

— Por favor, sintam-se à vontade para tomar as bebidas. Victoria e Joanna cuidarão de vocês durante o restante de seu tempo conosco. Elas estarão aqui em breve.

Leigha apoia o braço sobre meus ombros, com a taça entre os dedos, e tira uma *selfie* de nós duas. Assim que se acomoda em uma das espreguiçadeiras, ela larga o telefone na mesinha redonda ao lado e fecha os olhos.

— Eu realmente deveria fazer isso com mais frequência.

— Eu também. — digo, me deitando ao lado. — Não me lembro da última vez que fiz uma massagem.

— Se você não se lembra, foi há muito tempo.

— Devíamos fazer disto um hábito, uma ou duas vezes por semana. — Estendo minha taça de champanhe.

Leigha brinda sua bebida com a minha.

— Eu concordo. Vamos fazer isso, então.

ANNE L. PARKS

Durante os próximos minutos, conversamos sobre a possibilidade de seu namorado, Will, pedi-la em casamento ou não. Pouco depois, uma jovem de cabelo castanho curto, usando o mesmo uniforme da última garota, aparece à porta.

— Leigha?

Leigha fica de pé.

—Te vejo do outro lado. Tenha uma massagem fabulosa.

—Te desejo o mesmo. — Fecho os olhos novamente. A música se transforma em ondas levemente coloridas. Eu me afasto mais das margens da realidade para as águas escuras onde reside o sono.

— Ora, ora, se não é Kylie Tate.

Meus olhos se abrem. Sinto um calor fluir dentro de mim na mesma hora. Rebekah. A mulher que tentou de todas as formas se meter entre mim e Alex e que quase conseguiu o intento com suas mentiras sobre um falso namoro. Ela está vestida com um roupão idêntico e segurando uma taça de champanhe, e se acomoda na espreguiçadeira onde Leigha esteve há pouco.

— Como está sua lesão na cabeça? — Ela toma um gole da bebida, sem desviar o olhar do meu em momento algum.

Meu pulso acelera. Quero dar um tapa no copo da mão dela e sufocar essa garota.

— Melhorando a cada dia. Obrigada. Como está seu serviço de acompanhante?

— Continua a vaca mal-educada que você sempre foi, estou vendo. Ouvi dizer que deixou seu ex-namorado louco, e ele tentou te matar.

— Sim, acontece que vocês dois têm muito em comum. Ambos são psicóticos e falharam em se livrar de mim.

Minha temperatura corporal sobe. *Como ela se atreve a transformar as ações sádicas de John em uma brincadeira de mau gosto?* Minhas têmporas vibram, a pressão aumenta na nuca e minha cabeça começa a latejar. A dor irradia através da minha mandíbula cerrada. Quero que ela sinta a dor de uma bala rompendo a pele, rasgando músculos e dilacerando órgãos vitais.

Ela inclina a cabeça para trás e para o lado.

— Eu nunca desejei a sua morte, Kylie. Embora sinta que Alex seria infinitamente mais feliz sem você na vida dele.

— Para que ele possa ser ainda mais infeliz com alguém como você? — Recosto a cabeça e fecho os olhos.

CLEMÊNCIA

— Você percebe que mesmo que eu não esteja com Alex, ele nunca vai querer ter nada a ver contigo, não é? Jamais.

— Pode até ser, mas, mais uma vez, as notícias que circulam é que Alex se sente preso. Não quer ficar com você, mas também não pode te deixar. Quero dizer, como seria para o Sr. Filantropo do Ano abandonar sua namorada tão pouco tempo depois de ter saído do coma?

Um peso enorme se aloja no centro do meu peito. É difícil respirar ou falar. *Isso é verdade? Alex fica comigo pelas aparências?* Custa pensar que qualquer coisa que saia da boca de Rebekah seja verdade. Mas é possível que eu tenha me tornado apenas mais uma das instituições de caridade de Alex.

Leigha entra e estaca em seus passos. Sua expressão muda assim que nota Rebekah.

Ela pega seu celular da mesa.

— O que você está fazendo, vagabunda?

Rebekah olha por cima do ombro, se levanta e estende a mão.

— Apenas conversando com Kylie. Como você está, Leigha?

Leigha afasta a mão com um safanão.

— Não pense nem por um minuto que estou caindo no seu joguinho, Rebekah. Eu sei que não dá pra confiar numa cobra como você. Por que não volta para o seu buraco no chão? Kylie e eu não estamos interessadas no veneno que vem da sua língua bifurcada.

Rebekah estreita os olhos, e os lábios se curvam em um sorriso maldoso. Ela sai da sala com os ombros eretos e um ar de indiferença.

Sufoco as lágrimas e saio em seguida, com Leigha em meu encalço. *Deus, eu odeio o quanto me tornei fraca.*

Abro a porta do armário e a fecho algumas vezes com força antes de retirar meu robe e pegar minhas roupas.

— Tenho que ir.

Leigha coloca a mão no meu ombro.

— Você tem certeza de que não quer receber sua massagem? Podemos ficar aqui até que elas estejam prontas para você.

— Não. — Nego com um aceno. — Não tem nem como eu relaxar, sabendo que ela está aqui. Eu realmente não quero esbarrar com ela outra vez. Se você quiser ficar, eu entendo. Posso chamar Thomas para me buscar.

— Claro que não. Se eu vir aquela cadela de novo, posso matar alguém. — Ela sorri, com um brilho no olhar.

Eu a abraço com carinho.

— Obrigada.

— Claro, mana. Temos que ficar juntas, certo?

O retorno para casa é feito em silêncio. A fadiga me domina, e a tristeza se alastra pelos meus membros.

— Rebekah disse que Alex se sente preso em nosso relacionamento. Você acha que isso é verdade?

— Você está me zoando? De jeito nenhum. Alex te ama.

Dou de ombros. Eu quero acreditar nela, mas as coisas já não são mais as mesmas. Eu não me reconheço na maior parte do tempo. Como posso esperar que Alex ame uma mulher que se assemelha apenas parcialmente àquela por quem ele se apaixonou?

Leigha encosta na entrada circular da casa de Alex e para perto da porta principal. Ela se vira no assento e me encara.

— Kylie, me escute. Enquanto você estava em coma, Alex nunca saiu do seu lado. Um dia, dei uma passada rapidinho por lá e fiquei parada no batente por alguns segundos, só o observando. Ele estava acariciando seu rosto e implorando que você voltasse para ele, para lhe dar outra chance de ser o homem que ele deveria ser. Ele não parava de dizer o quanto lamentava ter falhado com você. Meu Deus, isso me partiu o coração.

As lágrimas inundam meus olhos. Engulo à força o nó que se instalou na garganta.

Leigha segura minha mão e dá um aperto suave.

— Juro que nunca vi um homem tão apaixonado por uma mulher como Alex é por você.

Eu aceno, abro a porta e saio do carro.

— Obrigada por isso.

— Por nada, irmã. É para isso que estou aqui. Amo você.

— Também te amo.

Eu me arrasto devagar pela garagem até a porta. Minhas pernas estão pesadas, como se meus pés tivessem se tornado blocos de cimento. Nada se compara ao peso que sinto em meu coração.

Alex está se afastando cada vez mais.

E as palavras de Rebekah ressoam em meus ouvidos.

Alex está preso. Ele não quer ficar, mas não pode ir embora.

Entro na casa e verifico imediatamente a cafeteira, pegando uma caneca e bebendo metade do líquido antes de procurar por Alex. No passado, ele teria ido ao meu encontro à porta, geralmente com uma caneca de café na mão, e teria me perguntado sobre meu dia.

As coisas agora são diferentes. Essa era a minha antiga vida. Aquela em que eu era uma das melhores advogadas criminalistas do estado. Eu tinha um emprego que amava e no qual era boa. Eu era inteligente e forte, e nunca deixei nada me deter. Eu era confiante e sabia o que queria.

Eu queria minha antiga vida de volta, e odeio o que está acontecendo conosco. Detesto que John tenha sido enviado pelo inferno para manter Alex e eu separados e infelizes. E odeio ainda mais que ele tenha sido bem-sucedido em arruinar nossas vidas. Alex e eu compartilhamos uma casa, mas não estamos compartilhando nossas vidas, e não estamos nem perto de ser tão felizes como éramos antes.

Dou uma olhada no escritório de Alex e paro no meio do caminho. Alex está abraçando uma mulher. A cabeça dela está enterrada em seu pescoço, enquanto ele desliza as mãos para cima e para baixo nas suas costas.

Meu coração para na mesma hora. Não consigo respirar. Meus pulmões, de repente, estão se esforçando em dobro para puxar metade do ar. Nada parece real ao meu redor; quase como se eu estivesse em um sonho.

A mulher levanta a cabeça e olha para o rosto dele.

— Não sei como te agradecer, Alex. Significa tanto para mim que você queira fazer isto.

Meu peito está em chamas. Quero fugir, gritar ou atacá-los. Em vez disso, fico ali parada, paralisada, observando os dois naquele abraço. Sorrindo enquanto se encaram.

Alex olha para onde estou, então se afasta da mulher.

— Kylie, não percebi que já tinha voltado para casa.

Sinto meu sangue borbulhar.

— Bem, você parece estar ocupado.

A mulher se vira para mim e a bile sobe na minha garganta. Lisa, minha ex-assistente e namorada de Jake, ou assim eu pensava.

— Oi, Kylie. Como você está?

Meu estômago se retorce em um nó. Minha pele formiga, e me sinto zonza.

O que diabos está acontecendo? Por que Lisa está aqui, nos braços de Alex, olhando para ele como um cachorrinho apaixonado?

Alex circula sua mesa e se senta. Ele passa a mão pelo cabelo, pigarreia, mas não faz contato visual em nenhum momento.

— Lisa só passou para falar comigo sobre a faculdade de direito.

A pressão aumenta em minhas têmporas e minha cabeça lateja. Cruzo os braços e inclino a cabeça para o lado.

— Faculdade de direito?

Lisa se senta, cruza as pernas, e, imediatamente, as descruza.

— Alex mexeu alguns pauzinhos, e pude começar a frequentar este semestre.

Alex endireita a gravata, o olhar se desviando para o meu.

— Não foi nada. O reitor foi muito simpático depois que expliquei suas circunstâncias.

— Bem, eu devo tudo a você… por me aceitarem, e por pagar minhas mensalidades.

Silêncio. Alex mexe em seu colarinho e engole em seco.

Lisa se mexe, inquieta, em seu assento.

— Sinto muito não ter podido te visitar, Kylie. Este é realmente o primeiro dia livre que tive. Eu sabia que teria que estudar pra caramba, mas nunca percebi o quanto até que comecei. De qualquer forma, espero ter algum tempo livre durante o Dia de Ação de Graças. Talvez possamos nos encontrar e colocar o papo em dia?

Engesso um sorriso falso.

— Claro, isso seria ótimo.

Ela se levanta, pega a bolsa e acena com a cabeça para Alex. Eu a observo se afastar pelo corredor e cruzar o vestíbulo, esperando ouvir a porta se fechar.

— Então, isso é uma notícia interessante. Eu não fazia ideia de que ela entrou na faculdade de direito, ou que você está pagando a mensalidade.

— Ela merece. Você mesma disse que ela é mais esperta que a maioria dos advogados da firma. Eu simplesmente pedi alguns favores.

Dou uma risada seca e balanço a cabeça. Nunca vou entender o motivo para Alex continuar a me manter no escuro. Eu sempre descubro, e isso faz com aquela vozinha maléfica entoe no meu ouvido: *"você não pode confiar nele"*.

É como se estivéssemos em um mar agitado, o litoral a um milhão de quilômetros de distância. Cada vez que nos aproximamos um do outro, ao alcance dos braços, uma onda sobe, chocando-se contra a lateral do barco,

CLEMÊNCIA

27

sacudindo e nos atirando pelo convés; nos separando um do outro. Deixando nosso barco cada vez mais longe da costa, sempre à deriva.

Odeio quando ele esconde as coisas, especialmente as pequenas que não significam nada na superfície, mas se tornam um ato implícito de traição quando fico sabendo depois.

E foi preciso mais do que alguns favores para que ela fosse aceita tão rapidamente.

— Que novo edifício levará seu nome na faculdade de direito no próximo ano?

— É uma expansão da biblioteca... mas terá seu nome nela, não o meu.

Ele dá a volta na mesa, faz com que eu descruze os braços e enlace seu pescoço.

— Você é a mente jurídica brilhante da família. Além disso, você tem um caso de amor com bibliotecas de todos os tipos. Você é que deveria ser imortalizada lá, não eu.

O peso em meus membros diminui, e o formigamento se espalha. O friozinho na barriga sempre me acomete quando Alex me dá aquele sorriso de menino inocente. Eu tento reprimir o sorriso, mas meus lábios se curvam de qualquer maneira.

— Não seja amoroso comigo. Ainda estou brava com você.

Seu cenho se franze.

— Por quê?

— Por não me contar sobre essa reuniãozinha com Lisa hoje. Ou que ela está na faculdade de direito.

Agarrando meus quadris, ele me puxa para mais perto e recosta a testa à minha.

— Sinto muito, querida. Eu não estava tentando esconder isso de você. As providências da faculdade de direito foram tomadas enquanto você estava no hospital. Pensei que se soubesse que Lisa viria hoje, você cancelaria sua sessão de terapia, e era mais importante você ver o Dr. Watson e relaxar com Leigha do que receber uma visita de Lisa. Você se divertiu?

— Na maior parte do tempo.

Ele entrecerrou os olhos e fechou a cara.

— O que aconteceu?

— Nada que valha a pena discutir agora.

A última coisa que quero fazer é trazer aquela vadia à tona, assim como suas palavras. É capaz que eu esteja apenas retardando a confirmação de

ANNE L. PARKS

sua implicação, isso pode acabar sendo provado pelas expressões faciais dele ou algo assim. Estive em uma montanha-russa emocional o dia todo, e realmente não preciso de outra queda acelerada ao inferno. Especialmente porque me sinto ao mesmo tempo eufórica e culpada pelo encontro secreto entre Lisa e ele.

Alex acaricia minha bochecha e me encara com atenção.

— Você ainda está com raiva de mim?

— Não, estou brava comigo mesma por ter tirado conclusões precipitadas quando entrei e te vi com outra mulher. — Respiro fundo. — Pensei o pior de você, Alex. Pensei que estivesse me traindo. Confio em você, confio de verdade, mas ultimamente parece que estamos tão desconectados.

Ele me abraça e me puxa contra o calor do seu corpo. Seus lábios pressionam a lateral da minha cabeça.

— Querida, estamos bem. Não há desconexão, eu prometo. Eu te amo, Kylie, e isso nunca vai mudar. Por favor, pare de se preocupar.

Seu coração está batendo acelerado. Quero gritar que estou tentando desesperadamente acreditar nele, mas suas ações falam mais alto do que as palavras. Ele está evitando qualquer forma de intimidade comigo, e não tenho certeza de como o amor que tivemos pode sobreviver sem isso.

Entretanto, o vazio dentro de mim continua crescendo e eu me pergunto se meu coração será capaz de suportar as garras geladas da dúvida que percorre minhas veias.

Tenho lido a mesma página deste novo mistério pelos últimos dez minutos. Eu fecho o livro e o coloco na mesa de cabeceira, ciente de que meu foco não vai retornar hoje à noite. Passar noite após noite sozinha, enquanto Alex se tranca em seu escritório, está me desgastando.

Sigo em direção à cozinha, desacelerando os passos ao passar em frente a porta de Alex. A TV está ligada, e algum analista financeiro está descrevendo o mercado de ações na China. Eu bato na porta e enfio a cabeça por entre o vão. Está escuro, e a única fonte de iluminação vem da televisão. Levo um minuto para avistá-lo sentado no sofá, bebericando um copo de uísque.

CLEMÊNCIA 29

Decido entrar, então.

— Ei, eu ia buscar um sorvete. Maggie comprou hoje um pote de chocolate com pedaços de menta. Quer se juntar a mim?

— Hmmm, tentador, mas acho que vou ter que recusar, querida. Estou esperando a chegada de uma proposta por e-mail e preciso responder rapidamente assim que a receber.

Meus ombros cedem e eu engulo em seco diante da decepção.

—Tudo bem, passei apenas para ver se você ia querer. — Saio do escritório e fecho a porta, me recostando a ela por uns segundos. Sinto como se meu coração estivesse encolhendo. Fecho os olhos e cubro o rosto com as mãos. O desespero me envolve como um pesado cobertor molhado que não consigo tirar de cima de mim.

Meu apetite se foi. Eu desabo na cama, puxando os travesseiros de Alex e inspirando seu cheiro viril. Fecho os olhos e tento imaginar seus braços ao meu redor, a sensação de seus lábios contra os meus, a maneira como ele rosna quando mordisco seu pescoço. Sinto falta de tudo isso. Eu sinto falta dele. Tenho saudades de nós.

O colchão se afunda e eu abro os olhos, deparando com Alex deslizando ao meu lado.

— Onde está seu sorvete?

Eu me levanto e recosto à cabeceira da cama.

— Desisti de tomar. Não é divertido destruir um pote novo sozinha.

Ele cobre minha mão com a dele e aperta.

— Me perdoe por negligenciar você, querida. Esse novo acordo está tomando mais do meu tempo do que eu pensava.

— Não faz mal, Alex. Eu entendo. Sei como este negócio é importante. Eu só sinto sua falta, mas acho que posso compartilhar você com sua empresa por um pouco mais de tempo.

— E se fizermos um trato? Você me dá esta noite para resolver os problemas deste negócio, e eu arranjarei um tempo para nós neste fim de semana.

— Sério? — pergunto, o coração pulando de alegria, mas a cabeça ainda desconfiada.

Alex assente.

— Acontece que Paul e eu precisamos nos encontrar em Nova York em uma fusão que estamos querendo. Se você vier comigo, podemos ficar para o fim de semana e passar algum tempo com Paul e Ryan.

Ver meus dois melhores amigos de novo é exatamente o que preciso. Ryan poderá me ajudar a descobrir o que devo fazer, e Paul me forçará a ser feliz apenas por estar em sua presença. Eles são minha família escolhida, sempre presentes quando mais preciso deles. E preciso deles desesperadamente agora.

Alex concorda com um aceno, e aquele lindo sorriso pelo qual me apaixonei desde a primeira vez se espalha em seu rosto. Eu me aconchego contra seu peito, ouvindo as batidas de seu coração.

— Eu adoraria isso, querido. Obrigada.

— Tudo por você. — Ele acaricia meu cabelo, e por um segundo, é como se estivéssemos nos velhos tempos.

Eu respiro fundo.

— Você acha que as coisas vão voltar a ser como eram antes de John... Alex retesa o corpo.

— Não. As coisas nunca mais voltarão a ser daquele jeito.

Meu sangue se transforma em gelo. As lágrimas embaçam minha visão e eu reprimo um soluço. O mundo está girando ao redor, em total descontrole. Meus piores medos foram confirmados. Alex nunca me amará como ele me amava antes do tiroteio. O barco em que estamos se agita violentamente e eu sou atirada às águas frias, escuras e impiedosas do mar. Estou me afogando e parece que não consigo agarrar um colete salva-vidas.

— As coisas mudaram desde aquela noite, Kylie. Nunca seremos as mesmas pessoas que éramos, mas isso não significa que eu não te ame mais do que jamais pensei ser possível. — Alex vai até a beirada da cama. — Tenho um trabalho para terminar. Não deve demorar muito, mas você deveria dormir um pouco. Duvido que descanse muito em Nova York.

Ele fecha a porta ao sair, e as lágrimas escorrem pelo meu rosto. Puxo os joelhos contra o peito, repousando a cabeça sobre os braços para chorar. Não tenho a menor ideia do que fazer. Não consigo imaginar minha vida sem Alex, mas posso não ter escolha.

Eu me recuso a manter um relacionamento com um homem que não me ama mais. Se eu não puder voltar para o barco com Alex, terei que me salvar e nadar até a costa. Ou me afogar no processo.

CLEMÊNCIA

CAPÍTULO 5

O helicóptero corporativo de Alex se eleva acima da linha do horizonte da cidade de Nova York. Eu me estico e belisco a coxa de Alex.

— Ai. Você poderia parar de fazer isso?

— Só estou me certificando de que não estou sonhando.

— Você já sabe desde o primeiro beliscão. Não deveria haver dúvidas com o terceiro. Além disso, você deve se beliscar, não a mim.

Nós sobrevoamos um edifício e começamos a pousar lentamente em um heliporto no telhado. Um homem passa por baixo das hélices ainda girando, e abre a porta. Ele estende a mão para me ajudar a descer, e eu adoraria aceitar a cortesia se conseguisse me soltar do cinto de segurança.

Eu olho para o jovem.

— Por que isso é tão difícil para mim?

Ele se aproxima, puxa a alavanca e solta a correia ao redor da minha cintura.

— Eu nem sempre sou tão fraca. — Aceito a mão estendida, apoio o pé no degrau e desço. Uma mão repousa na parte inferior das minhas costas conforme caminho pelo espaço aberto, e dou uma olhada por cima do ombro. Alex abre a porta com a mão livre e, gentilmente, me incita a entrar. A porta se fecha com um estrondo metálico e alto que reverbera pelo ambiente fechado.

Assim que chegamos ao elevador, Alex pressiona um botão na parede ao lado. As portas se abrem segundos depois e ele me guia para dentro.

— Há quanto tempo você tem um apartamento aqui? — Até alguns dias atrás, eu não tinha ideia de que Alex possuía imóveis na cidade. Deduzi que ele ficava hospedado no Plaza ou em algum outro hotel de luxo.

— Há alguns anos. Costumava vir aqui a negócios com frequência, mas agora acho que a Ellie se aproveita mais disso. Ela fica aqui em suas viagens de compras para a loja, pelo menos é isso que ela diz que está fazendo. Tenho uma suspeita de que ela vem aqui mais para passar a noite depois de badalar em todos as boates com seus amigos.

Ellie, a mais jovem dos irmãos Stone, é a pessoa mais animada e vibrante que já conheci na vida.

— Sim, isso parece mais do feitio de Ellie. Às vezes, é difícil acreditar que aquele espírito livre veio dos mesmos pais que você.

— O que isso quer dizer?

— Ela é completamente o oposto. É fascinante.

— Fascinante?

— Eu não cresci com irmãos, lembra? Então, sim, seu relacionamento com suas irmãs e seu irmão é um tópico interessante.

— E o que você descobriu através de sua pesquisa, Srta. Tate?

— Que debaixo de seus escuros ternos Armani, você é tão caloroso e fofinho quanto o resto de sua família.

— Hmmm, bem, não espalhe isso por aí.

— Seu segredo está seguro comigo, Sr. Stone. Estou muito feliz de ser o alvo desse seu lado doce e sensível. — Beijo a lateral de seu pescoço.

As portas do elevador se abrem e nós entramos em uma alcova. Alex abre a imensa porta preta e me conduz até uma grande sala de estar. As janelas, do piso ao teto, alinham as duas extremidades da sala, um lado oferecendo a vista do Central Park e o outro da linha do horizonte sul de Manhattan. Sigo até as janelas e contemplo as pessoas passeando pelo parque. Parecem formigas que percorrem seus caminhos, completamente alheias ao meu olhar, como um pássaro no alto de uma árvore, hipnotizado por seus movimentos. Visitei Nova York em muitas ocasiões desde que Ryan e Paul se mudaram para cá, mas nunca a vi deste ponto de vista.

Alex se posta às minhas costas e segura quadris, apoiando o queixo sobre meu ombro.

— O que você acha?

— É de tirar o fôlego… e um pouco assustador. Sinto como se pudéssemos cair por estas janelas.

Os dedos de Alex cravam a pele em meus quadris. Seus lábios roçam minha orelha, o hálito quente aquecendo a pele, e enviando faíscas desde o meu peito ao ventre.

— Nunca te deixarei cair, querida.

CLEMÊNCIA

Inclino e recosto a cabeça em seu ombro. Sinto falta destes pequenos momentos entre nós. Posso fingir que os acontecimentos dos últimos dois meses não foram reais. Fingir que continuamos exatamente de onde paramos na noite em que Alex, por fim, disse que me amava, e eu acreditei que seria feliz para sempre.

O celular de Alex toca, e no segundo em que ele se afasta para pegar o aparelho do bolso, sinto sua falta. O frio e a solidão substituem o calor, e tenho consciência de que pode demorar um pouco até que sejamos tão íntimos novamente.

— Ei, Paul — diz Alex. — Sim, acabamos de chegar, há alguns minutos...

Posso ouvir a voz de Paul do outro lado, mas não o que ele está dizendo, no entanto, Alex ri. Adoro que Alex e Paul tenham se tornado tão próximos nos últimos meses, mesmo entrando em um empreendimento conjunto. Então, por que há um aperto repentino em meu peito? Uma onda ardente de ressentimento que Alex pode relaxar e se divertir com Paul, mas está tão distante e sério comigo a maior parte do tempo. Não era assim antes.

E duvido que alguma vez será daquele jeito novamente.

Alex e eu seguimos caminhando pela calçada até o restaurante italiano onde nos encontraremos com Paul e Ryan para almoçar. O sol está brilhando, mas há uma mudança no ar à medida que o verão quente dá lugar às temperaturas mais baixas. Alex segura minha mão, entrelaçando nossos dedos. Lanço uma olhada de esguelha para ele, deparando com a sombra de um sorriso em seus lábios. Gostaria de conferir se o sorriso chega aos olhos, mas os óculos escuros os cobrem.

Estou mais uma vez tomada pela nostalgia. A simplicidade que compartilhamos só de estarmos juntos. Não temos que falar nada, apenas estar na presença um do outro. Essa é a nossa fuga, sempre foi o nosso refúgio do mundo que nos cerca. A salvo das forças externas que tentam se interpor entre nós.

Meu coração incha no peito. O sentimento ainda existe entre nós. Não morreu, apenas foi enterrado. Mas agora que o encontramos, mesmo que seja pouco visível debaixo da tralha, planejo colocá-lo em vigilância.

Paul e Ryan já estão em uma mesa do lado de fora enquanto Alex e eu nos aproximamos. Há também uma garrafa de vinho aberta, meio vazia. Paul me toma em seus braços, me dando seu abraço de urso conhecido.

— Como está meu Neandertal favorito? — Rio quando ele me levanta, me apertando com mais força para só depois me colocar de volta no chão. Inclino a cabeça para trás e encaro o semblante que conheço tão bem. Mais algumas rugas ao redor dos olhos, e talvez até um pouco de fios acinzentados em suas têmporas, embora seja difícil dizer com seu cabelo loiro.

— Estou ótimo. Como está a cabeça? — Tamborila os nódulos dos dedos na minha testa.

— Os médicos me asseguram que logo voltarei ao normal. Sou um milagre da medicina moderna, sabia?

— Bem, tem que ser mesmo, porque desde que te conheço, você não é normal.

Dou um soco em seu braço.

— Engraçadinho.

Ryan se aproxima, enlaça minha cintura e me dá um beijo na bochecha.

— Oi, docinho.

Retribuo o gesto e Alex cumprimenta Paul com um aperto de mãos, até que todos nos sentamos. Paul começa a contar suas piadinhas indecentes na mesma hora, e caímos na risada. Eu observo a mesa com meus dois melhores amigos e o homem a quem amo. O ambiente é tão descontraído. Parece impossível pensar que já se passaram meses desde que todos nós brincamos e rimos desta maneira. Tantos dias sombrios se estenderam entre aquela época e agora. Tudo por causa de John e de sua incapacidade de me deixar em paz. Sua sede insaciável de me controlar. Sua visão deturpada do amor através da tortura e do estupro.

As braçadeiras ferindo a minha pele enquanto eu estava pendurada na haste de metal no chuveiro. O estalido das tiras de couro, a ardência à medida que a carne era dilacerada.

Sacudo a cabeça, afastando as imagens sombrias. Hoje, não. Não vou deixar que as lembranças de um louco arruínem este dia perfeito.

John se foi. Não posso mudar meu passado, ou o papel que ele desempenhou nele. Mas não permitirei que faça parte do meu futuro.

Paul abre a porta do apartamento onde ele e Ryan moram juntos, e todos nós adentramos a sala de estar. Eu me jogo no sofá e gemo.

— Ai, meu Deus, isso foi tão bom, mas eu comi demais.

Ryan grunhe em concordância.

Paul começa a rir na mesma hora.

— Amadores. — Nunca deixa de me surpreender a quantidade de comida que esse homem pode armazenar. Ele é como um cão que come as sobras depois do jantar. Não sobrou um grão de comida, tudo graças a Paul, o buraco negro humano.

Ryan recosta a cabeça no sofá, olhando para Paul.

— Está pronto?

Paul acena com a cabeça e se senta ao lado de Ryan.

— Vamos lá.

Meu coração acelera no peito. *Ai, Deus, por favor, não deixe que isto seja alguma notícia ruim.* Meu olhar se alterna entre os dois, procurando por alguma pista. Eu sei que nunca serei capaz de lidar com más notícias.

— O que está acontecendo? — pergunto. Procuro pela mão de Alex e entrelaço nossos dedos. — Vocês estão me deixando nervosa.

Ryan me encara e pigarreia.

— Precisamos te pedir um favor, K.

— Um favor bem grande — acrescenta Paul.

— Você sabe que pode me pedir qualquer coisa. — Meu coração está acelerado, as mãos estão suadas. Eu gostaria de poder secá-las, mas não vou largar Alex. De jeito nenhum. Só ele consegue me dar forças em momentos assim.

— Paul e eu decidimos começar uma família.

— E esperamos que você trate dos aspectos legais da adoção para nós. — Paul me encara com seu olhar de cachorrinho pidão.

Fico ali sentada, atordoada, pensando no que eles acabam de dizer. Solto a mão de Alex e esfrego as palmas contra o jeans. Um milhão de perguntas passa pela minha mente, mas me contento com a mais importante:

— Vocês não acham que estão fazendo isso fora de ordem? Vocês ainda nem são casados.

Silêncio. Eu olho para Ryan e Paul com seus olhares inexpressivos. Paul inclina a cabeça para trás de tanto rir, enquanto Ryan balança a cabeça de um lado ao outro, com sorriso de orelha a orelha.

— O que é tão engraçado? — Dou uma olhada em Alex, que apenas dá de ombros.

Paul coloca sua mão no peito e respira um pouco.

— Casados? Não somos exatamente um casal convencional tendo filhos, K.

— Por quê? Só porque vocês são gays?

— Sim, isso nos deixa fora da família tradicional convencional, não é?

— Por que deveria? Nova York permite o casamento gay. Vocês não acham que deveriam se comprometer um com o outro antes de se comprometerem com uma criança?

— Mas que merda…

Ryan coloca a mão sobre o braço de Paul.

— Isso é algo que, definitivamente, discutiremos, docinho. O que precisamos saber é se você pode ajudar com o processo de adoção.

— É óbvio que sim. Eu mantive minha licença aqui em Nova York, então isso não é problema. Vocês entraram em contato com alguma agência de adoção?

— Sim, uma altamente recomendada por amigos que já adotaram algumas vezes. Verifiquei as referências e estamos bem confiantes em relação a isso.

— Okay, basta me enviar o nome e o telefone da agência, assim como o nome da pessoa que vocês contataram lá. Vou começar com a parte legal. Vocês já assinaram um contrato com eles?

Ryan pega uma pasta da mesa ao lado e a entrega para mim.

— Não, estávamos esperando que você desse uma olhada antes de assinarmos qualquer coisa.

— Tudo bem. Vou dar uma analisada e aviso.

Paul esfrega o ombro de Ryan, um sorriso presunçoso em seu rosto.

— Viu? Não precisamos nos preocupar com nada. Está tudo bem.

Ryan assente e olha para mim, virando-se depois para Alex.

— Você está bem, Alex?

— Eu? Sim, estou bem. Pensei que vocês pediriam para Kylie ser uma barriga de aluguel.

Ryan e Paul me encaram fixamente.

Merda, merda, merda! Não tivemos esta discussão?

Segundos depois, Paul dá um tapa em sua própria coxa e se levanta.

— As especificações sobre a propriedade de investimento estão em meu escritório, se você quiser dar uma olhada nelas, Alex.

Alex acena com a cabeça.

CLEMÊNCIA

— Claro. — Ele segura minha mão e beija meus dedos. —Tudo bem por você, querida?

— Se eu disser 'não', vocês vão discutir de qualquer maneira e deixar Ryan e eu entediados. — Dou uma risada ao empurrá-lo de leve. — Vão lá falar de negócios. Ryan e eu conversaremos sobre bebês.

A porta do escritório se fecha logo depois, e Ryan toma o lugar ao meu lado no sofá.

— Mas que merda é essa, Kylie? Você ainda não teve a conversa com Alex?

— Acho que não. — Cubro o rosto com as mãos, fechando os olhos. — As coisas têm sido uma loucura nos últimos meses. Acabei me esquecendo.

— *Você esqueceu?* Docinho, você tem que dizer a ele. Isto é algo que ele precisa saber.

— Eu sei. — Esfrego os olhos e levanto a cabeça. Ryan está me fuzilando com o olhar. — Eu sei! Eu vou falar, eu prometo.

— Logo. Ele merece saber.

— Eu nunca quis esconder isso dele, Ryan. Simplesmente ainda não surgiu o assunto. Tivemos outros problemas a tratar, e ter filhos parecia ser a menor das nossas preocupações.

Ryan abre a boca, mas eu ergo a mão para interrompê-lo.

— Eu vou contar, okay? Só não estou ansiosa por isso. Temos nos dado tão bem desde que chegamos aqui, tem sido quase como costumava ser antes. Só não quero que isso acabe.

— O que mais está acontecendo?

— Nada. E, por nada, eu realmente não quero dizer *nada*. É como se andássemos por aí fingindo que está tudo bem, que estamos felizes e que as coisas voltaram a ser como eram.

— Ainda sem sexo?

Eu fico de pé e ando até a janela.

— Nada.

— Você falou com ele sobre isso?

— Não. Ele se antecipa a cada vez. *"Tenho uma reunião cedo"* ou *"Não queria te acordar, então dormi no escritório"*. Ele age como se tudo estivesse bem. Ele assegura que me ama, mas evita fazer sexo comigo a qualquer tentativa.

Volto para o sofá e desabo contra as almofadas.

— Não sei o que fazer. Algo está, definitivamente, errado, e até que ele queira admitir, não vejo como podemos seguir em frente, ou vencer isso.

Ryan se achega ao meu lado e segura minha mão.

— Você precisa falar com ele, deixar claro que tem perguntas e que ele precisa respondê-las. Você o conhece, querida, e sabe que ele não se abre fácil. Você tem que ter certeza de que ele saiba que está seguro, que o que quer que ele diga, você aceitará.

Isso é o que mais me assusta: que eu tenha que aceitar o que quer que ele me diga. Mesmo que isso signifique que eu tenha que dizer adeus. Fecho os olhos com força e as lágrimas escorrem pelo meu rosto. Meu peito dói por causa do soluço contido.

— E se ele só estiver comigo por causa de algum senso de lealdade?

— Ah, querida, venha aqui. — Ryan me puxa contra o calor do seu peito, os braços me envolvendo com força, então beija o topo da minha cabeça. — Alex te ama. Eu vi isso meses atrás, antes mesmo que você acreditasse. Antes que ele se desse conta. Mas era tão óbvio como se tivesse sido escrito em um letreiro.

— Isso foi há muito tempo, antes de John atirar em mim. Quando Alex pensou que eu era forte. Agora, ele vê quão fraca eu sou.

— Do que você está falando? — Ele levanta minha cabeça e afasta os fios do meu cabelo do rosto.

— Você é uma das pessoas mais fortes que conheço, Kylie.

— Eu não me sinto forte, Ryan. Sinto que não consigo lidar com nada. Eu desmorono por qualquer coisa hoje em dia. Tenho medo de adormecer, porque não suporto ver John atirando em Alex em meus pesadelos. Preciso que Alex durma comigo, me abrace e diga que tudo vai ficar bem, mas não sei como pedir isso a ele. — Afundo o rosto em seu peito, quase sendo sufocada pelo pranto.

— Dizer às pessoas quando você precisa delas não a torna fraca, Kylie. Faz de você um ser humano. Você acha que Alex é sempre forte?

Assinto em concordância contra o peito forte.

— Então, me permita esclarecer. Esperávamos que você saísse do coma dentro de alguns dias após sua cirurgia. Quando os dias se transformaram em semanas, bem, você conhece Alex. Ele não aceitou que os médicos dissessem que teríamos apenas que esperar para ver. Ele queria respostas, exigia que eles chamassem os melhores neurocirurgiões para consultar o seu caso. Eles disseram que tudo parecia bem, e que tínhamos que esperar.

Ele suspira, antes de prosseguir:

— Alex saiu nervoso da sala. Nós o seguimos até a garagem. Ele estava

CLEMÊNCIA

gritando alto e esmurrando uma parede de concreto. Quando Paul chegou até ele e o afastou, seus nódulos dos dedos estavam feridos e ensanguentados. Ele caiu de joelhos e chorou, dizendo o tempo todo que não podia viver sem você, que você era a razão pela qual ele era capaz de enfrentar seu passado. Você trouxe o amor que ele tinha escondido na escuridão de volta à luz.

Ouço atentamente cada palavra.

— O que quer que ele esteja passando, Kylie, acho que é seguro supor que é porque ele ainda está assustado.

— Com o quê? Estou aqui. Voltei para ele.

— Essa é uma ótima pergunta, e um excelente tópico para começar a conversa.

Ele está certo. Ryan está sempre certo. Se quero ter alguma chance de um relacionamento com Alex além de ser apenas sua companheira de quarto, terei que fazê-lo se abrir sobre seus medos. Mas Ryan está certo. Esta é uma parte de si mesmo que Alex mantém bem guardada, mesmo de mim.

Limpo as lágrimas e abraço meu amigo.

— Estou muito cansada. Acho que vou voltar para o apartamento de Alex e tirar uma soneca.

— Tem certeza? Você pode tirar uma soneca aqui.

— Não, eu quero um tempo sozinha. Preciso pensar em algumas coisas antes de Alex voltar.

Ryan desce comigo até o saguão e chama um táxi, dando ao motorista o endereço de Alex e uma nota de vinte dólares. Ele beija minha bochecha, depois acaricia meu rosto.

— Me avise quando você chegar.

— Okay. Você pode avisar Alex que eu saí, mas pode dizer de um jeito que não o deixe preocupado?

Ryan assente e fecha a porta.

O trajeto de volta ao apartamento de Alex é curto, e o motorista se foi com uma gorjeta muito boa. O porteiro me acompanha pelo saguão, chama um elevador e digita o código para a cobertura.

Tanta coisa aconteceu hoje. Eu vislumbro a banheira a caminho para o quarto. *Ai, quão adorável seria isso?* Um banho de banheira agradável e quente. Envio uma mensagem ao Ryan para avisar que cheguei em segurança, recosto a cabeça no travesseiro e encaro o teto fixamente. O que será necessário para que Alex seja sincero comigo sobre nossa falta de contato sexual?

E como contar a ele que nunca poderei ter um filho?

CAPÍTULO 6

A conversa com Ryan me desgastou, e não tenho certeza se foi pela duração, o tópico, ou o estresse induzido pelo teor. Seja o que for, a fadiga me abate segundos depois de eu recostar a cabeça no travesseiro. Meu sonho é claro e vívido, um forte contraste com os pesadelos cinzentos e sombrios dos últimos tempos. Estou em um campo de tulipas, o sol deixando um brilho dourado na minha pele, meu cabelo esvoaçando com a brisa. Eu contemplo os campos cobertos de enormes flores em tons vermelho-vibrante, amarelo e rosa. Uma mão está acariciando minha barriga, atraindo minha atenção para o homem diante de mim. A mão máscula esfrega meu ventre com suavidade, a barriga tão protuberante que mal consigo enxergar meus pés. Alex me encara com os olhos repletos de amor e esperança, e o sorriso mais largo que já vi.

Seus lábios estão se movendo, mas não consigo ouvir o que diz. Somente quando a brisa circula ao redor da minha cabeça é que consigo ouvir seus sussurros: *Você está me dando o presente mais precioso que poderia desejar. Uma criança. Nosso filho. Agora nosso amor está completo.*

Minha mão vai direto para a minha barriga conforme sou arrancada do sonho. Macia, chapada, sem vestígios de qualquer gravidez, e não tenho certeza se é alívio que sinto ou arrependimento. E se Alex quiser uma família, e eu não puder lhe dar uma? Não só isso, mas não tenho nenhum desejo de ser mãe. Sei que eu deveria sentir algum tipo de culpa por isso. Sei que muitas mulheres que conheci certamente gostam de me fazer sentir como se houvesse algo de errado comigo por não querer criar uma criança, mas estou feliz com minha vida. Não acho que seja algo egoísta não querer ter filhos, exatamente o contrário. O que é egoísta é trazer uma criança para sua vida sendo que você não pode se comprometer cento e cinquenta por cento.

A mão de Alex está no meu quadril, e eu enxugo rapidamente as lágrimas antes de me virar para encará-lo.

— Oi, querida, eu não quis te acordar. — Ele se inclina e me dá um beijo suave nos lábios.

— Você não me acordou. Eu já estava meio que despertando, de qualquer forma, só não tive coragem de me levantar.

Ele enfia os dedos por entre os fios do meu cabelo, olhando profundamente dentro da minha alma, como se estivesse procurando uma resposta para uma pergunta ainda não feita.

— Sinto que deparei com algo que não deveria saber hoje. — Entrecerro os olhos, tentando entender o que ele quer dizer com aquilo. — Quando disse que pensava que Ryan ia te pedir para ser uma barriga de aluguel — esclarece.

— Ah.

Porra.

Precisamos ter esta conversa, mas, por conta do meu sonho, estou me sentindo mais do que um pouco temerosa. Eu me sento e recosto contra a cabeceira da cama.

— Eu deveria ter falado com você sobre isto desde o início, quando percebi que estávamos ficando sérios, mas muita coisa estava acontecendo, e, honestamente, isso me fugiu da cabeça. Preciso que saiba de antemão que nunca quis esconder isto de você.

Alex se senta ao meu lado, as sobrancelhas franzidas.

— Jesus, Kylie, você está me deixando nervoso. O que foi?

Eu respiro fundo, o que não faz absolutamente nada para acalmar meus nervos. Estou petrificada de que isto o deixe devastado. Nunca falamos sobre ter filhos, então não tenho ideia de quais são seus pensamentos sobre o assunto. Seguro a mão dele, acariciando o dorso com o polegar.

— Não posso ter filhos. — Internamente, eu me encolho e espero sua resposta.

Foram poucas as vezes que me relacionei com alguém sério o suficiente para chegar a esta discussão, e, bem, digamos que há muito mais homens por aí que afirmam não querer filhos, mas, na verdade, querem. Talvez não naquele momento, mas diante do cenário de nunca poder espalhar suas sementes, eles fogem. E rápido.

E eu sempre me sentia como se fosse menos mulher. No começo, de qualquer forma. Agora, é quem eu sou, mas isso não me define como mulher.

O semblante inexpressivo de Alex não indica nada, assim como seus olhos. Ele respira fundo.

— Como assim, não pode?

— Não tenho o equipamento necessário para fazer um bebê.

— E com isso, você quer dizer o quê? Fez uma laqueadura?

Ah, se ao menos tivesse sido assim tão fácil... Mas nada tem sido fácil para mim, e meus órgãos reprodutivos não têm sido menos complicados.

— Histerectomia total.

— Mas você faz uso de contraceptivos.

O quê? Nego com um aceno de cabeça.

— Hmmm, não, eu não uso.

— Bem, qual é a pílula que você toma todos os dias?

— Reposição hormonal, para evitar que eu entre precocemente na menopausa.

Ele continua me encarando, sem emoção, sem entregar nada e isso está prestes a me matar. Preciso saber o que ele está pensando, o que está sentindo. Preciso saber se bato o último prego no caixão desta relação.

— Então, talvez você deva começar do início e explicar?

Deus, por onde começo essa história? Certamente não quando operei. Vai mais longe do que isso. Muito mais. Uma enxurrada de emoções me inunda quando me lembro de minha juventude. Não é a mais agradável das lembranças, então não as revisito com frequência, se puder evitar.

— Okay, bem, você sabe que cresci na pobreza. Éramos apenas eu e meu pai, depois que minha mãe foi embora. O meu pai não lidou bem com a separação, e a vida dele praticamente se descontrolou, e ele me arrastou no processo. Resumindo, ele era um bêbado que não conseguia manter um emprego. Sem trabalho, sem seguro de saúde e sem consultas médicas periódicas. Tive vergonha de falar sobre isso com o escasso número de amigos que tinha, por isso nunca soube que havia um programa da comunidade que oferecia exames de graça.

Lanço um olhar para Alex, que acaricia minha mão, deparando com seu semblante mais suave. Seu toque é simples, mas sempre me fortalece.

— Desde o início, minha menstruação não era o que os médicos considerariam normal. Era extremamente esporádica, às vezes uma vez por mês, às vezes duas, e muitas em um meio-termo. Acho que eu sabia que algo não estava funcionando como deveria, mas também não sabia o que poderia fazer a respeito. Quando fui para a faculdade, comecei a sentir

CLEMÊNCIA

43

dores intensas, mas fingi que elas iriam embora. Não passou, e quando Ryan e Paul descobriram que algo estava errado, eles me levaram ao hospital. O médico descobriu que eu tinha endometriose severa, do tipo que ameaçava a minha vida naquele momento. Como eu não estava nem perto da menopausa, eles fizeram uma limpeza completa da casa.

— Meu Deus, Kylie. — Alex esfrega o rosto, olhando para algo ou nada na parede adiante. — Então, isso, definitivamente, impossibilitaria que você fosse uma barriga de aluguel.

Ele se vira para mim, o olhar expressando um misto de esperança com cautela.

— No entanto, não significa, necessariamente, que você não possa ter filhos.

Isto é exatamente o que eu temia. Ele quer filhos, mesmo que eu não possa realmente carregá-los.

— Você quer dizer através de alguém que possa alugar a barriga para mim? Ou adoção?

— Todas as opções estão disponíveis para você — ele responde.

Sacudo a cabeça, suspirando com força ao apertar a mão dele.

— Alex, tive muito tempo para pensar sobre isto, e não quero filhos. Estou feliz com minha carreira. Com nossas vidas, agora e no futuro. Adoro sonhar com o destino para onde a vida nos levará, todas as coisas que quero experimentar com você, e posso dizer, de verdade, que não quero criar uma família.

Levanto sua mão e beijo seus dedos, ciente de que a próxima parte pode acabar com tudo entre nós e destruir todas as minhas esperanças de um futuro ao lado dele.

— Se isso é algo que você quer, um bebê, uma família, precisamos reavaliar nossa relação. Não vou mudar de ideia, Alex, por mais romântica que seja a noção de compartilhar um vínculo com você através de uma criança, não é o suficiente para me fazer querer essa vida.

Inspiro lentamente e o seguro o fôlego, observando-o, esperando sua reação. Meu coração bate forte, as mãos tremem e uma fina camada de suor se forma na minha pele.

Por fim, ele me olha, e um sorriso curva os cantos de sua boca.

— Querida, eu também não quero filhos. Se quisesse, já os teria a essa altura. Minha vida é a empresa e as instituições de caridade, pelo menos, até você entrar nela. Se há alguma mulher com quem eu gostaria de ter um filho, é você, mas estou perfeitamente feliz só por te ter ao meu lado. Construindo um futuro e compartilhando nossos sonhos. Não consigo imaginar minha vida mais completa do que é agora, contigo. Não quero e nem preciso de mais.

Quase começo a chorar. Pelo menos isto não vai ficar entre nós, mas não é a única coisa que está no nosso caminho. Melhor me referir ao elefante na sala e convencê-lo a me dizer por que não me tocou de nenhuma maneira significativa e íntima desde antes do atentado.

O pouco alívio que senti evaporou, e a tensão envolve meu corpo mais uma vez. Eu preciso saber o que está acontecendo, mas isso não significa que eu queira necessariamente saber.

— Alex, preciso que seja sincero comigo sobre algo.

— O quê?

— Preciso que você me diga o que está acontecendo conosco. Preciso que você seja honesto… e me diga por que não quer fazer amor comigo.

Alex inclina a cabeça para trás, fecha os olhos e esfrega a ponte do nariz.

— Kylie, não é que eu não queira fazer amor com você, eu quero. Você não tem ideia do quanto.

Bem, isso é verdade…

— Você está assustado por algum motivo? — pergunto.

Ele abre as pálpebras e me encara com aqueles olhos azuis agora destacados pelas olheiras e as rugas pronunciadas que indicam cansaço.

— Por muitos motivos.

Um arrepio me percorre.

— Por quê? — Odeio que minha voz esteja vacilante. Meus dedos brincam com o pingente duplo do coração que Alex me deu.

Ele fecha os olhos de novo, respira fundo e exala o ar lentamente.

— Por favor, fale comigo, Alex. Seja o que for, por mais difícil que seja ouvir, preciso saber o que está errado. — Seguro suas mãos com força. — Você está com medo de me perder?

— Sim.

— Eu estou bem, Alex. Os médicos dizem que me recuperei por completo, e há um baixo risco de eu desenvolver qualquer complicação por conta do tiro ou do trauma na cabeça.

— Bem, admito que isso me preocupou no início.

— E agora?

CLEMÊNCIA

Ele baixa a cabeça, o polegar fazendo um círculo lento no dorso da minha mão, e fica quieto por um momento.

— Você não precisa mais de mim... não precisa mais de mim para protegê-la. A razão pela qual você se apaixonou por mim desapareceu agora que John não pode mais te fazer mal.

Um frio repentino me acerta no peito, e as meus membros formigam diante da descrença.

— Você acha que me apaixonei por você porque me protegeu de John?

Ele concorda com um aceno.

Eu me sento, e o tempo parece ficar congelado por um minuto conforme reúno meus pensamentos.

— Alex, eu amo que tenha me protegido, mas não foi por isso que me apaixonei por você, e, certamente, não é por isso que ainda te amo.

— Mas você será capaz de me perdoar verdadeiramente por falhar contigo?

Minha mente se atropela para encontrar respostas.

— Do que você está falando?

— John atirou em você, quase a matou enquanto eu observava tudo se desdobrar. Eu jurei proteger você e falhei.

— Deus, eu odeio isto, mesmo do túmulo ele ainda se coloca entre nós. Mas, querido, você não falhou comigo. Quem me dera poder te fazer entender todas as maneiras que você me salvou. Sei que está com medo, mas se desistir desta parte de nós porque tem medo de me perder de alguma forma, então já me perdeu. Estou realmente tendo dificuldade de explicar isto, é só que, tudo pode acontecer, a qualquer momento, ou nada pode acontecer. Poderíamos ter trinta anos juntos ou trinta minutos.

— Eu te vi morrer — ele sussurra, e meu coração se parte.

— Eu voltei para você, Alex.

Sua mão acaricia minha bochecha, os olhos penetram minha alma, os lábios pressionam contra os meus. Ele suga gentilmente meu lábio inferior, solta e murmura contra eles:

— Pode uma coisa tão boa quanto essa durar para sempre? — Sua mão envolve minha nuca e me puxa para dentro dele, grudando nossos lábios.

Eu descanso as mãos sobre suas coxas, ainda incerta sobre o que fazer, até onde ele me deixará ir antes de fechar a porta, como sempre fez quando chegamos a este ponto. Ele vai ter que assumir a liderança sobre isto, pois não tenho certeza se posso lidar com a rejeição novamente.

Ele afasta a cabeça para trás, os olhos sombrios e sensuais, porém com as sobrancelhas cerradas.

— O que foi?

— Nada — desabafo um pouco rápido demais. Ele suspira e abaixa a cabeça. — É só... é difícil seguir esse caminho. Acho que vamos fazer amor, e... — Minha voz vacila, e desvanece.

— E nunca chegamos a isso, em vias de fato. — Sua mão ainda está envolvendo minha nuca, e ele inclina minha cabeça de forma que possa olhar diretamente em meus olhos. — Não sou perfeito. Cometo inúmeros erros, mas estou tentando aprender também. Ultimamente tenho inventado motivos para te manter à distância, para negar aquela parte minha que está tão desesperada por você, porque pensei que de alguma forma isso nos machucaria. É um pensamento falho, eu percebo isso, especialmente depois de ouvir você desabafar, mas é a isso que tenho me agarrado. O que perdi de vista é que, mesmo com todas as justificativas que encontrei, a única razão pela qual estou te ignorando... é você. Você é a única razão pela qual mudei quem eu era em primeiro lugar. O único motivo com o qual eu deveria me importar é você... e é isso.

Meu ritmo respiratório acelera, a mente nadando em um mar de luxúria, necessidade e carência. Agarro o botão de seu jeans, lutando até conseguir abrir. Retiro minha calça e camiseta e me deito no colchão. Jogando seu jeans no chão, Alex rasteja e paira acima de mim, os olhos deslizando pelo meu corpo. Ele umedece o lábio inferior, e o tom azul de suas íris escurece.

Os músculos de seus braços flexionam ao abaixar lentamente o corpo nu sobre o meu. Ele arrasta seus lábios ao longo do meu pescoço e ombro. Um gemido baixo e luxurioso me escapa, e eu projeto meus seios contra seu tórax musculoso. Deslizo as mãos pelas costas fortes, sentindo cada curva, cada vinco, e cada músculo de seu corpo tentador.

Fazemos amor de um jeito lento, sensual e mais do que aguardado. A emoção por todo o meu corpo é quase mais do que posso suportar. Eu me sinto afligida por uma sobrecarga sensorial, desesperada para tê-lo por completo. Faz tanto tempo desde que estivemos tão próximos... compartilhando essa intimidade.

Assim que chegamos ao clímax avassalador que nos foi negado por tanto tempo, seus lábios reencontram os meus em um beijo longo, nossos corpos se acalmando do êxtase. Ele desaba em cima de mim, e eu enfio os dedos entre os fios de seu cabelo quando ele repousa a cabeça no meu peito.

CLEMÊNCIA

— Você está bem? — pergunta.

Eu rio.

— Eu diria que estou muito melhor do que bem. — Seguro seu rosto entre as mãos. — Confio em você... Sei que nunca me machucará da forma como já fui machucada antes. Isto não é apenas sexo. Nunca foi apenas sexo com a gente. Tem um significado mais profundo para nós dois.

Ele me beija, acariciando meu cabelo e alojando a mão na minha nuca.

— Você me mostrou como amar, e ser amado, e compartilhar este tipo de intimidade. Ninguém mais te machucará, nunca mais tirarei nada que não esteja disposta a dar. Eu te amo e respeito você e seu corpo.

Eu sorrio, meu coração sendo envolto por suas palavras como um escudo que o protege do mal. Nunca pensei que voltaria a confiar em um homem, que seria capaz de me doar por inteiro. Alex mudou tudo isso. Eu confio nele com meu coração e meu corpo. E sou totalmente dele. Para sempre.

CAPÍTULO 7

Jogo a bolsa em cima da bancada da cozinha e desabo no sofá da sala de estar.

— Adoro visitar Ryan e Paul, mas eles me esgotam.

Alex ri da cozinha.

— Sim, bem, é melhor eles se divertirem agora porque, quando tiverem um filho, não poderão sair e festejar.

O celular de Alex toca antes que eu possa comentar. Eu alcanço o controle remoto e ligo a TV, vendo a tela piscar com a manchete:

Notícia investigativa de última hora.

— *Nesta noite, James Wells foi condenado pelo assassinato de sua esposa, Ellen Stone Wells, ocorrido em 1986. O repórter Christopher Terry faz uma retrospectiva do crime e do julgamento que abalou a comunidade, e contata o homem que está na prisão para ouvir o que ele tem a dizer sobre seu filho bilionário, o conhecido empresário e filantropo, Alex Stone.*

Meu peito se aperta.

Alex se senta ao meu lado e joga seu celular sobre a mesa de centro.

— Era o Jack. Ele e Annabelle querem que jantemos com eles amanhã à noite. Eu lhes disse que estava tudo bem. — Acho que ele não percebeu o que está passando na TV.

— Sim, parece bom. Não vejo Annabelle há algum tempo. Vai ser legal encontrar os dois. — respondo, mas a notícia no telejornal me distrai.

Christopher Terry está de pé diante de uma casa colonial de dois andares.

— *Uma bela casa em um bairro de classe média alta. A família que morava aqui era muito respeitada na comunidade. James Wells era um funcionário promissor em uma companhia industrial, subindo na hierarquia da administração para se tornar o chefe de pesquisa e desenvolvimento. Ele foi casado com sua esposa, Ellen, por dezessete anos, e teve dois filhos e duas filhas. Amigos e vizinhos se recordam das crianças brincando com outras crianças do bairro. Uma família normal, mas, por trás das cortinas, os problemas estavam surgindo, e em uma noite fatídica, o segredo mais obscuro seria a notícia do horário nobre com a morte de um dos membros, que levou à condenação por assassinato de outro. Mas será que o caso é tão preto no branco quanto parece? Junte-se a nós para:* Os Pecados do Pai.

A música soa, indicando o intervalo comercial. Desvio meu olhar para Alex. A veia em seu pescoço está saltada, a mandíbula contraída. Ele encara a TV fixamente. Não sei muito sobre esta parte de sua vida – ele nunca fala sobre isso, e só recentemente se abriu sobre a morte de sua mãe. As memórias são como um demônio sussurrando que ele falhou com ela, não a protegeu de seu pai abusivo, e sua punição é uma vida inteira de culpa pela morte dela.

Agora, justamente quando Alex começa a enfrentar os horríveis acontecimentos daquela noite, e começa a ceder à ideia de que não havia nada que ele pudesse fazer, tudo será trazido à tona para o entretenimento das massas e pelo ibope nos noticiários.

Estou no limbo, sem saber o que fazer. Não tenho certeza do que ele quer ou precisa de mim neste momento. Eu quero ir até ele, confortá-lo. Garantir que saiba que estou aqui para ele e que nunca mais estará sozinho. No entanto, Alex lida com as coisas do seu próprio jeito e bajulá-lo só o estressará ainda mais.

— *Era uma noite quente de verão, não muito diferente do que estamos vivendo atualmente, quando uma ligação foi feita para a polícia.*

Há uma foto de um rádio de polícia na tela. As vozes da policial e do jovem rapaz são ouvidas, conforme a transcrição de suas palavras atravessa a tela.

— Nove-um-um, qual é sua emergência?

— Minha mãe precisa de ajuda. Ela não está respirando. — A voz de Alex, tão jovem e tão assustada, chega ao meu coração como uma punhalada. Sinto sua aflição, pois sei do desfecho e dos anos infernais que resultaram desta noite.

— Pode me dizer o que aconteceu? — pergunta a despachante.

— O meu pai... b-bateu nela... e ela caiu... — Ele se esforça para respirar por entre os soluços. — E agora ela não está respirando.

— Seu pai ainda está aí?

Leva um momento até que Alex responda:

— Não, ele foi embora.

— Okay — diz a policial, sua voz suave, reconfortante e calma. — A polícia está a caminho. Vou ficar na linha com você até que eles cheguem aí. Qual é o seu nome?

— Alex Wells.

O nome me desequilibra por um segundo. Nunca considerei que o sobrenome de Alex não fosse Stone desde sempre. Soa tão estranho para mim. Já é difícil conciliar que a voz soluçante do menino na gravação pertence ao homem que se senta diante de mim com uma expressão inelegível, sem dizer uma palavra.

Um homem mais velho aparece na tela. A legenda o apresenta como Kent Markinson, o primeiro oficial no local.

— *Quando cheguei lá, encontrei uma mulher caída no chão. Ela parecia ter cerca de quarenta anos. Ela não respirava e quando procurei por qualquer pulsação, não havia nenhuma.*

Alex se levanta de supetão e me sobressalta. Meu coração dispara e eu tento respirar com tranquilidade. Sem uma palavra, Alex deixa a sala. Escuto a porta do escritório se fechando, e deduzo que ele vai fugir para seu santuário. Um momento depois, ele retorna com um copo de uísque na mão. Ele se senta, mas não olha para mim. Seu olhar está cravado nas imagens em preto e branco de um jovem sentado em uma sala de interrogatório da polícia. Sentado ao seu lado está um Jack Daniels muito mais jovem, meu chefe.

— *Alex declarou durante a entrevista que seu pai tinha bebido e se tornou violento, batendo na mãe e a nocauteando* — explicou a locução de Markinson. — *Alex disse que ela parecia estar inconsciente. Naquele momento, ele enfrentou seu pai e tentou lutar contra ele. Seu pai o acertou com alguns golpes no estômago, e quando Alex tentou ficar de pé, foi atingido por um soco no rosto, ficando inconsciente. Quando Alex despertou, o pai já tinha ido embora. Sua mãe estava viva, mas sangrava pela boca. Ela morreu antes que ele conseguisse chegar ao telefone e pedir ajuda.*

Eu fico olhando para o jovem no vídeo. Ele está sentado, com a postura ereta, assentindo em resposta ao investigador. Ele não parece estar chorando. Na verdade, não demonstra qualquer emoção. Eu olho para Alex. O olhar reservado em seu rosto é o olhar exato do jovem no vídeo. Só então me dou conta de um fato: Alex se desligou de emoções quase que imediatamente após a morte de sua mãe. Será que ele já tinha sido um jovem despreocupado? Ou havia sempre uma presença sinistra ao seu redor,

CLEMÊNCIA

obscurecendo seu mundo? Teria ele alguma vez se libertado dos demônios depois daquela noite horrível?

Um calafrio me percorre, e eu lamento pelo garoto perdido no vídeo, e ainda mais pelo homem ao meu lado. Quão diferente ele seria hoje se não tivesse testemunhado a morte de sua mãe? O aperto no meu peito quase me arranca o fôlego. Nenhuma criança deveria ter que ver um dos pais morrer. Eu tinha sido poupada disso, pelo menos. Mas daria tudo para poder tirar a memória de Alex e devolver sua juventude.

O vídeo dos policiais invadindo um quarto de hotel substituiu a entrevista com a polícia. A locução do repórter narra o que está ocorrendo:

— *Poucas horas depois que Alex acusou o pai do assassinato de sua mãe, foi enviado um alerta com o número da placa e a descrição do veículo de James Wells. O carro de Wells foi encontrado no estacionamento de um motel. A polícia obteve informações do funcionário, dizendo que Wells tinha feito o check-in, mas não havia saído do quarto, exceto para comprar comida e álcool. Wells foi encontrado com uma prostituta que ele havia contratado do lado de fora da loja de bebidas.*

— Desgraçado — Alex murmura, tomando o uísque de um gole só.

Tiro o copo de sua mão, e vou até o bar. Preciso de uma bebida, e já que estou aqui, é bom servi-lo com mais uma dose. Pode ser a única maneira de qualquer um de nós conseguir passar por este documentário.

Meu telefone toca e eu identifico a chamada. Leigha.

— Oi — atendo, em um sussurro.

— Ei, vocês estão assistindo a este programa?

— Sim, e vocês?

— Sim. Will está à beira do choro... ou de cometer um assassinato. Você tinha alguma ideia de todas estas coisas?

Sirvo uma singela quantidade de gin em meu copo e complemento com um pouco de tônico.

— Algumas coisas, mas apenas o básico.

— Como Alex está encarando isso?

Lanço uma olhada por cima do ombro para a sala de estar. Não quero que Alex saiba que estou falando dele. Isto é muito pessoal, e mesmo que esteja falando com Leigha, eu odiaria que ele sentisse que traí sua confiança. Ele já está ferido demais no momento.

— Ele está bem quieto... Você o conhece, mas ele se apegou com força ao copo de uísque desde que começou. Ficarei contente quando isso acabar, e ele, Will, e o resto da família puderem deixar tudo isso para trás.

— Eu também. Só me resta mais uma caixa de cerveja, e ao ritmo que Will está bebendo, posso ficar sem antes do fim do programa. — Ela ri, mas o tom é desprovido de humor.

— É melhor eu voltar para a outra sala com Alex. Falo com você mais tarde.

— Amanhã — ela murmura e encerra a chamada.

O interior de uma sala de audiências aparece na tela quando entro na sala. Sento-me ao lado de Alex no sofá e entrego seu copo de uísque. O advogado de James Wells, Walter Sweeney, de acordo com a legenda, está sentado à mesa de defesa com seu cliente. O promotor público, naquele momento, está se dirigindo ao júri.

— *O julgamento durou apenas uma semana. A acusação chamou o legista, que explicou ao júri que, devido à queda, a vítima havia caído e batido com a cabeça na pequena mesa ao lado do sofá, o que ocasionou um inchaço no cérebro por conta de um extenso sangramento.*

Eles passam para uma imagem de Alex caminhando em direção ao tribunal, um rastro de repórteres e câmeras se aglomerando em torno dele.

— *A acusação também chamou William e Patrícia Wells para depor, mas o testemunho mais pungente veio de Alex Wells, que relatou os acontecimentos que culminaram na morte de sua mãe. No final de seu testemunho, a promotoria encerrou as perguntas. A defesa também, após apresentar uma moção para retirar as acusações sob o fundamento de que a acusação não havia cumprido seu dever de provar, sem margem para dúvidas, que James Wells havia assassinado sua esposa. O pedido foi negado, e ambos os lados apresentaram argumentos finais no dia seguinte.*

A cobertura jornalística original do veredicto está sendo feita, a câmera focada em James Wells. Ele tem a mesma expressão estoica que Alex, mas é aí que as semelhanças acabam. Uma vez lido o veredicto de culpado, Sweeney coloca sua mão no ombro de James, e se inclina para falar com ele. Wells se desvencilha de Sweeney, os olhos fulminando de raiva, e ele diz algo que faz o advogado recuar, quase caindo de seu assento.

— *Logo após o intervalo... James Wells vai cumprir prisão perpétua pelo assassinato de sua esposa, mas será que há mais nesta história do que se pensava no início?*

Vamos conversar com o novo advogado do Sr. Wells sobre uma bomba que pode mudar o resultado desta trágica história.

— O que diabos isso significa? — Alex pergunta, entredentes.

Eu respiro fundo. Pode significar uma série de coisas, muitas delas eu não tenho certeza se quero discutir com Alex por medo de fazê-lo perder a cabeça. A tensão que irradia dele é palpável.

— Não tenho certeza. Ele tem uma pena de prisão perpétua sem liberdade condicional… Não sei se ele esgotou todos os seus recursos ou não. Poderia ser isso, mas é difícil apelar para um novo julgamento, especialmente se nenhum de seus recursos anteriores equivalia a nada.

Eu olho para Alex que está me encarando, seu semblante exigindo mais uma explicação.

— Digo, supostamente, sua melhor chance teria sido os recursos anteriores. Eles teriam examinado cada prova admitida, cada testemunho, todas as petições, objeções e sustentações do juiz. Tudo teria sido examinado para encontrar possíveis erros, o que equivaleria a um julgamento injusto que exigiria um novo.

— Então, isto é apenas uma palhaçada deste novo advogado? — pergunta Alex.

Tomo um gole de gin tônica, deixando o álcool aquecer a garganta com sua ardência.

— Creio que sim. A menos que ele tenha novas provas, não consigo ver onde há algo a recorrer.

O programa volta dos comerciais e o repórter agora se posta no meio de uma sala de audiências vazia.

— *Após dezoito anos na prisão e quase esgotando todos os recursos, James Wells decidiu recorrer ao advogado Geoffrey Hamilton, cuja taxa de sucesso em salas de audiências é de oitenta e cinco por cento.*

— Você já ouviu falar dele? — Alex murmura, o maxilar contraído.

Inspiro fundo, sentindo o nó retorcer no estômago e arrepio se alastrar pela minha coluna.

— Sim. — Caralho. Isto não é uma boa notícia. Geoffrey Hamilton está entre os melhores advogados do país, e seu sucesso abrange desde os julgamentos criminais até os tribunais de apelação. Ele é excelente em encontrar os menores fios da condenação de seu cliente e puxá-los até que o caso comece a desenrolar e o julgamento pareça uma farsa.

— *Em uma carta ao Sr. Hamilton, James Wells admite ter bebido na noite da morte de sua esposa, mas alega que quando saiu de casa naquela noite, ela estava viva e havia apenas uma pessoa que poderia ter causado sua morte. A única outra pessoa no recinto naquela noite. O filho mais velho do casal, Alex Stone.*

Ai, meu Deus!

Alex se levanta de um pulo.

— Que porra é essa? — Ele se vira e me encara. — Ele a matou. Ele foi condenado!

— Eu sei, Alex. — Coloco minha mão em seu braço. — Deixe-me ouvir o que ele tem a dizer, para que eu possa descobrir que ângulo ele está tomando.

Geoffrey Hamilton está sentado em seu escritório, encostado casualmente em sua cadeira de escrivaninha.

— *De acordo com minha pesquisa, Alex Wells... Stone, como é conhecido agora, odiava seu pai. Ele também estava com raiva da mãe por não ter deixado o Sr. Wells. Naquela noite, Alex confrontou o pai, o agredindo com murros. James retaliou em defesa, eventualmente dando um soco no rosto de Alex e o nocauteando. Você pode imaginar como Alex teria sido humilhado por seu pai ter sido capaz de dominá-lo? Não é difícil imaginar que quando ele recuperou a consciência, ficou enfurecido, e descontou na única outra pessoa ao redor, sua mãe, acidentalmente a matando e encobrindo tudo ao colocar a culpa em seu pai.*

O exterior do tribunal pisca na tela. A câmera segue o atual promotor público, Matt Gaines, um microfone na frente de seu rosto.

— *O Sr. Wells nunca fez esta alegação antes, durante, ou nos dezoito anos em que esteve preso* — diz Matt. — *Nunca foi mencionado em nenhuma de suas apelações anteriores e só trouxe esse argumento recentemente.* — Matt abre a porta lateral do motorista de um carro e faz uma pausa antes de entrar. — *É um grande drama, mas nada mais que uma última tentativa desesperada de evitar a punição por tirar a vida de uma mulher vibrante e bela.*

O oficial Markinson aparece novamente.

— *As crianças estavam todas no quarto dos fundos quando chegamos. O garoto mais velho nos contou o que aconteceu. Ele estava muito calmo, fez um relato completo dos acontecimentos. Ele parecia um pouco distante. Seu irmão e irmãs mais novos estavam chorando, mas Alex não demonstrou nenhuma emoção.*

Corta para Hamilton.

— *A questão com a qual tenho me debatido desde que li inicialmente os arquivos do caso é o motivo pelo qual o Sr. Stone levou dois dias para fazer uma declaração à polícia a respeito da morte de sua mãe. E quando ele, finalmente, conseguiu fazer uma*

CLEMÊNCIA

55

declaração, havia ao seu lado um notável advogado de defesa criminal, Jack Daniels. Agora, tenho que me perguntar, por que ele precisaria de um advogado de defesa criminal se ele é inocente?

Os pelo da minha nuca se arrepiam e o calor aquece meu pescoço e rosto.

— Porque somente um idiota permitiria que a polícia o interrogasse sem a presença de um advogado. Hamilton teria feito exatamente a mesma coisa.

— Harold que organizou tudo — diz Alex. — Eu estava em piloto automático nos primeiros dias após o ocorrido. Parecia um pesadelo do qual eu não conseguia acordar, e deixei que todos tomassem decisões por mim. Respondi às perguntas que eles faziam, mas estava alheio a tudo o que faziam ou diziam ao meu redor. Tudo o que eu queria era me livrar da imagem de minha mãe ali deitada, morta. Acabei me desligando.

Eu me aproximo dele no sofá e seguro sua mão.

— Eu só posso imaginar o que você estava passando, Alex. Não me surpreende que Jack tivesse insistido em acompanhá-lo até a delegacia. Muitas coisas podem dar errado quando você está abalado emocionalmente e incapaz de entender corretamente o que está acontecendo ao seu redor, ou as implicações de responder a uma pergunta de uma forma que a polícia possa considerar suspeita.

Nós dois voltamos nossa atenção para a TV. Uma velha entrevista de Harold, o pai e tio adotivo de Alex, está passando.

— *Não, eu nunca soube que minha irmã estava sendo abusada por seu marido.*

As imagens mudam rapidamente para uma mulher que morava ao lado dos Wells.

— *Nunca desconfiei que James pudesse fazer isso com sua esposa. Ele sempre foi tão simpático.*

— *É importante notar* — outra cena de Hamilton em seu escritório — *que não há evidência de violência doméstica por James antes da morte de sua esposa. Nenhum registro telefônico para a polícia. Nenhuma visita ao pronto-socorro. Nenhum médico observou hematomas ou outros ferimentos inconsistentes com as ações. E nenhum professor temia que as crianças estivessem vivendo em um ambiente abusivo.*

As imagens de notícias antigas mostram uma jovem mulher de pé fora do tribunal.

— *William Wells, o segundo mais novo das crianças Wells, testemunhou que ouviu Alex Wells gritar com sua mãe algum tempo depois que seu pai deixou a casa.*

— Jesus, eles estão tirando tudo isso do contexto — Alex diz, batendo a mão em sua cabeça.

O repórter aparece na tela.

— *Talvez as declarações mais condenatórias que apontam para a possibilidade de Alex Stone ter estado mais envolvido na morte de sua mãe do que alega, venham de suas próprias declarações na ligação para a emergência.*

— *Okay. A polícia está a caminho. Vou ficar em ligação com você até que eles cheguem lá. Qual é o seu nome?*

— *Alex Wells.*

No segundo plano, Alex murmura. É tão silencioso que não posso dizer o que ele está dizendo:

— *O quê?* — A policial pergunta.

A voz soa mais alto.

— *Sinto muito, mãe. Eu não queria que isto acontecesse.*

— Cristo. — Alex reclina a cabeça contra o encosto do sofá e fecha os olhos.

Eu me concentro na tela da TV. Um psicólogo está sendo ouvido:

— *James Wells realmente não teve nenhuma chance contra o testemunho de seu filho. Ninguém quer acreditar que uma criança é capaz de matar um dos pais. É muito mais fácil colocar a culpa em um adulto.*

A cena volta para Geoffrey Hamilton.

— *Olha, James Wells pode não ter sido um santo. Ele bebia demais e era abusivo com sua esposa na ocasião. Alex Stone testemunhou estes episódios. Quanto mais eu me aprofundo neste caso, mais parece claro que os pecados do pai foram passados para o filho. Alex Stone pode ter continuado o que seu pai começou naquela noite e levado a um extremo mortal.*

O copo de uísque voa acima de minha cabeça e se estilhaça contra a parede.

— Porra! — Alex esbraveja.

Há um zumbido. Alex olha para seu telefone.

— Oi.

Will está gritando tão alto, que posso ouvi-lo mesmo que Alex esteja a alguns metros de distância.

— Estes malditos babacas! Eles não têm ideia do que estão falando. Fizeram com que parecesse que aquele desgraçado deveria ter simpatia ou algo assim.

— Eu sei. É uma completa idiotice — diz Alex.

Eu entro na cozinha e pego a vassoura e a pá para limpar a bagunça antes que alguém se machuque.

CLEMÊNCIA

— Não... eu sei, irmãozinho... eles distorceram tudo. Sei que você nunca pensou que eu pudesse machucar a mamãe.

Eu recolho todos os cacos de vidro e jogo no lixo da cozinha. Alex entra, larga o celular no balcão e enlaça minha cintura por trás.

— Desculpa por ter jogado o copo. Foi impulsivo e imaturo.

— É compreensível. — Eu me viro e o beijo. Ele me puxa contra o calor de seu peito, e sou capaz de ouvir seus batimentos acelerados.

— De que se trata tudo isso? Por que, depois de todos estes anos, ele está voltando às nossas vidas? Por que o súbito interesse por este caso?

— Não sei, Alex. Vou ligar para Matt pela manhã e ver se ele sabe de alguma coisa. — Inclino a cabeça para trás, para poder ver seu rosto. A expressão imparcial que ele exibiu durante a maior parte da noite se foi. Seus olhos estão vítreos, atordoados. — Vamos descobrir isso, prometo.

Ele me puxa de volta para perto e acaricia meu cabelo.

— Odeio isto. Desprezo aquele homem e sinto mais ódio ainda por ele perturbar nossas vidas novamente. Ele já nos machucou o suficiente para uma vida inteira.

— Vamos descobrir o que ele está tentando conseguir, e vamos detê-lo. Ele não é páreo para nós. Ele não tem ideia da força que nós temos juntos.

Espero que minhas palavras convençam Alex de que podemos vencer seu pai. E espero poder, realmente, cumprir minha promessa – seja lá o que venha pela frente.

CAPÍTULO 8

Assim que viramos na rua de Jack, tento me lembrar da última vez em que estive aqui. Perder um pedaço de tempo da minha vida bagunçou minha linha do tempo. Sei, entretanto, que já faz um bom tempo que não passo uma noite com as duas pessoas que considero como meus 'pais'. Jack me tomou sob sua asa e se tornou meu mentor depois que saí do escritório de defensoria pública e fui trabalhar em seu escritório de advocacia. Depois de encontrar Annabelle em uma festa de Natal, eles me adotaram, não de forma oficial. Ao lado de Ryan e Paul, eles são quem considero família.

O jantar é casual e confortável, mesmo com o canal de notícias ligado no plano de fundo. A opinião pública está começando a se agitar com discussões sobre a possibilidade de James Wells não ter recebido um julgamento justo, devendo ter a chance de outro. As conversas mais inquietantes, no entanto, têm se centrado em torno das alegações de que Alex foi responsável pela morte da mãe.

A maioria das pessoas concorda que James foi o único responsável. Mas há uma minoria barulhenta que está exigindo que a investigação da morte de Ellen Wells seja reexaminada com maior escrutínio sobre Alex e seu papel potencial no assassinato.

Alex tem estado bastante tenso, cada vez mais irritado com as notícias, até que se cansa e desliga a TV e se enterra no trabalho. Agora que tomou algumas taças de vinho, seu semblante está mais relaxado, e ele está até rindo. Annabelle recolhe alguns dos pratos e se dirige à cozinha.

Jack se inclina sobre a mesa e me dá palmadinhas na mão.

— Alex, você se importa se eu roubar nossa garota aqui para uma conversa sobre negócios? Annabelle se recusa a permitir tais discussões na mesa de jantar.

— Sem problema. — Ele se levanta e pega meu prato, colocando-o em cima do dele. — Eu ajudo Annabelle a limpar os pratos para que possamos comer a sobremesa.

Ele se vira e entra na cozinha e eu ouço Annabelle discutir com ele. Não posso deixar de sorrir. Alex tem um jeito com as pessoas, e as mulheres frequentemente caem em sua lábia, mas com Annabelle é diferente. Ela o trata como um filho e não deixa de demonstrar o orgulho que sente dele e quanto o ama.

Eu acompanho Jack em seu escritório e me sento no sofá em frente à sua poltrona de couro favorita.

— Me conte como você está — pede. — E não me dê a resposta que deu a Annabelle para que ela não se preocupasse com você.

Eu sorrio.

— Eu realmente estou bem, Jack. Os médicos estão satisfeitos com minha recuperação e confiantes de que estou fora de perigo.

— E quais são seus planos profissionais? Você acha que vai voltar a exercer a advocacia?

Reflito sobre a pergunta por um segundo. Nunca considerei deixar de exercer a profissão. Pensei que era uma questão de *quando*, não se eu voltaria.

— Gostaria de voltar, só sei que vem com alguns obstáculos. Ainda não discuti isso com Alex, mas não consigo imaginar não advogar. Eu amo o meu trabalho. Não há nada que eu preferisse fazer.

Minhas mãos estão suadas. Eu as seco na calça, sentindo dificuldade em dizer a Jack que não pretendo voltar para a firma. Não posso trabalhar lá. Foi onde John e eu nos conhecemos, começamos a namorar e terminamos. As pessoas testemunharam a saúde mental de John definhar lentamente conforme Alex e eu nos aproximávamos, e não fizeram nada para me ajudar ou detê-lo. Muitos deles me desprezaram depois que John foi demitido. E me culparam. Um deles chegou, inclusive, a pagar a fiança dele.

Assim que se viu livre, ele me perseguiu como presa e, intencionalmente, atirou em mim na frente de Alex. Há muitas lembranças ruins associadas àquele lugar, e preciso de um novo começo.

— Estou pensando em… trabalhar por conta própria. — Prendo a respiração e fico olhando para Jack tentando avaliar sua reação.

Ele respira fundo, inclina-se para trás em sua cadeira e coça o queixo.

— Acho que é uma atitude inteligente, profissionalmente. É, provavelmente, um bom momento para você ser sua própria chefe. Há uma certa satisfação em poder escolher quais clientes você quer representar.

Exalo todo o ar que estava retendo, sentindo um calor aquecer meu corpo.

— Você não tem ideia de como estou aliviada neste momento.

Uma risada grave vibra de seu peito.

— Você tem um lugar para montar o escritório?

Nego com um aceno de cabeça.

— Não, esta ideia ainda é recente. Ainda nem falei com Alex sobre isso.

— Bem, não posso te ajudar com Alex, mas posso te ajudar com a outra questão. Acontece que sou dono do prédio onde comecei como autônomo, há muitos anos. O andar principal é uma boutique de roupas ou alguma coisa assim. Mas os escritórios acima estão vagos. O inquilino recentemente mudou seu escritório para um prédio maior com mais espaço. Portanto, é seu, se o quiser. Está localizado na *Main Street*, não muito longe do tribunal, e ainda perto o suficiente para nos encontrarmos para o almoço.

— Sim, eu quero — respondo sem pensar. — Obrigada. — Minha cabeça está girando. Não posso acreditar que o que começou como um pensamento efêmero tenha se tornado realidade em poucos minutos.

— Não precisa me agradecer. Vamos nos encontrar nos próximos dias para que você possa ver o lugar e pegar as chaves.

— Ótimo. — Antes que ele se levante, decido ir direto ao ponto. Há coisas que preciso saber e que não me deixam à vontade para perguntar a Alex. — Hmmm, Jack, eu queria falar com você sobre o noticiário de ontem à noite. Você assistiu?

Seu rosto fica vermelho e os lábios se contraem em tensão.

— Sim, assisti. Eu não queria falar sobre isso na frente de Alex.

Aceno em concordância.

— Presumo que Geoffrey Hamilton esteja planejando uma apelação para o pai de Alex. Você acha que as acusações que James está fazendo contra Alex serão um problema?

— Espero que não, mas estou neste ramo há muito tempo, e vi apelos concedidos com base em alguns argumentos bastante frágeis.

— Vou me encontrar com Matt amanhã.

— Espero que ele saiba alguma coisa mais consistente. — Jack assente. — Hamilton vai levar isto o mais longe que puder, mesmo que signifique julgar todo o caso de novo no tribunal da opinião pública. Você pode apostar que ele está recebendo algo em troca para representá-lo. Nunca vi Geoffrey fazer nada pela simples bondade de seu coração.

CLEMÊNCIA

Nós encerramos a conversa e nos juntamos a Alex e Annabelle, aproveitando o resto da noite. No entanto, Jack me fez pensar em algo: o que o pai de Alex tem e que Geoffrey quer? E até onde ele está disposto a ir para conseguir?

CAPÍTULO 9

Thomas me deixa em frente ao tribunal para o meu encontro com o promotor público. A calçada está lotada de manifestantes segurando placas.

— Não sei quanto tempo vou demorar — digo, inclinando-me na janela do veículo para me sobressair ao tumulto. — Creio que não demore muito, mas enviarei uma mensagem para você.

Thomas assente e me saúda com uma espécie de continência antes de se afastar com o carro. O público dificulta o acesso de qualquer um que queira entrar no tribunal. Não consigo discernir o que estão dizendo e não tenho certeza se me importo, mas eles estão começando a me irritar por me atrasarem para a reunião.

— Com licença. — Empurro as costelas de um cara, e ele se afasta o suficiente para que eu passe.

— Justiça para James! — ele grita para mim. Sacudindo a cabeça em choque, eu o encaro por um momento. A raiva borbulha dentro de mim como a lava de um vulcão em erupção. Não posso acreditar no que acabo de ouvir. Então, ele me mostra seu cartaz.

> ALEX STONE É UM ASSASSINO.

Passo por ele rapidamente, conseguindo chegar aos degraus do tribunal. Um dos policiais está de pé à porta, certificando-se de que as pessoas que entrem ali tenham um bom motivo para isso. Ele abre a porta e me guia para dentro, fechando logo em seguida antes que a multidão invada.

— Aquele repórter certamente agitou o vespeiro — diz o oficial. — Parece que mais do que algumas pessoas querem que seu namorado queime na fogueira.

Eu olho para a multidão.

— Idiotas. Eles não têm ideia de quem James Wells realmente é.

É inacreditável como algumas pessoas são capazes de assistir a uma reportagem tão parcial e, sem nenhuma pesquisa adicional sobre o que realmente aconteceu, exigir a justiça que já foi feita.

Eu entro na Promotoria e me dirijo à recepcionista. Ela telefona para Matt, desliga e me diz para ir ao seu escritório.

— Kylie, entre — Matt diz assim que bato à porta. Ele estende a mão por sobre a mesa em um cumprimento. — Como você está?

— Bem — respondo, só então reparando no outro homem de pé ao lado. — Sargento Reyes, é bom vê-lo novamente.

— É muito bom te ver, Sra. Tate. — Ele sorri e o olhar permanece fixo ao meu. Um leve rubor sobe pelo pescoço e rosto.

O que foi isso?

Eu só estive perto dele em algumas ocasiões, quando ele foi designado para investigar John. Embora ele sempre tivesse sido cordial comigo, ele sempre foi profissional. Engraçado, não havia a menor simpatia entre Reyes e Alex, eles se odiaram desde o primeiro momento em que se conheceram.

— O sargento Reyes está prestando um serviço como investigador do meu escritório, então pedi que ele se juntasse a nós — explica Matt.

Não tenho tempo para analisar Reyes neste momento, e nem me importo se ele está trabalhando como investigador do Ministério Público. Há outras coisas mais importantes para mim. James Wells não pode sair da prisão. Isso deixaria Alex devastado. Agora esta é a prioridade número um.

— Então, o que você sabe sobre o caso de James Wells? — pergunto a Matt.

Ele desliza um arquivo sobre a mesa.

— Dê uma olhada. Isso estava à minha espera quando cheguei esta manhã. Perfeitamente cronometrado com a reportagem da noite passada. Eles devem ter esperado algum retorno do tribunal antes de transmitir o noticiário.

Um aviso de apelação, apresentado por Geoffrey Hamilton, está no topo. Meu coração acelera. Apesar de saber que este era o resultado mais provável, ainda estou abalada.

— O que ele está alegando?

— O que ele não está alegando? — Matt ri. — Novas provas, má conduta do Ministério Público, assistência ineficaz do advogado, falta de provas físicas ligando Wells ao crime, e falha da polícia em investigar adequadamente outros infratores potenciais.

Folheio o sumário de apelação e examino as afirmações.

— Você deve estar brincando comigo. Ele não vai realmente acusar Alex de matar a própria mãe, vai?

— Foi exatamente isso que ele argumentou.

Levanto a cabeça na mesma hora.

— Sério?

Matt aponta para o arquivo.

— Continue lendo.

Após a volumosa notificação, com elementos comprovativos e jurisprudência, vem o despacho do tribunal. Eu leio o documento para encontrar a decisão, e quase largo o arquivo inteiro no chão.

— Ai, meu Deus, eles inverteram a condenação? — Encaro Matt. — Espere, como assim você não sabia sobre o recurso?

— Eu sabia, mas recebo notificações de apelação o tempo todo. Você sabe que o Estado tem sua própria divisão de apelação.

— Não pediram informações?

— Sim, tenho certeza, mas não fui o promotor no julgamento original, que começou um pouco antes de eu assumir. Portanto, eu não tinha nada de valor para contribuir. Só descobri que a decisão estava sendo revertida quando cheguei esta manhã e vi o despacho.

Sentei-me por um minuto e refleti sobre a informação. A condenação de James Wells foi anulada, e ele agora é, basicamente, um homem livre.

— Por favor, me diga que você o está julgando de novo?

— As acusações não foram, e não serão retiradas. Portanto, sim, nós julgaremos o caso novamente. — Matt se inclina de novo em sua cadeira, com um meio-sorriso no rosto. — Você ainda está trabalhando com Daniels?

— Não, decidi trabalhar como autônoma. Por quê? Você tem algo em mente?

— Você tem a vantagem privilegiada de estar envolvida com a única testemunha do assassinato da Sra. Wells, além de ser uma advogada criminalista decente.

Eu começo a rir. Matt e eu estivemos frente a frente em um julgamento de homicídio em primeiro grau há alguns meses. Meu cliente foi considerado inocente. Há rumores de que Matt ainda esteja guardando rancor pela derrota.

— Qual é a minha função? — sondo.

— Pensei que talvez você estivesse interessada. Estou em uma situação particularmente difícil neste momento, com toda a preparação para

CLEMÊNCIA

a reeleição, portanto, o Sr. Wells deve ser condenado de novo ou, muito provavelmente, perderei meu emprego. Também estou bem atribulado por aqui, e não posso dar a este caso a atenção necessária. É aí que você entra. Eu preciso de alguém em quem confiar e que queira garantir que o Sr. Wells não saia em liberdade, embora por razões diferentes. E é por isso que proponho que você seja nomeada como promotora especial. Você assumirá a liderança, e eu serei o advogado assistente. O sargento Reyes estará disponível para ajudar na investigação também.

Lanço um olhar para Reyes. Esta é uma grande oportunidade para mim, e Alex vai querer me envolver neste caso de alguma forma. Ser a promotora, provavelmente, o deixará mais tranquilo. No entanto, trabalhar com Reyes talvez não seja encarado da mesma maneira. Alex não vai gostar nem um pouco de eu ter que trabalhar lado a lado com Reyes, ainda mais sozinha e em uma base diária. Terei que encontrar um ponto a favor para evitar uma briga com Alex.

— Posso ficar com isto? — peço ao Matt e guardo o arquivo.

— Sim, essa é sua cópia — afirma ele, sorrindo.

— Você está bastante confiante. — Eu me levanto e estendo a mão para cumprimentá-lo. — Deixe-me conversar com Alex e eu o informarei esta tarde.

Matt assente, agradecendo por eu ter ido até ele e me acompanha até a porta. Envio uma mensagem ao Thomas para informar que estou à sua espera, e assim que saio do prédio, ele encosta o SUV na calçada.

— Onde está Alex? — pergunto ao entrar.

— Está trabalhando de casa hoje — responde ele.

— Okay, vamos lá.

Isto vai ser uma droga. Não só tenho que dizer a Alex que seu pai entrou com uma apelação, mas que o tribunal reverteu a condenação e agora ele será julgado de novo. E, a propósito, eu serei a advogada principal trabalhando com Matt e Reyes.

As coisas foram de mal a pior no espaço de uma hora e meia. Se eu não conseguir uma condenação, o mundo se tornará um lugar muito sombrio, e os demônios de Alex não residirão mais apenas em sua cabeça.

Eles se interporão entre nós.

— Não — diz Alex, sem dar margem para argumento.

É preciso tudo em mim para manter a calma e tentar manter um diálogo decente.

— Alex, por favor, me escute.

— Você não está pronta para voltar ao trabalho. É muito cedo.

— Não é muito cedo. Estive ausente por mais de dois meses.

— Você não pode nem correr na propriedade sem ter uma crise de ansiedade, como acha que aguentará um turno inteiro na firma? É muito cedo.

Golpe baixo.

— Bem, obrigada pelo voto de confiança, Alex, mas não voltarei para a firma. Eu me demiti esta manhã.

— Não estou entendendo.

Sigo até o sofá e me sento diante dele.

— Estive pensando em como lidaria com as coisas se voltasse a trabalhar lá. Tanta coisa mudou. Lisa está na faculdade de direito. John está morto. Não há como dizer o que a rodinha de fofoca esteve espalhando sobre mim nos últimos dois meses.

— Então, o que você vai fazer, procurar outro escritório de advocacia?

— Não, abrirei o meu próprio. Jack me deixou usar o último andar de um prédio que ele possui a alguns quarteirões do tribunal.

Os ombros de Alex relaxam, seus olhos suavizam, e ele acaricia minha bochecha.

— E é isso que você quer?

— Sim, realmente é. Já sei há algum tempo que a firma não é adequada para mim. Pensei que quando fosse promovida para ocupar um dos escritórios da cobertura e começasse a trabalhar em casos de homicídio, as coisas, finalmente, se encaixariam, e eu me sentiria como se aquele fosse o meu lugar. No entanto, John era muito querido na firma, e eu era vista como uma mulher que saía com ele para subir na carreira.

— Bem, se você tem certeza, então eu te apoio totalmente, querida. — Ele se inclina, me dá um beijo rápido, e começa a se levantar.

— Hmmm... há algo mais que preciso discutir com você. Eu me encontrei com Matt. Seu pai entrou com um recurso. — É melhor tirar isso do peito de uma vez. Sem rodeios. Alex odeia isso, e eu também não sou fã. É melhor soltar a notícia e começar a formular um plano.

— Ele já tentou isso antes, e nunca deu em nada.

— É diferente desta vez.

CLEMÊNCIA

67

— Por quê?

— Geoffrey Hamilton não é apenas um dos melhores advogados de apelação neste estado, ele é o melhor do país.

— Então, quais são as chances dele de conseguir que os tribunais o atendam?

— Grandes, ele recebeu uma conces... desculpe, esqueço que nem todos entendem a linguagem dos advogados... o direito de aparecer e apresentar argumentos.

— O que ele está alegando?

— Bem, não consegui chegar até o fim, mas a maior afirmação é uma nova evidência.

— Como isso é possível?

— Eles encontraram uma foto da autópsia de sua mãe e mandaram um perito forense examiná-la. Ele afirma que há marcas de amarras no pescoço que podem significar que ela foi estrangulada até a morte por outra pessoa que não seu pai...

— Quem? — Seu rosto fica pálido. — Eu.

Eu assinto.

— Que desgraçado. Não é possível que ele ache que alguém acreditaria nele.

— Hamilton também fez outras alegações que reforçam seu argumento. E, não sei se você se dá conta, mas há uma onda de apoio público a James.

— Sim, o prédio do escritório estava repleto de manifestantes, aparentemente.

— Eles também estavam no tribunal.

— Jesus. — Ele passa a mão pelo cabelo.

Inspiro fundo, exalo o ar e agarro sua mão com firmeza.

— Tem mais, e não é bom. O tribunal de apelação reverteu a condenação.

Alex se levanta de um pulo, com as mãos sobre a cabeça.

— Então, ele está livre? Ele está fora da prisão? — grita.

Mais uma vez, seguro sua mão e o puxo para se sentar novamente.

— Não, querido, ele não está solto. E Matt já apresentou queixa, e o Ministério Público vai julgar o caso outra vez.

— E serão capazes de condená-lo de novo, após todos estes anos?

— Bem, é aí que eu entro. Matt quer que eu leve isso ao julgamento, e eu concordei.

— Droga, Kylie. Não gosto disto.

— Você realmente quer arriscar deixar isto para as pessoas que não o conhecem, ou todo o contexto? Isto é o que eu faço. Sei como defendê-lo das alegações de Hamilton e me assegurar de que James permaneça na prisão.

Ele me puxa contra seu peito e enterra o rosto em meus cabelos.

— Eu posso fazer isto, Alex. Confie em mim, por favor.

— Não há ninguém em quem eu confie mais.

Seu coração bate forte contra minha bochecha, sua respiração errática, e, pela primeira vez desde que ele se abriu e me confidenciou sobre a morte de sua mãe, Alex está tremendo. É assustador ver este homem, a epítome da força e da coragem, dessa forma, e tudo o que mais quero é protegê-lo. Eu devo isso a ele, depois de tudo o que fez por mim.

CAPÍTULO 10

Deve haver uma centena de escadas até meu novo escritório, mas as janelas com vista para o pitoresco centro histórico valem a pena. Eu posso ver o tribunal, e não muito além, as águas calmas da baía.

O sargento Reyes e Lisa já estão empilhando caixas na sala de reuniões. A folga da faculdade de direito veio em um momento oportuno, e por mais que me sinta mal por Lisa estar usando seu tempo livre para me ajudar, quando ela deveria estar estudando, também sou grata por ter alguém que conhece meu sistema de manuseio de provas, dossiês e arquivos de casos.

Coloco uma caixa sobre a longa mesa retangular e abro a parte superior.

— Eu trouxe alguns suprimentos, canetas, marcadores, cadernetas, *post-its*, o que você imaginar, provavelmente, está aqui dentro.

Reyes abra uma das abas e dá uma espiada.

— Okay, vou vasculhar a caixa e guardar as coisas — diz Lisa. — Temos a maioria dos arquivos do Ministério Público aqui. Coloquei alguns arquivos na sua mesa, que Matt sugeriu que você examinasse primeiro. Acho que você mesma vai querer organizar seu escritório do seu jeito.

— Terei que fazer isso depois. Tenho que sair correndo, agora mesmo.

— Tem um encontro? — pergunta Reyes. Ele está sorrindo, mas seus olhos estão entrecerrados.

Pelo amor de Deus, qual é a dele? Por que estou sentindo uma vibe de ciúmes vindo dele?

— Não — respondo. — Passei por algumas coisas ontem à noite e encontrei o nome de um psiquiatra que avaliou Wells durante o primeiro julgamento. Ele concordou em se encontrar comigo, mas tenho que falar com ele ainda hoje antes que saia de férias por duas semanas.

— Os psiquiatras tiram férias? — pergunta Reyes.

Dou de ombros.
— Quem diria? Voltarei esta tarde.

O trajeto até o Hospital de Custódia e Tratamento Psiquiátrico Estadual de Cedar Grove, destinado a criminosos inimputáveis, levou pouco menos de uma hora. Assim que saí da rodovia principal, a estrada abriu caminho através de uma floresta densa. O hospital parecia ter uns cem anos de idade e era tão bonito quanto a paisagem ao redor. Os loucos que cometem crimes hediondos residem em uma das melhores propriedades do país.

A recepcionista me leva até uma sala de espera, e informa que o médico me atenderá em poucos minutos. A sala é uma mistura de paredes brancas e cinza, com cadeiras azul-marinho que poderiam ser substituídas, e pisos industriais brancos, azuis e cinza. Há duas portas, uma pela qual entrei, e uma com o nome do Dr. Jeremiah Hinderland. A porta se abre e um homem de cabelo curto e grisalho sai, estendendo a mão ao me ver.

— Senhorita Tate?

Eu me levanto e aceito o cumprimento.

— Kylie.

— É um prazer conhecê-la. Vamos para o meu escritório, podemos conversar lá. — Ele me conduz, aponta para uma cadeira, dá a volta na mesa e se acomoda em seu assento giratório. — Entendo que você quer me fazer algumas perguntas a respeito de um detento?

Abro minha maleta e pego o caderninho com minhas anotações.

— Sim, James Arthur Wells. Ele foi condenado por assassinar a esposa.

O Dr. Hinderland atravessa o escritório e vai em direção de um armário de arquivo com cinco gavetas, vasculhando do uma delas.

— Ah, bem aqui. — Volta para sua cadeira e folheia algumas das páginas do arquivo. — Sim, eu me lembro deste caso. Muito triste. O Sr. Wells espancou a esposa até a morte em uma fúria descontrolada. O filho mais velho, James Alexander Wells, testemunhou a altercação, e estava presente quando a mãe morreu.

— Alex Stone — corrijo, embora não saiba por que é tão importante deixar isso claro. — Ele foi adotado pelos tios, e mudou de nome.

— Não me surpreende — comenta o médico, com um suspiro. — É natural querer se distanciar de uma tragédia como esta, negando qualquer conexão com o evento ou com a pessoa que cometeu o crime. No entanto, duvido que você esteja aqui para falar sobre o Sr. Stone.

— Gostaria de saber um pouco mais sobre sua avaliação do Sr. Wells.

— O registro do tribunal tem o exame que fiz para avaliar sua capacidade mental na ocasião. Não tenho certeza do que mais posso acrescentar a ela. — A cadeira guincha quando ele se inclina para trás, apoiando os cotovelos nos braços de couro.

— Esperava que você tivesse feito anotações durante as consultas com o Sr. Wells, e que ainda as possuísse.

— O que, especificamente, você está procurando?

— Não tenho certeza, exatamente, mas espero que suas anotações esclareçam o comportamento... e o caráter dele. Às vezes, são as declarações mais inofensivas que fornecem uma visão clara.

— Então, você está especulando? Por que agora? O Sr. Wells está na prisão há muitos anos e ficará lá pelo resto da vida, se bem me lembro.

— O Sr. Wells entrou com uma apelação relacionada à condenação e recebeu a concessão de um novo julgamento.

— Ah, estou vendo. E você espera encontrar algo que o mantenha na prisão?

— Sim.

— Posso te dar o que tenho em meu arquivo, mas não é muito. Não tenho certeza se as anotações serão de muito valor sem o contexto adequado. São rabiscos que significavam algo na época, mas têm muito pouco significado agora.

— O que você puder me dar será de grande valia.

O Dr. Hinderland pega o telefone de sua mesa e aperta um botão.

— Será que você poderia fazer cópias para a Sra. Tate, por favor? — Encerra a chamada e pouco depois a recepcionista entra, pega o arquivo e sai. — Estarão à sua espera na recepção quando você sair.

Isso foi mais fácil do que eu pensava. Coloco a caderneta dentro da pasta de faço menção de me levantar. Se eu me apressar, estarei no escritório logo após o almoço. Quanto mais cedo eu conseguir organizar as coisas, mais cedo poderei mergulhar seriamente neste caso. Preciso fazer um cronograma de eventos. E ver as fotos da cena do crime. *Quantas fotos devem existir?*

— Tenho que admitir, fiquei confuso com seu telefonema — o médico diz.

— Desculpa, não entendi...

— Bem, quando recebi a mensagem de que você queria se encontrar comigo, pensei que fosse em resposta aos meus pedidos.

Do que ele está falando?

— Agora sou eu quem está confusa. De que pedidos você está falando? — Espero que este não seja mais um efeito da minha perda de memória. A maior parte das minhas lembranças retornou, pelo menos, até onde sei.

— Enviei cartas para sua casa na esperança de que você considerasse um encontro com meu paciente. Ajudaria em seu processo de recuperação... onde ele poderia te ver e se desculpar pelos atos praticados.

— Creio que você me confundiu com outra pessoa, doutor. Não conheço ninguém encarcerado aqui.

— Claro que conhece, Sra. Tate. — Ele abre a porta e conversa com alguém do lado de fora. — Mande-o entrar.

Um fantasma, o meu pior pesadelo, entra. Sinto uma pressão súbita no peito, o que me deixa zonza. Minhas pernas bambeiam e quase cedem. Nada faz sentido. Um frio congelante penetra em meus ossos, meu coração e minha alma.

Não pode ser. Não pode ser ele. Ele está morto.

No entanto, aqui está ele diante de mim. Muito vivo.

John Sysco.

CAPÍTULO 11

Eu tropeço em meus passos ao recuar. Meu corpo começa a tremer. Meu coração está batendo forte, a ponto de explodir.

Não, não, não.

— Você não é real — murmuro. — Você morreu.

Um sorriso maligno se alastra pelos lábios de John. Um brilho sinistro cintila em seus olhos.

Minha cabeça está girando. Estou pendurada no chuveiro, com os braços amarrados. Chorando. Implorando a John para parar. O mesmo sorriso, o mesmo olhar maligno. Ele ergue o chicote para que eu possa vê-lo. O sangue escorre das gavinhas de couro. Meu sangue. *Ainda não terminei com você*, ele sussurra no meu ouvido.

Fecho os olhos e dou um passo atrás. Tenho que me afastar. Isto não pode estar acontecendo.

O Dr. Hinderland está ao meu lado, a mão dele no meu cotovelo, me segurando.

— John está vivo, como você pode ver. Ele está preso aqui nos últimos três meses.

Levando a cabeça, orando e crendo que estou alucinando e que esta visão monstruosa – John – tenha desaparecido.

Seus olhos estão fixos nos meus, o que me obriga a prestar atenção somente a ele.

— Você está morto — repito, desesperada para que as palavras sejam verdadeiras.

John não fala nada. Ele apenas fica ali, sorrindo. Zombando de mim. Fazendo-me sentir pequena e insegura. Jurei que nunca mais lhe daria esse tipo de controle.

Mas eu não estava preparada para isto. Pequenos pedaços da realidade estão se rompendo e flutuando até o infinito. Nada faz sentido. Estou me desmanchando em um mar de incertezas. Será que admito que a única verdade que salvou minha sanidade nestes últimos meses não é nada além de uma mentira?

— Jake atirou em você.

— Sim, John sofreu de um ferimento de arma de fogo, mas foi encaminhado para a mesa cirúrgica, onde conseguiram salvar sua vida.

Afasto meu braço com brusquidão do agarre do médico e dou um passo em direção a John.

— Eles deveriam ter deixado você morrer. Deveriam tê-lo deixado sangrar lentamente até que não sobrasse nada além de seu coração frio e morto.

Dou um passo em direção à porta. John se move e bloqueia meu caminho. O Dr. Hinderland está falando alguma coisa, mas não consigo ouvir nada. Tudo em que posso me concentrar é John. E em como dar o fora daqui.

— Parece que Alex não foi completamente honesto com você, e exagerou muito sobre aquele dia — ele sussurra, olhando para o médico, assegurando-se de que o homem esteja ocupando com outra coisa. — Alex, provavelmente, gostaria que eu estivesse morto, mas aqui estou.

— Saia do meu caminho, John.

Ele agarra meu pulso e me puxa com força, e eu desabo sobre seu peito. Ele abaixa a cabeça e cheira meu cabelo profundamente.

— Eu te disse que nunca te deixaria, Kylie, e nunca deixarei. Você sempre será minha.

Ele me solta, e se afasta da porta. Eu a abro e saio correndo pela sala de espera. Sigo apressada pelo corredor até o balcão da recepção. Tenho que sair daqui. Sair deste prédio. Para longe de John.

— Senhorita Tate — a recepcionista chama —, não se esqueça de suas cópias.

Minhas mãos tremem e quase deixo cair o grande envelope. Corro porta afora sob o sol brilhante. Meu único pensamento é entrar no meu carro e me afastar para o mais longe possível. Os pneus do Porsche guincham quando acelero pela longa e sinuosa estrada.

John está vivo. Respire. *Alex mentiu.* Meu coração se aperta. Eu confiei nele e ele mentiu para mim.

Todo o calor do sol evapora, e um frio do qual não consigo me livrar domina meu corpo. Meu coração está partido. Minha alma está morrendo.

CLEMÊNCIA

75

Meu mundo é escuro, assustadoramente desconhecido. Há apenas três coisas que sei com certeza: John sobreviveu, Alex tem mentido para mim há meses e eu nunca serei capaz de perdoá-lo.

Não vejo o Maserati em lugar algum quando estaciono na garagem. Deixo tudo – inclusive as chaves – no carro e entro na cozinha. Maggie olha por cima do fogão e sorri.

Um pouco mais do meu coração se parte, pois sentirei falta dela. Ela é a coisa mais parecida com uma avó que já tive.

— Você sabe onde está o Alex? — pergunto.

Ela continua a mexer na panela.

— Acho que ele disse algo sobre ir ao escritório, e até pensei que estaria de volta no meio da tarde, então deve chegar a qualquer momento.

— Obrigada.

Não tenho muito tempo para juntar minhas coisas. Terei que pegar apenas o essencial e voltar depois para buscar o restante. Puxo a mala do topo do armário, jogando-a na cama, e começo a esvaziar as gavetas do armário. Enfio o máximo de terninhos possíveis dentro de uma sacola, pegando sapatos sem nem ao menos olhar para eles. O banheiro é o último a ser esvaziado. Fecho a bolsa para ternos e a mala. Levar tudo dali, sem levantar suspeitas, é o desafio. Se Maggie pensar que algo está acontecendo, ela vai ligar para Alex.

Que se dane. Eu não ligo. Quanto mais rápido ele chegar em casa, mais rápido posso confrontá-lo e dar o fora daqui. Graças a Deus, consigo guardar tudo isso no porta-malas do Porsche. Eu o fecho, volto a entrar na casa e sigo para a sala de estar.

Céus, preciso de uma bebida. Minhas mãos tremem conforme sirvo uísque no copo e o levo até os lábios. Eu gosto da sensação que desliza minha garganta e aquece o estômago.

A porta da cozinha se abre. Alex está conversando com Maggie. Suas passadas ecoam no azulejo. Eu bebo o resto do uísque e coloco o copo de volta no bar.

— Olá, querida — diz ele. Seus olhos estão límpidos, e o sorriso em seu rosto envolve meu coração como um torno. — Pensei que você ficaria no novo escritório o dia todo se preparando.

— Tive uma reunião.

Ele se aproxima e serve uma dose de bebida para si.

— E como foi?

— Foi... esclarecedor...

As sobrancelhas de Alex se arqueiam.

— Explique.

Eu respiro fundo. Ele está tão calmo, enquanto todas as partes do meu corpo estão tremendo. Não era para ser assim. Deveríamos ser felizes para sempre. Mas ele me traiu da pior maneira possível. Ele roubou minha segurança. Mexeu com a minha confiança. E nada mais voltará a ser o mesmo.

— Por acaso contei para onde estava indo hoje?

Seus olhos se entrecerram.

— Não, acho que não.

Dou uma risada, mas não há a menor graça nisso tudo.

— Não, tenho certeza que não. Se tivesse contado, você teria tentado me impedir.

— Aonde você foi? — ele pergunta.

— Tive uma reunião com um psiquiatra envolvido no caso de seu pai.

Ele vacila à menção de seu pai.

— Dr. Hinderland. Do Hospital Estadual de Cedar Grove.

O rosto de Alex fica pálido na mesma hora. O copo começa a escorregar de sua mão, mas ele consegue pegá-lo antes que caia no chão.

— Sim, achei que essa poderia ser a sua reação — zombo.

Ele atravessa a sala, colocando o copo sobre a mesa, e para diante de mim. Antes que ele possa dizer qualquer coisa, antes que possa proferir outra enxurrada de mentiras, eu me inclino até que meus lábios estejam colados em sua orelha:

— Você mentiu para mim, Alex, e pra mim já deu.

Eu me viro em direção à porta. Alex vem em meu encalço, segura meu pulso e me puxa. Afasto o braço de seu agarre, corro para a garagem e me sento atrás do volante. Tenho um vislumbre de Alex à porta enquanto acelero.

Uma onda de náusea me atinge conforme acelero pelos portões. Para longe do único lugar onde me senti segura... distante do único homem que acreditei que nunca me trairia. Suor cobre minha pele. Paro no

CLEMÊNCIA

77

acostamento da estrada, saio do carro, certa de que vou vomitar. Com a mão pressionando o estômago, me curvo e sinto o corpo ser varrido pela ânsia de vômito. Como não ingeri nada o dia inteiro, não há nada a sair. Volto a me acomodar ao volante e inclino a cabeça contra o encosto.

Pensamento intermináveis sobre John estar vivo e Alex me traindo se atropelam na minha mente.

— Por quê, Alex? — Eu soluço, a dor em meu coração é insuportável. Nós estávamos felizes. Estávamos de volta ao normal. Estávamos firmes novamente.

John… vivo. Eu pensava que estava livre dele. Nunca mais teria que me preocupar com suas ameaças sádicas. Ele conhece o medo que causa em mim, e o usa em seu proveito. Ele virá atrás de mim novamente. Não é nem uma questão de *"se"*, é uma questão de *"quando"*.

— Não! — grito e esmurro o volante até que a dor irradie por meus dedos e braços. Encosto a testa contra o couro macio, sentindo-me devastada pela fadiga. *Estou perdida.*

E agora? Para onde ir? Não posso me dirigir ao apartamento de Paul e Ryan, pois estou iniciando o caso Wells agora. Minha casa na cidade é alugada, então não é uma opção.

Eu telefono para Paul.

— Oi, K. O que foi?

Só de ouvir sua voz, tudo o que tenho reprimido desde que fiquei cara a cara com John Sysco se liberta.

— Preciso de um favor — digo, por entre os soluços.

— Você está chorando? O que está acontecendo?

— Preciso que você me ajude e não faça perguntas agora. Prometo que contarei tudo. — Arfo, a voz embargada e nem um pouco parecida com a minha.

— Está bem. O que você precisa?

— A empresa de seu pai ainda tem uma suíte corporativa aqui?

Há uma pausa, e parece que horas se passam até que ele responda novamente:

— Sim, você está precisando?

— É. — O vazio domina meu peito, porque sei que este passo me tira da vida de Alex, e me coloca em um novo caminho.

— Quando?

— Agora.

ANNE L. PARKS

— Vou dar um jeito de a chave ser deixada na recepção.

— Obrigada, Paul.

— Não foi nada, K, você sabe disso. — Ele respira fundo e exala. — Mas quando você entrar e se acomodar, é melhor me ligar e me contar o que está acontecendo. Presumo que isto tenha algo a ver com você e Alex.

— Não há mais eu e Alex. — Um novo fluxo de lágrimas desliza pelo meu rosto e eu encerro a chamada.

Não posso falar sobre isso agora. Preciso conferir se Paul e Ryan sabiam sobre John, e se eles mentiram para mim também. *Por favor, Deus, não deixe que isso seja verdade.* Acho que não vou me recuperar se todas as pessoas que mais amo e confio na vida tiverem mantido a sobrevivência de John em segredo.

Encontro algumas garrafas de vinho na cozinha, encho minha taça e levo uma das garrafas comigo para a sala de estar. Meu laptop está sobre a mesa de café, e eu faço o *login* em minha conta do *Skype* para enviar uma mensagem a Paul. Assim que o ícone aparece, indicando que ele está disponível, faço a chamada. Ele e Ryan estão grudados diante da tela.

— Nossa, K. Você está com uma aparência horrível — diz Paul, franzindo as sobrancelhas.

— Valeu — respondo, e tomo um grande gole da bebida.

— O que aconteceu, docinho? — pergunta Ryan, a voz mais suave.

— Tanta merda... Eu nem sei por onde começar. — Tomo outro gole. Meu estômago dói assim que o vinho o atinge. Provavelmente, eu deveria comer alguma coisa, mas não tenho apetite. — Alex mentiu para mim, e nunca poderei perdoá-lo.

— Devagar, Kylie — diz Ryan. — Do início.

— John está vivo.

— Certo — murmura Paul.

— Vocês me ouviram? Ele está vivo... tipo, não está morto.

— Sim, ele aceitou um acordo e foi enviado para o hospital de custódia estadual. Por que você pensou que ele estava morto?

— Porque foi isso que Alex me disse! — grito.

— O quê? — Com os olhos arregalados, ele passa as mãos pelo cabelo, exalando um longo suspiro.

— Ele tem mentido para mim desde que saí do coma. — Esfrego as têmporas para tentar aliviar a enxaqueca que me ameaça. — Então, ele não pediu a vocês para ajudarem com essa história?

— Não. Nunca teríamos feito isso, K. Juro por Deus, pensei que você soubesse. Nunca toquei no assunto porque achei que você não queria que te lembrássemos daquele babaca.

Ryan fica calado. Seu rosto está inexpressivo, pálido, e ele não olha mais para a câmera.

— Fala pra ela. — Paul dá uma cotovelada no ombro de Ryan, que apenas o encara. — Ah, não. Mentira… Me diga que você não sabia disto? Que não ajudou Alex a esconder isto dela?

— Você tem que entender — diz Ryan, virando a cabeça para a câmera. — Kylie, por favor, me escute. Nós nunca quisemos machucar você.

— Como você pôde fazer isso? — Paul grita.

— Nós fizemos isso por você, Kylie. Queríamos que você se sentisse segura quando saísse do coma. Nós íamos lhe contar. — Ele olha para Paul. — Juro, nós íamos esclarecer tudo.

É como se alguém tivesse quebrado o chão debaixo dos meus pés e eu estivesse caindo na escuridão. Um vazio. Não há nada que eu possa segurar para impedir a queda.

— Tenho que desligar — murmuro, encerrando a chamada. Não faço ideia se eles me ouviram. Paul estava gritando com Ryan, enquanto o último tentava justificar suas ações.

E, agora, vou beber o resto da garrafa de vinho, e talvez a outra também, pedindo a Deus que quando eu acordar, tudo não tenha passado de um pesadelo horrível.

E se não for, espero nunca mais acordar.

CAPÍTULO 12

Meu telefone está vibrando próximo ao meu ouvido. Levanto a cabeça e me arrependo na mesma hora. A dor é excruciante, como se alguém tivesse dado à criança dentro da minha cabeça uma bateria e baquetas e dito: *Vai lá, garota!*

Repouso a cabeça de novo e coloco o telefone à frente do rosto.

Alex.

Ele ligou cerca de dez vezes antes de eu desmaiar ontem à noite. A vibração cessa, e a tela mostra vinte e seis chamadas perdidas, todas de Alex.

Eu preciso de água. E de café. Meu corpo inteiro dói por ter dormido de mau jeito no sofá. Os sons são amplificados a níveis incompreensíveis. Até mesmo o ato de colocar o café no filtro soa como se eu estivesse no meio de um canteiro de obras.

O café escorre lentamente para dentro da jarra. Eu pego uma garrafa de água da geladeira, e sigo para o chuveiro. Espero que a água quente me faça sentir um pouco melhor do que me sinto. No mínimo, a chuveirada vai passar o tempo enquanto o café está sendo preparado.

Não tenho a menor ideia do que fazer no momento. A névoa induzida pelo álcool não está ajudando com o pensamento racional. Eu, provavelmente, deveria ir para o escritório, mas tenho certeza de que estou tão mal quanto me sinto, e realmente não preciso de um interrogatório agora. Minha vida está bagunçada demais no momento para que eu possa explicar isso a outros.

Meu telefone toca novamente. É melhor acabar logo com isso. Se não atender, Alex continuará a ligar, ou tentará me encontrar. E não posso vê-lo agora.

Eu aceito a chamada, já me adiantando:

CLEMÊNCIA

— Alex, não tenho nada a te dizer.

— Kylie, por favor, eu só quero explicar.

— Não! Você não vai sair dessa com o seu papinho furado.

— Kylie, eu não estou tentan…

— Você tem alguma ideia do que passei ontem? Depois de meses acreditando que John estava morto, ele entra no escritório do Dr. Hinderland. Eu pensei que estava no meio de outro pesadelo. E eu me fodi, porque a verdade é muito pior. Você me traiu, Alex.

— Eu sei, e lamento muito. Eu nunca quis te machucar, você tem que acreditar em mim. Eu estava…

— Tentando me proteger. Sim, essa é a sua desculpa para todos os seus erros. Mas é o seguinte… não me importa quais foram suas razões. Não me importa que tenha decidido que a verdade seria prejudicial para mim. Confiei em você quando estava mais vulnerável. Quando eu precisava de ajuda para sanar minhas dúvidas. E você me enganou.

— Você está certa. Eu deveria ter contado desde o início, assim que você acordou… Eu sei que nunca poderei apagar toda a mágoa que te causei, e talvez você nunca mais sinta o mesmo por mim, mas espero que um dia possa me perdoar. Eu realmente só quis o melhor para você, Kylie.

— Não posso perdoar você agora, Alex. E não quero mais falar sobre isto.

— Eu te amo, querida. Sempre te amarei.

Desligo o celular e o coloco no silencioso, largando o aparelho no sofá. A taça de vinho da noite anterior ainda está sobre a mesa. Eu a pego e arremesso contra a parede.

— Vai se foder, Alex Stone! — Desabo no sofá e enterro a cabeça entre as mãos, caindo em um pranto sentido. Depois de todo este tempo, depois de tudo pelo qual passamos, pensei que havíamos superado. Ele me convenceu de que não decidiria minha vida por mim. Que faríamos tudo juntos.

Mas Alex nunca vai mudar. Ele sempre tentará me controlar. E isso não é algo que estou disposta a aceitar.

Uma batida soa à porta quando estou jogando fora os cacos de vidro. Meu coração acelera, e as mãos começam a tremer. *Por favor, que não seja o Alex*. Não estou pronta para o segundo *round* desta luta, especialmente cara a cara. Espreito pelo olho mágico e respiro aliviada, abrindo a porta.

— O que você está fazendo aqui? — pergunto a Paul.

Seus ombros cedem e ele suspira. Seus olhos injetados estão rodeados por olheiras profundas.

— Tem espaço para mais um refugiado?

Agarro sua mão e o puxo porta adentro, enlaçando seu corpo em um abraço apertado.

— Para você, sempre.

Há um homem de pé atrás dele no corredor, segurando uma grande cesta de presentes. Ele olha para seu relógio e depois para mim, com um sorriso forçado.

— Desculpe — digo. — Eu não o vi aí.

— Sem problema. Você é Kylie Tate? — pergunta.

— Sim.

Ele me entrega uma prancheta eletrônica.

— Assine aqui. — E entrega a cesta ao Paul, pega a prancheta depois que assino o recebimento e se dirige até os elevadores.

— Que simpático, não? — murmuro para Paul. Ele bufa uma risada, entra na cozinha, e coloca a cesta sobre o balcão.

Eu puxo o papel celofane, pegando o cartão e dando uma conferida nos inúmeros itens que compõem a cesta. Há saquinhos de café, uma grande caneca de porcelana e outra de viagem. O cartão diz:

> *Café especial para uma mulher especial.*
> *Quem me dera estar aí,*
> *Você e eu para sempre*

Paul lê o bilhete por cima do meu ombro.

— De quem é? Alex?

— É o mais provável — respondo. — Ele não mencionou isso quando falei com ele esta manhã, embora não estivéssemos exatamente tendo uma conversa amigável.

Pego um dos sacos de café, e com uma tesoura corto a parte de cima. Normalmente, adoro o cheiro de café fresco, mas este é estranho.

— Tem o mesmo cheiro das meias de um jogador de futebol depois de um jogo — diz Paul, fingindo ânsia de vômito.

— Pensei que você gostasse desse cheiro masculino requintado. — Cheiro o pó de café mais uma vez e decido fazer um pouco para conferir se pelo menos o sabor é bom.

CLEMÊNCIA

— Se eu quisesse um jogador de futebol, não estaria com o Ryan.

Começo a rir. Ryan está em excelente forma, faz exercícios todos os dias, mas é, definitivamente, o tipo de pessoa que pratica esteira, ao invés de malhar os músculos. Paul e eu costumávamos brincar com ele por conta de suas aulas de esgrima no ensino médio.

— Então, o que você vai fazer com o Ryan? — pergunto e coloco o restante dos saquinhos de café no armário.

— Não faço ideia. É por isso que estou aqui. Eu precisava tomar distância dele. Eu o amo, mas neste momento, quero lhe dar uma surra.

— Além de ser uma imagem mental realmente horrível, você sabe que nunca poderia fazer isso com ele.

Paul assente.

— Sim, eu sei. Aquele merdinha fica com hematomas muito fácil.

Nós dois rimos, e é tão bom liberar a dor e a mágoa, mesmo que seja só por um minuto ou dois. Paul pode precisar de um lugar seguro longe de Ryan para se orientar, mas duvido que ele perceba o quanto sua companhia é um alívio para mim. Ele é o único que pode me fazer rir em uma situação em que tudo o que quero fazer é chorar.

CAPÍTULO 13

Pego alguns sacos de café para levar para o escritório e tranco a porta do apartamento, vendo que Paul já está me aguardando no elevador.

Ele olha para o café e depois para mim.

— Você odeia as pessoas com quem trabalha?

— Não, por quê?

— Só querendo saber por que você gostaria de submetê-las a essa porcaria que finge ser café.

Eu enfio os sacos dentro da minha bolsa.

— Não é tão ruim assim.

— É tão ruim quanto o cheiro.

Cruzo os braços e observo o painel iluminar os números de cada andar à medida que descemos.

— E quantas meias de jogadores você provou, Paul?

— Rá, rá... olha só para você com suas piadinhas. — Ele me dá cotoveladas brincalhonas.

Assim que entramos no meu novo escritório, apresento Paul ao Reyes. Eles se cumprimentam com um aperto de mãos, mas em um clima meio constrangedor. Mais tarde terei que pedir a opinião de Paul.

Vou até a cozinha, pego o café da minha bolsa e preparo um pouco. Café é minha vida. É raro não ter uma cafeteira ligada o tempo todo.

— Sargento, você gostaria de uma xícara de café? — pergunto.

Paul sacode a cabeça.

— Não aceite, cara. É algum tipo de fluido do traseiro de Satanás.

— Cala a boca, Paul.

— Não, obrigado. Eu evito sempre que posso — diz Reyes.

Eu aceno, volto para a cafeteira e sirvo uma xícara para mim.

— Bem, isso explica um pouco do que está errado com você — murmuro baixinho.

— O que disse? — pergunta Reyes.

Merda...

Dou um sorriso forçado.

— Nada, só estou pensando em voz alta no caso.

Nós três colocamos a sala de reuniões ordem, organizando tudo para que seja mais fácil localizar tudo aquilo que for necessário e com presteza. Estamos à mesa, rindo à medida que eu e Paul relembramos nossos dias de faculdade.

Paul arqueia uma sobrancelha ao observar um grande buquê de rosas vermelhas no alto da escada.

— De onde vieram essas rosas?

— E por que foram deixadas ali ao invés de serem entregues aqui dentro? — Reyes se levanta às pressas, pega as flores e coloca o vaso de vidro sobre a mesa.

As rosas são de um tom vermelho vibrante, volumosas e com a doce fragrância permeando o ambiente. Pego o pequeno envelope branco preso entre os caules, lendo o recado:

> *Você sempre será minha...*

Eu o largo sobre a mesa como se tivesse sofrido uma queimadura. Essas palavras... as mesmas que John me disse antes de eu fugir do hospital. Meu coração parece estar prestes a explodir no peito. Não é possível que sejam dele.

Eu me dirijo à janela, na esperança de ver a pessoa que as deixou. Um BMW preto se encontra parado diante do prédio, e se afasta logo depois, porém consigo vislumbrar a placa do carro. *JAS.*

John Allen Sysco.

Meus joelhos fraquejam, e preciso me agarrar à janela para me firmar. Conheço aquele carro muito bem. Brinquei com ele por colocar o seu nome na placa do carro, perguntando se ele teve que se contentar com suas iniciais, já que 'O Melhor Advogado de Defesa do Mundo' não caberia.

Uma sensação há muito esquecida, e que costumava ser minha companheira constante, me invade. Um pavor que atormenta minha alma.

Paul está lendo o cartão quando retorno à sala.

— São do Alex? — Ele entrega o bilhete para Reyes.

Dou um sorriso forçado e tento manter o tom de voz calmo.

— É o mais provável.

— Por que ele mandaria um de seus lacaios entrar sorrateiramente e deixar as flores no topo das escadas? — pergunta Reyes.

Eu não respondo, apenas dando de ombros. Um peso enorme se aloja no centro do meu peito, dificultando a respiração. Meus joelhos estão bambos, e mal consigo voltar para o meu assento antes de entrar em colapso.

As flores são de Alex. Eu tenho que acreditar nisso. Estou deixando minha paranoia levar a melhor sobre mim. *Aquele não era o carro de John.* John está no hospital. Alex me enviou as flores.

Reyes lança um olhar de soslaio para as rosas, com os olhos entrecerrados, e o sorriso desaparece de seu rosto. *Será que ele sente minha apreensão? Ou é algo completamente diferente?*

Eu pego as flores e as coloco na recepção. Longe da vista e da mente de todos nós. Embora o gesto seja romântico, e um clichê para homens de todos os lugares que querem pedir perdão, não é algo que Alex faria.

Meu Deus, as implicações de que possa ser obra de John são quase demais para compreender. Ele fugiu, está de volta à cidade, presumivelmente o primeiro lugar que eles procurariam por ele –, e decidiu me perseguir de novo. Tudo isso parece impossível.

Minha respiração está acelerada, errática, por isso fecho os olhos e conto lentamente até dez antes de hiperventilar.

Não é ele. Não pode ser. Empurro essa possibilidade para os cantos mais escuros da minha mente, voltando a focar no que preciso fazer. Isso é minha prioridade. John não vai consumir minha vida, não enquanto a vida de Alex estiver em um caos completo.

Preciso colocar Alex em primeiro lugar. Eu lhe devo isso. É o que ele tem feito por mim desde o momento em que nos conhecemos.

No meio da tarde, tudo o que tenho a fazer é ajeitar meu escritório. Não há realmente nada mais que Reyes possa fazer hoje, então o oriento a ir para casa.

— Tem certeza de que não quer que eu comece a examinar os arquivos da investigação original? — ele pergunta, com um sorriso largo no rosto e girando incansavelmente seu chaveiro ao redor do dedo.

— Não, isso pode esperar. Vamos dar uma olhada neles logo pela manhã.

CLEMÊNCIA

Vá relaxar, se divertir um pouco.

Seu cenho está franzido, mas ele acena com a cabeça e segue até as escadas.

— Obrigada por toda a sua ajuda, sargento — digo, sem entender seu estado de humor. É sério, Lisa e eu não mudamos de humor radicalmente como ele faz. O que significa que é um mito essa história de as mulheres serem descompensadas.

Ele dá um aceno com sua cabeça e desaparece escada abaixo.

— Então, qual é a história dele? — pergunta Paul.

— Você já conheceu Reyes antes. Ele era um dos oficiais no caso de John. — Abro uma caixa, tiro os diversos materiais de escritório e os organizo nas gavetas da minha escrivaninha.

— Não, o que está acontecendo entre ele e você? E antes que você diga "nada" e olhe para mim como se não tivesse ideia do que estou falando, posso dizer que ele pensa, ou *quer*, que algo aconteça entre vocês dois. — Paul se joga em uma das cadeiras à minha frente e apoia os pés no canto da minha escrivaninha.

— O que te faz pensar isso?

— Ele apenas emite uma vibração muito estranha. Muito protetor, mas de uma forma ciumenta.

Eu bufo uma risada de escárnio.

— Isso não é muito diferente do Alex.

— É cem por cento diferente. Com Alex, você pode dizer que ele, realmente, tem seus melhores interesses em mente, não porque ele quer ter um relacionamento contigo, mas porque quer te manter a salvo. Com este cara, não sei, parece mais como se ele quisesse ser o único homem na sua vida. Ponto-final. — Suas sobrancelhas franzem. — Como você consegue atrair homens que estão desesperados em te controlar?

— Deve ser algum tipo de farol interno que tenho — brinco, mas a pergunta ainda me incomoda. Muitas vezes, cheguei a pensar no que faço de errado que acaba dando essa impressão aos homens. — Alex diz que é porque sou vista como forte e independente e é um desafio para a maioria dos homens. Tenho certeza de que ele não se inclui nessa classificação, estranhamente.

— Pouco provável. Bom, ele nunca te viu como uma mulher a quem ele precisava conquistar e controlar. Você é sua aliada, ambos compartilham alguns demônios semelhantes, e isso simplesmente acionou um interruptor em seu gene protetor. — Ele pega um peso de papel de vidro da minha mesa e o joga para cima e para baixo. — Nossa, estou começando a parecer o Ryan com esse papo-cabeça.

— Papo-cabeça?

— Forma de dizer.

Eu suspiro e me inclino para trás na cadeira.

— Não sei, talvez você esteja certo. Também senti uma *vibe* estranha. Ele estava todo esquisito quando encontrei Matt no outro dia. Empolgado demais por me ver, talvez? — Dou de ombros. — Se houver alguma coisa, tenho certeza de que não é mais do que uma paixonite que vai passar rapidinho quando ele conhecer o meu lado neurótico.

— Verdade — diz Paul. — Isso o fará correr para as colinas, gritando como um louco.

Passo uma olhada rápida pelo escritório. Está bom o suficiente por hoje. Agora, só consigo pensar em sair daqui e compartilhar uma garrafa de vinho com meu melhor amigo.

Reunimos nossas coisas, apagamos as luzes e nos dirigimos à porta. As rosas ainda estão sobre a mesa, e minha vontade é jogar tudo no lixo. Meu instinto está gritando comigo para verificar com o hospital só para confirmar que John está lá.

Balanço a cabeça e afasto o pensamento ridículo. Aquelas rosas não podem ter sido enviadas por ele.

No entanto, um sussurro maligno zomba de mim:

Você será sempre minha.

CLEMÊNCIA

CAPÍTULO 14

— Ei, preguiçoso — brinco, assim que entro no apartamento no dia seguinte. Paul ainda estava dormindo quando saí para o escritório esta manhã.

Ficamos acordados até tarde ontem à noite, falando sobre tudo, desde família, amigos, bebês, e, finalmente, encerramos a bebedeira com as agruras de nossos relacionamentos. Isso me deixou exaurida, mas, mesmo assim, dormi muito mal.

— Eu trouxe o almoço. — Coloco a embalagem com dois sanduíches no balcão da cozinha.

A mágoa por Alex ter escondido informações está duelando com a dolorosa saudade por estar separada dele. Desde que o conheci, minha vida tem sido uma montanha-russa, mas as melhores partes são sempre quando estamos juntos. Discutindo ou não, se estamos perto um do outro, uma sensação de paz me cerca como uma brisa quente em um dia de verão.

Paul sai do quarto, arrastando os dedos pelo cabelo. O suor escorre pelo rosto e pinga em sua camiseta. Ele me olha de relance e depois evita meu olhar.

— Credo, o que você estava fazendo? — Retiro os sanduíches da sacola.

— É, então... — Pelo canto do olho, vejo alguém saindo do quarto de Paul. — Ryan está aqui.

Ryan tem o mesmo aspecto desgrenhado de Paul.

— Então, deixe-me adivinhar, vocês fizeram as pazes e tudo está às mil maravilhas agora? — digo de pronto.

Minha respiração acelera e um calor intenso me percorre de cima a baixo. *Como Paul pôde perdoar Ryan, mesmo ele tendo ajudado Alex a encobrir o fato de John estar vivo?* Uma sensação de ardor se espalha pelo meu peito. *Por que eles estão tão felizes enquanto estou morrendo um pouco todos os dias, longe de Alex?*

Existe uma linha tênue entre o amar tanto a ponto de não suportar estar longe dele e estar tão magoada a ponto de não conseguir perdoá-lo. Estou na corda-bamba entre as duas situações. A qualquer momento, posso cair para um lado ou para o outro. E temo onde acabarei indo parar. Perder Alex ou um pedaço de mim se eu o perdoar. De novo.

— K, qual é... — diz Paul. — Ryan e eu conversamos, ele explicou suas razões para ir na onda de Alex, e nós nos resolvemos. É o que as pessoas em relacionamentos amorosos fazem.

— Ótimo, Paul. — Suas palavras atravessam meu coração. Tenho todo o direito de estar chateada com Alex, de não querer ouvir suas desculpas, de estar magoada com sua necessidade de me controlar. O envolvimento de Ryan dói tanto quanto. Como ele pôde pensar tão pouco de mim a ponto de mentir sobre algo tão importante?

Ryan dá um passo na minha direção, os olhos suaves.

— Kylie, eu sei que você ainda está chateada comigo, e tem todos os motivos para estar, mas se você simplesmente me ouvir... Se, depois disso, você ainda estiver zangada, eu te deixarei em paz, e esperarei até o momento em que estiver pronta para me perdoar. Sem julgamento ou ressentimento entre nós. — Ele gesticula o dedo entre si e Paul.

Aceno em concordância e sigo Ryan até a sala de estar, desabando em seguida no sofá. Meu coração parece pesar uma tonelada, e tudo o que quero é me livrar desse sofrimento.

— Quando você saiu do coma, o médico nos avisou para não te perturbar. Ele alegou que lesões na cabeça não são totalmente compreendidas, pois grande parte do cérebro ainda permanece um enigma na medicina. Estávamos preocupados que você pudesse ficar assustada, com medo de que John ainda fosse capaz de te machucar, e que isso piorasse a sua situação. Você estava debilitada, e suas lembranças sobre o incidente ainda eram nebulosas. Alex e eu estávamos conversando com você, lembra?

— Sim, vagamente. — Todos os eventos antes, e dias depois de eu recuperar a consciência, eram uma massa confusa de lembranças. Desconcertadas, incompreensíveis, e até hoje não tenho certeza de como todas se encaixam.

— Você perguntou a Alex sobre John, e havia tanto pavor em seu olhar, tanta tensão em seu corpo apenas com a menção de seu nome. Nunca te vi daquela maneira, nem mesmo quando a encontramos depois de John ter te espancado. Alex te disse que John havia morrido e que nunca mais seria capaz de te fazer mal. Seus olhos brilharam, e foi como se toda a tensão em seu corpo se esvaísse.

CLEMÊNCIA

A memória está clara em minha mente, seja porque foi o primeiro momento de alegria do qual me lembro logo após acordar do coma, ou porque a repeti tantas vezes em minha mente durante os últimos dias.

— Eu me lembro de abraçar Alex e repetir várias vezes que John estava morto.

Ryan acena com a cabeça.

— Alex e eu apenas olhamos um para o outro, atônitos. Eu não sabia o que fazer, mas não queria ser aquele a tirar o consolo que a morte de John lhe proporcionou. Quando você adormeceu, Alex e eu saímos da sala e conversamos sobre isso. Ele foi inflexível sobre não termos corrigido na mesma hora o que você supôs ser uma verdade, por conta das advertências do médico. Eu concordei com ele. Desde esse dia, venho dizendo a ele para contar o que realmente aconteceu com John, e onde ele está agora.

Ryan passa os dedos pelo cabelo, respira fundo e olha para Paul, que acena com a cabeça e sorri o suficiente para encorajá-lo a continuar.

— Alex me disse, quando vocês nos visitaram na semana passada, que ele estava sem saber como você reagiria à notícia, ainda mais por ter se passado tanto tempo, e que isso, provavelmente, faria com que você perdesse a confiança nele. Eu disse a ele que queria estar lá quando ele contasse, para te ajudar a entender a situação. Mas ele recusou, dizendo que não queria que eu me envolvesse, que não queria que se decepcionasse comigo também. Ele ia assumir tudo sozinho.

— Isso não me surpreende. — Minha voz é suave. Eu olho pela janela. A necessidade de Alex de proteger se estende às pessoas que amo, especialmente aos dois homens que estão comigo e que são toda a família que tenho há tantos anos.

— Ele é um bom homem, Kylie — afirma Ryan, segurando minhas mãos.

— Ele mentiu para mim. — Essa é a parte que se assemelha a uma punhalada no coração.

— Mentiu mesmo? — pergunta Ryan. Eu olho para ele, sem conseguir acreditar que ele está me perguntando isso. — Pense um pouco, Kylie. Alguma vez, Alex disse, com todas as letras, que John estava morto?

Minha mente vasculha os últimos dois meses. Em nenhum momento Alex afirmou que John havia morrido, e quando afirmei isso, ele não respondeu. Às vezes, ele olhava para o lado ou mudava de assunto. Muitas vezes, ele me puxava para o calor de seus braços em um aperto firme. Eu pensava que era porque ambos compartilhávamos o contentamento de não ter que olhar por cima dos ombros – da constante preocupação com um possível ataque –, e, finalmente, poder estar juntos sem a ameaça que John representava.

— Não, mas isso não importa, Ryan. Era uma mentira por omissão. Ele pode não ter declarado explicitamente que John estava morto, mas sabia a verdade, e intencionalmente me enganou. Ele nunca me corrigiu ou me contou o que realmente aconteceu.

— Você está certa, mas, por favor, acredite que nós tínhamos a melhor das intenções. Só não podíamos arriscar enquanto você estava no hospital. Foi muito longe essa história e, da minha parte, lamento muito. Mas você precisa saber que Alex ia te contar naquela noite. Tivemos uma longa conversa sobre isso naquela manhã, e ele estava determinado a não deixar passar mais um dia sem que você soubesse a verdade.

Tomo um gole de café da minha caneca de viagem e a coloco no porta-copos do meu Porsche, no caminho de volta para o escritório. O horário do almoço foi mais longo e sentimental do que eu tinha previsto, e estou voltando mais tarde do que gostaria. Perdoar Ryan foi difícil, mas agora entendo o motivo de ele ter concordado com Alex. Ele e Paul sempre estiveram ao meu lado, tentando cuidar de mim quando mais precisei, então não deveria me surpreender que Ryan fizesse o que ele sempre fez desde que me conheceu na faculdade.

Então, por que é tão difícil perdoar Alex? Durante o período em que John me perseguia, era sempre Alex que estava lá por mim. Ele impediu que John me batesse, e, provavelmente fizesse coisa pior, inúmeras vezes. Desde o momento em que lhe contei pela primeira vez sobre John e nosso relacionamento, Alex jurou que nunca mais deixaria ninguém, especialmente John, colocar um dedo em mim. E, ainda assim, aqui estou eu, o julgando mais severamente por ele ter feito o que sempre fez. Este não é um comportamento novo para ele.

Paro em um sinal vermelho, tomo outro gole de café e respiro fundo. Preciso avaliar meus sentimentos por Alex, mas isso não vai acontecer hoje.

O foco nesta apelação tem que ser o objetivo principal se quisermos ter alguma chance de manter James Wells na prisão, lugar onde pertence. Eu só tenho uma chance. Se James for absolvido, a dupla incriminação se impõe, e ele não poderá ser julgado por este crime nunca mais.

Não importa o que aconteça entre mim e Alex, não posso falhar com ele. A memória de Alex no chão, revivendo a morte de sua mãe, soluçando em meus braços, quase me destruiu, e vou usar todas as manobras legais que puder para garantir que ele nunca veja seu pai andando pelas ruas como um homem livre.

Uma buzina soa atrás de mim, me alertando que o sinal está verde. Olho pelo espelho retrovisor e aceno para o motorista do carro preto. Na metade do cruzamento, lanço mais um olhar, percebendo que o carro está praticamente colado ao meu para-choque.

— Você acha que pode chegar um pouco mais perto do meu traseiro, amigo? — murmuro, sacudindo a cabeça. Aceno para ele recuar, mas ele se mantém grudado.

Qual é o problema deste cara? Ele está chateado só porque teve que esperar alguns segundos a mais em uma luz verde? Piso fundo no acelerador e me distancio, avistando o emblema do capô da BMW contrastando com o carro esportivo escuro. O motorista acelera para me alcançar e continua na minha cola.

Perco o fôlego. *Não é o carro de John. Não é o carro de John.* Eu piso no freio. O carro desvia para a faixa esquerda, e quase colide contra o meu ao se enfiar na minha frente.

— Jesus Cristo! — Piso nos freios e buzino, mas o carro acelera. Meus olhos estão colados na placa.

JAS.

Eu pisco para assimilar. *Não pode ser.* Quando olho novamente, o carro some de vista em uma curva.

— Estou enlouquecendo. — Pensar no que acho que acabei de ver, contra a impossibilidade de ser John, está causando uma tempestade no meu cérebro e um latejar na base do meu crânio.

Encosto no pequeno estacionamento atrás do meu escritório, pego meu café e a bolsa e subo as escadas. Graças a Deus, Reyes também não voltou do almoço. Tenho tempo para me acalmar sem que ele esteja por perto. Já é assustador a maneira como ele está sempre me encarando, mas tê-lo me perguntando o que está errado, com seu olhar desconfiado me fazendo sentir culpada – mesmo que eu não faça ideia do porquê –, é mais do que posso suportar no momento.

Largo todas as minhas coisas em cima da cadeira e sigo até a pequena cozinha para fazer outro café. Minhas mãos estão tremendo, enviando pó para todo lado. Preciso controlar minha paranoia, mas agora contabiliza duas vezes que vi o BMW de John. E não é apenas uma parecida à que ele tinha – a placa é a prova disso.

Será que estou vendo coisas? Será que minha imaginação, o meu medo esmagador de John, acabou levando a melhor sobre mim?

Estou hiperventilando, e a um passo de uma crise de pânico total. Agarro a borda do balcão, fecho os olhos e me concentro em inspirações lentas e controladas.

Passos soam nas escadas, e eu me viro assim que Reyes pisa no degrau superior. Ele está respirando com dificuldade, o peito agitado tanto quanto o meu. Seu rosto está pingando de suor, assim como o cabelo úmido; o peitoral musculoso está visível através do tecido fino da camiseta.

— Você estava correndo? — pergunto.

Ele vira a cabeça e o olhar encontra o meu.

— É… estava… — Ele desvia o olhar, e tenho a impressão de que o flagrei fazendo alguma coisa.

Pego a cafeteira antes que termine de fazer a infusão, encho a caneca de café e vou até meu escritório.

— Tinha alguém te perseguindo? — Jogo verde ao parar atrás da minha mesa, encarando-o com o olhar perscrutador.

— Bem, foi mais uma corrida, na verdade. Eu só perdi a noção do tempo no almoço e queria voltar ao escritório. — Seu olhar desliza pelo meu corpo, finalmente, pousando no meu rosto. — Você está bem? Parece que viu um fantasma. — Ele se inclina contra o batente da porta, os braços musculosos cruzados e as sobrancelhas arqueadas.

— Queria que tivesse sido um fantasma — murmuro. Olho para ele, e ele entrecerra o olhar, fixando-o ao meu. — Não é nada. — Aceno desdenhosamente. — Apenas um idiota que estava dirigindo como um babaca no caminho para cá. Quase bateu no meu carro. — Espero que ele deixe isso para lá.

— Os motoristas daqui são horríveis. Eu odiava patrulhar quando me tornei policial. É um milagre que eu nunca tenha sofrido um acidente.

Dou um sorriso e mudo de assunto. Eu realmente não quero mais falar sobre isto, para não correr o risco de dizer algo ao detetive que só vai gerar mais perguntas para as quais não tenho respostas.

CLEMÊNCIA

— Pensei em darmos uma olhada nas fotos da cena do crime e começar uma linha do tempo no quadro branco esta tarde.

— Okay, vou buscar as caixas que precisamos.

— Ótimo. Só tenho que fazer uma ligação rápida e já estou indo.

Assim que ele entra na sala de reuniões, tiro o telefone do gancho e ligo para o Hospital Cedar Grove. A recepcionista atende após o segundo toque.

— Alô, sim, será que existe a possibilidade de eu falar com John Sysco? — pergunto.

— E quem gostaria?

Merda! Eu não tinha pensado nisso. Não quero dar meu nome por uma variedade de razões, mas não tenho ideia de qual nome dar.

— Hmm, sou uma prima dele… Caroline. — Não tenho ideia se ele tem uma prima com esse nome, ou se sequer tem uma parente, mas foi a primeira coisa que me veio à cabeça.

Depois de alguns minutos de espera, a linha é retomada.

— Alô.

Eu reconheceria sua voz em qualquer lugar. Ainda me dá um arrepio gelado na coluna espinhal.

— Alô? Tem alguém aí? — ele pergunta.

Afasto o telefone do ouvido, mas ouço um sussurro baixo e maldoso que arranca todo o ar dos meus pulmões.

— Eu sei que é você, Kylie. Sei que está com medo, se perguntando se as coisas que está vendo são reais. Você já está questionando sua sanidade?

Desligo o celular na mesma hora. Minhas mãos estão tremendo. Uma onda gélida passa por mim, enviando arrepios incontroláveis.

O que ele quis dizer com isso? Que ele estava dirigindo o carro?

Não, de jeito nenhum ele teria conseguido voltar ao hospital nesse período. Deus, odeio que ele possa me assustar até as profundezas da minha alma apenas com o som de sua voz. Mas há algo mais acontecendo aqui. Ou estou ficando louca, ou John, de alguma forma, voltou a me perseguir.

Mas como?

Balanço a cabeça, afastando os pensamentos irracionais e vou para a sala de conferências. Distração. É disso que preciso agora mesmo. O trabalho sempre foi um alívio em relação a John no passado, mesmo quando estávamos namorando. Não há razão para que não possa ser novamente.

Reyes está ocupado separando as fotos em pilhas. Eu pego algumas e me sento em uma das cadeiras.

— Vamos ver o que temos aqui…

A primeira foto mostra uma mesa virada e alguns objetos de vidro quebrados espalhados por perto. Pequenas plaquinhas amarelas com números identificam as provas.

— Queria ter uma ideia de como a sala estava disposta. Dimensões básicas, posicionamento dos móveis. — Viro mais algumas fotos mostrando outros objetos quebrados ou fora do lugar. — Existe um diagrama… ou um esboço desta sala? Ou da casa?

— Eu ainda não vi nada, mas esse material não estaria aqui. — Reyes deixa mais algumas fotos na minha frente. — Posso dar uma olhada no registro de evidências e ver se a acusação ou a defesa preparou alguma coisa para o julgamento.

Eu ergo a cabeça e deparo com seu olhar intenso, denotando uma fome à espreita mesclada com certa melancolia. Temos trabalhado muito próximos nos últimos dias, mas não sei praticamente nada sobre ele. Não tenho ideia se é casado, solteiro, divorciado. Se tem filhos.

A atmosfera quando ele está perto de mim, quando somos apenas nós, muda para uma de necessidade e desejo, e não posso deixar de me perguntar se Paul está certo — se Reyes está interessado em mais do que apenas um relacionamento profissional.

É estranho, e a ideia de me envolver com qualquer homem além de Alex faz meu estômago revirar. Alex me arruinou para qualquer outro. Se não estou com ele, não consigo nem imaginar estar com mais alguém.

Aquele cretino, com suas mentiras e manias de controle!

Pego as fotos que ele acrescentou à pilha. Uma delas se mostra claramente Ellen Wells. Um fio de sangue escorre do canto de sua boca, passando pela bochecha, e formando uma poça no chão. Há hematomas frescos em sua bochecha e ao redor do olho; seu lábio está inchado e rachado.

São as marcas no pescoço que mais me interessam. Quatro hematomas longos e largos são visíveis na pele, do lado direito, com um grande hematoma no esquerdo. *Droga, isto complica as coisas.*

— Você tem uma cópia da certidão de óbito por aí? — pergunto a Reyes.

Ele se dirige ao arquivo na extremidade da longa mesa.

— Sim, está bem aqui. — Acena com a pasta em mãos.

— O que diz aí sobre a causa da morte?

— Hemorragia intracraniana e hérnia cerebral devido a traumatismo cranioencefálico.

CLEMÊNCIA

— Preciso ver o relatório do legista e a transcrição de seu testemunho.

Há algo nesta foto que não estou conseguindo perceber, algo que vai absolver Alex na morte de sua mãe.

— Qual é o nome do médico legista?

— Xavier Schiffer.

— Não, não o cara atual. O do julgamento original… ele está aposentado agora. — Folheio os arquivos mentalmente, sem ter certeza do que de fato consta ali.

— Logan? Lewis, talvez? — Reyes sugere.

— Deveria estar no certificado de óbito — comento.

Depois de alguns segundos Reyes diz:

— Theodore Loftus.

— Precisamos encontrá-lo. Quero que ele dê uma olhada nestas fotos e explique os hematomas no pescoço dela, e porque a causa da morte não foi estrangulamento. Veja se conseguimos que ele venha aqui.

Reyes me olha fixamente e solta um longo e pesado suspiro.

— Mais alguma coisa?

Sinto meu rosto corar e dou um sorriso apologético.

— Você não é meu assistente jurídico. Você é um detetive altamente experiente, e não tenho o direito de esperar que vá buscar coisas para mim. Peço desculpas, acho que estou acostumada a ter Lisa por perto quando trabalho em um caso. Isso não é desculpa, e tenho certeza de que você tem suas próprias áreas a investigar.

Ele ri, esfrega a nuca e alonga as costas.

— Não tem problema. Nada que eu tenha investigado está levando a algum lugar. Além disso, estou meio que me divertindo ao te observar. Só queria poder estar dentro de sua cabeça e ver o que está acontecendo aí.

Colocando as fotos em alguma ordem coerente, assinto.

— Está um caos total. Eu não recomendaria nenhum tipo de mergulho profundo.

— É uma mente linda. — Eu paro, e lentamente levanto a cabeça. — O cara daquele filme. Gênio total, louco de pedra.

Suspiro, aliviada, me xingando mentalmente por ter deduzido que ele estava insinuando algo mais.

— Hmmm, vou fingir que há um elogio aí e só dizer obrigada.

Ele circula a mesa e para bem na minha frente, os olhos fixos nos meus.

— Disponha.

Sua voz é profunda, e os olhos escureceram. Não tenho certeza do que virá em seguida. Ele me entrega um caderno e um arquivo.

— Aqui está o relatório do médico legista e a transcrição que você pediu.

Estou respirando com dificuldade e nem sei o porquê. Não me sinto atraída por Reyes, mesmo que uma mulher tivesse que estar quase morta para não apreciar o corpo esculpido, *e, caramba*, ele pode preencher um par de jeans com aquela bunda perfeita. Talvez seja apenas a possibilidade de ele tentar me beijar – ou querer levar isso mais longe – que me deixa apreensiva.

Não tenho ideia, mas está se tornando claro para mim que os homens em minha vida estão me deixando confusa ultimamente. Eu me pergunto, quanto tempo levará até eu estar louca e internada em Cedar Grove?

No final da tarde, recolho alguns arquivos para ir para casa e saio do escritório. Quando chegar no apartamento, só quero tomar uma taça de vinho e um longo banho escaldante. Paul e Ryan voltaram para Nova York depois do almoço, então estou por minha conta.

Paul me deu seu abraço de urso tão característico, e sussurrou ao meu ouvido:

— Não fique assim com Alex por muito tempo, K. Você merece ser feliz, e é o que tem sido desde que está com ele. Talvez esteja na hora de virar a página e perdoá-lo.

Meu relacionamento com Alex tem sido uma série de paradas e recomeços; cada parada é como uma pancada forte contra uma parede, e acabo pensando que não temos mais conserto. Eu habito na escuridão, a dor constante devasta meu coração, e eu afundo em autocomiseração até que o menor pedaço de luz se infiltra por entre as rachaduras. A luz é sempre Alex. Sempre será Alex. Por mais louca que eu esteja, por mais que me convença de que nunca vai funcionar, de que o relacionamento acabou, sei que não posso viver sem ele.

Aceitar sua necessidade de controlar minha vida, sob o pretexto de me proteger, é uma pedra de tropeço constante. A necessidade avassaladora de me manter em segurança turva seu julgamento e me afasta.

Estaciono em uma vaga na garagem do prédio, pego o material de leitura da noite e sigo para o elevador. Meus saltos estalam contra o piso de cimento, ecoando pelo espaço deserto. Passos mais pesados se sobressaem aos meus. Olho em volta, contemplando o lugar estranhamente silencioso. Acelero o ritmo, com o coração martelando e os olhos focados no elevador. Minha cabeça está dizendo que estou sendo paranoica novamente, até ouvir os outros passos, em sincronia perfeita com meu ritmo acelerado.

Minha mão está tremendo quando aperto o botão do elevador. Sinto alívio imediato quando a luz se acende, e pouco depois as portas se abrem. Apesar do medo aterrador, entro apressada e lanço um olhar à garagem conforme as portas se fecham.

Não tem ninguém. Pelo menos, ninguém que eu possa ver.

A parede de aço resfria minha pele, e fecho os olhos ao recostar a cabeça contra a superfície. Minha respiração abranda, quase voltando ao normal, e eu começo a rir. *A um passo de distância de uma camisa de força.*

A dor de cabeça normalmente indica falta de cafeína, mas acho que já tomei cerca de três potes de café hoje. Provavelmente, é apenas uma tensão acumulada. Meu nível de estresse continua subindo aos poucos, como a subida de uma montanha-russa às nuvens — a apreensão se avolumando a cada metro do longo trilho.

Abro a porta e assim que entro praticamente desabo contra a madeira. Largo todos os arquivos, pasta e bolsa sobre a mesa, seguindo direto até a prateleira de vinho para pegar uma garrafa de *Carménère* chileno. Depois de encher a taça quase até a borda, tomo um longo gole, e sinto o sabor de chocolate com notas de ameixa. Desfrutando do sabor na minha língua, fecho os olhos e inclino a cabeça para trás antes de engolir o líquido ardente. É o mais próximo de um orgasmo que terei esta noite, ou em qualquer noite no futuro, e agradeço silenciosamente a Alex por me ensinar as sutilezas do vinho.

Abro os olhos e quando levo a taça aos lábios, avisto uma longa caixa sobre a bancada.

— Ryan e Paul devem ter deixado flores para mim — murmuro, pegando o pequeno envelope branco colado na parte superior da caixa.

Em breve você vai sofrer o mesmo destino...

Viro o cartão de um lado ao outro, minha mente duelando para compreender o significado da mensagem misteriosa. Sem assinatura. Puxo a caixa para mais perto, levanto a tampa e rasgo o papel. Uma fita grossa e preta está amarrada ao redor de um ramo de rosas de hastes longas, todas mortas.

Tropeço em meus passos. Minhas mãos estão tremendo, e o cartão flutua até os meus pés. Lembranças do gato decapitado que John me enviou há alguns meses inundam minha mente, e, mais uma vez, estou de volta no pesadelo. A única maneira que encontrei de me manter centrada, na época, era com Alex. Ele permitiu que eu desmoronasse, ao mesmo tempo em que me fortalecia.

Preciso dele agora, mas as coisas estão complicadas demais. Chamá-lo vai complicar mais ainda. Ele vai esperar perdão e reconciliação, duas coisas que ainda não sou capaz de entregar.

Pego a bolsa de cima da mesa, e vasculho até encontrar meu celular. Deslizo por vários contatos e pressiono o botão de chamada.

Toca duas vezes.

— Reyes.

— Oi, é a Kylie. — Minha tentativa de mascarar a voz vacilante é inútil. — Eu tenho um problema e espero que você possa vir ao meu apartamento e me ajudar a descobrir o que fazer.

— Sim, claro. Está tudo bem? — A voz dele é suave, mas cheia de preocupação.

— Não sei. — Lágrimas escorrem pelas minhas bochechas. Eu as afasto e pigarreio de leve.

— Qual é seu endereço? — Assim que informo, ele diz: — Estou a caminho. — Encerra a chamada.

Agarro o encosto do sofá e tropeço para frente, os joelhos fracos quase me derrubando. Muitas perguntas giram na minha cabeça exigindo respostas que não tenho e me obrigando a considerar o irracional como razoável. *John está por trás disso, ele invadiu meu apartamento, deixou as flores, juntamente com a promessa velada.*

Minha morte pelas mãos dele.

Batidas ensurdecedoras chacoalham a porta. Meu rosto está salpicado de gotas de suor. *John está aqui para terminar o que começou.* O medo me domina, e não consigo controlar os tremores que me fazem tremer.

— Kylie, é Reyes. Abra a porta.

Meus movimentos são rígidos, os músculos das pernas estão tensos

CLEMÊNCIA

101

conforme me aproximo da porta. Passando uma mão na testa para me livrar do suor, abro a porta.

O cenho de Reyes está vincado com rugas profundas, os olhos entrecerrados no semblante fechado. Ele entra, fecha a porta e gira a fechadura.

Ele está me trancando aqui dentro. Forçando-me a permanecer aqui contra minha vontade. Ele não quer me ajudar, ele quer me destruir.

Um nó se forma no meu estômago, adrenalina percorre meu corpo, e reflito se serei capaz de virar a fechadura e abrir a porta antes que ele possa me deter.

Minha cabeça está girando, visões e pensamentos se confundem, e não consigo impedir os sinos de alerta que ecoam pela minha mente. *Não há ninguém em quem eu possa confiar.*

— Caramba, Kylie, o que está acontecendo? — Reyes afasta minhas mãos dos meus ouvidos. Eu o encaro, esperando ver o mesmo sorriso maligno do rosto de John quando ele tinha certeza de que havia me deixado apavorada.

Mas a expressão de Reyes é suave, e um pequeno sorriso ilumina seus olhos fixos aos meus. Com as pontas dos dedos ele afasta os fios de cabelo do meu rosto, então acaricia minha bochecha suavemente.

Eu respiro fundo, prendendo o fôlego. *O que há de errado comigo?* Como pude pensar que ele estava aqui para me machucar? Eu o chamei para vir me ajudar.

Eu suspiro, e relaxo os ombros, apontando para a caixa em cima do balcão.

Reyes se aproxima do objeto, puxando de leve o celofane e espiando o interior. Eu pego o cartão do chão e entrego assim que ele se vira para mim.

— Estavam aqui quando cheguei em casa — digo. — Não sei quem os deixou ou como entraram no meu apartamento.

Reyes retira o papel da minha mão, erguendo o olhar até o meu e com o cenho franzido.

Inquieta, mudo o peso do corpo de um lado a outro.

— Elas são de John.

Ele abre a boca, mas a fecha na sequência, reprimindo o que pretendia falar. Só posso imaginar que começa com: 'Você é louca', e termina com: 'Você precisa de ajuda'.

Ele sacode a cabeça e exala um longo suspiro.

— Isso é impossível.

— É ele… sei que é ele. Isto é o que ele faz. Você estava lá quando ele me enviou o gato morto com um bilhete ameaçando me matar. E agora ele fez o mesmo. Me diga: você consegue ver o padrão?

— Sim, é semelhante, mas John está preso. Você acredita de verdade que ele escapou e entrou aqui, só para deixar uma dúzia de rosas mortas? — Suas mãos esfregam meus braços de cima a baixo. Ele inclina a cabeça para o lado e dá um pequeno sorriso. — Pense sobre isso, Kylie. Não faz sentido que tenha sido ele.

Cruzo os braços, travando a mandíbula com força. *Deus, será que ele poderia ser mais condescendente?* Ele não tem ideia do que é viver com medo constante de que John apareça, me prenda, me estupre e me mate.

Ele não tem que suportar os pesadelos que me forçam a reviver o abuso, a tortura e a humilhação de um homem que gostava de me fazer implorar pela minha vida, que zombou e riu quando gritei por ajuda ou misericórdia. O homem que me jogou no chão, despejou seu esperma sobre meu corpo ensanguentado e quebrado, e depois me deixou lá, como nada mais do que um lixo chutado para o canto.

— Quem mais poderia ter sido? — pergunto.

Reyes abaixa a cabeça e assente, antes de me encarar com seus olhos gentis.

— Não sei, mas tem que haver outra resposta.

Exalando fundo, eu desvio o olhar. Não consigo suportar a compaixão, a pena. A incredulidade.

— Ei, Kylie. — Segura minha mão com força. — Vou levar tudo isso comigo e enviar ao laboratório para que chequem se há impressões digitais, ou qualquer coisa que possa indicar quem fez isso. Vou fazer algumas ligações e ver se consigo descobrir de onde vieram as flores, e quem pagou por elas. Está bem?

Não estou realmente confortável com a intimidade de suas atitudes esta noite. Mal nos conhecemos, nosso relacionamento é puramente profissional, mas ele age como se tivéssemos uma espécie de romance.

Exceto que você o chamou, pediu sua ajuda e o convidou a entrar no apartamento.

Com gentileza, solto minhas mãos de seu agarre. *Em que merda eu estava pensando?*

Meus ombros cedem. Jesus, minha vida parece que está se desenrolando diante dos meus olhos e não posso fazer nada para impedir.

— Okay. Obrigada.

CLEMÊNCIA

— Sem problema. — Ele entra na cozinha e olha em volta. — Sacos de lixo?

— Debaixo da pia.

Cuidadosamente, ele coloca o cartão e o envelope em cima das rosas, reposiciona a tampa da caixa e enfia tudo no saco, amarrando a ponta. Abro a porta do apartamento e a seguro para que ele saia. Ao chegar ao corredor, ele se vira e diz, categórico:

— Tranque a porta. Vejo você pela manhã.

Dou um sorriso e um breve aceno com a cabeça pouco antes de as portas do elevador se fecharem. Em seguida, pego a taça de vinho do balcão e sigo em direção ao quarto. Depois de vestir uma calça de moletom e camiseta, procuro pelo controle remoto e me enfio embaixo das cobertas.

O arrependimento por ter ligado para Reyes, ao invés de Alex, me domina. Tudo o que quero agora é sentir os braços fortes de Alex ao meu redor, a maneira como ele cobre meu rosto com beijos suaves e sussurra que me protegerá e manterá segura. Ele me conforta como um cobertor quente em uma noite fria.

Reyes tentou me consolar, mas eu não o conheço. E não o desejo. Alex é minha rocha, o farol que me guia para a costa quando minha vida é jogada de um lado ao outro como um barco em um mar revolto.

Eu preciso tanto dele. Mas ele traiu a minha confiança.

E estou sozinha para enfrentar esta ameaça.

CAPÍTULO 15

Lisa e eu estamos sentadas no escritório, revendo arquivos e conversando sobre suas próximas provas na faculdade. Parece como nos velhos tempos, quando ela era minha assistente jurídica. Ela tem estado comigo nos últimos dez anos, durante minha dolorosa relação com John, também quando conheci e me apaixonei por Alex pela primeira vez. Tanta coisa mudou em tão pouco tempo, meu coração dói sempre que penso em todos os bons momentos que Alex e eu compartilhamos. Sinto falta disso. Eu sinto falta dele.

Avisto Reyes no patamar da escada, com um sorriso largo ao entrar na sala. Ele me lembra um cachorro que está feliz de ver o dono abanando a cauda, com a língua para fora. Lisa o encara como se ele tivesse perdido a cabeça e com medo de que ele se transforme em um assassino psicótico num piscar de olhos.

— Oi — diz ele, meio sem fôlego. — Tenho boas notícias. Consegui a gravação do telefonema feito para a emergência na noite em que Ellen Wells morreu.

— O que Alex fez? — pergunto.

Reyes assente, o olhar se alternando entre mim e Lisa, como se estivesse esperando que uma de nós vibrasse com a notícia maravilhosa. Meu olhar se encontra com o de Lisa, que dá de ombros antes de voltar a se concentrar no que Reyes tem a dizer.

Tudo bem, então. Deixe que eu pergunto.

— Hmmm, nós já não tínhamos isso? Pensei que estava anexado a todas as evidências apresentadas no julgamento.

Reyes bate palmas e esfrega as mãos.

— Sim, mas era uma fita analógica antiga. Os nerds do Ministério

Público a converteram em um arquivo tipo WAV, filtraram toda a estática, amplificaram o áudio para que ficasse mais nítido. Em seguida, fiz um *upload* no meu computador.

Levanto a mão para interrompê-lo.

— Pare de falar. Eu não sei nada desses jargões de informática. Vamos poder ouvir ou não?

— Sim — responde, o sorriso ainda mais largo.

— Então, o que estamos esperando?

Reyes conecta seu laptop a alguns alto-falantes que ele trouxe. Para ser sincera, tenho até medo disso. Não tenho certeza se meu coração pode aguentar ouvir Alex naquela noite. Ele ficou devastado quando, por fim, se abriu comigo e me contou tudo o que aconteceu, mesmo que dezoito anos tivessem se passado. Ouvir a gravação com seu relato sobre ter testemunhado a mãe ser espancada pelo pai, e estar morrendo à sua frente, no chão, será uma das coisas mais difíceis que já fiz na carreira, ainda mais porque sou obrigada a agir de forma profissional e objetiva.

O toque estridente de um telefone rompe o silêncio na sala de reuniões.

— *Polícia, qual é sua emergência?* — pergunta a despachante.

— *Preciso de ajuda.* — Alex começa a chorar no telefone.

— *Okay, preciso que você se acalme e me diga o que está acontecendo.*

— *Minha mãe.*

— *Qual é o problema com sua mãe?*

— *Eu acho que ela está morta.* — O desespero em sua voz quase despedaça meu coração. Sinto os olhos marejados, e faço de tudo para controlar as lágrimas.

— *Ela está respirando?* — pergunta a mulher.

Há um som farfalhado ao fundo. A voz de Alex soa distante, como se ele tivesse tirado o telefone de sua boca.

— *Não, ela fez uns ruídos de engasgo, e o sangue está saindo da sua boa... e do nariz. Mas ela não está fazendo nenhum barulho agora.*

— *Qual é o seu nome?*

— *Alex.*

— *Okay, Alex. Eu sou Delia. Você pode me dizer o que aconteceu com sua mãe?*

— *É minha culpa. Ela está morta e é tudo culpa minha.*

— *O quê?* — A voz da despachante sobe uma oitava.

Nada mais que o som de soluços pode ser ouvido. Meu coração acelera. Deus, quero desesperadamente segurá-lo em meus braços, perto do meu coração, e sussurrar para ele que vai ficar tudo bem.

— *Não consegui protegê-la* — Alex diz através dos soluços incontidos. — *Não pude impedi-lo de machucar ela.*

— *Está tudo bem, Alex* — a mulher o tranquiliza, o tom de voz mais suave. — *A ajuda está chegando, mas preciso que você me diga o que aconteceu. Quem você não conseguiu impedir?*

— *Meu pai...* — A voz de Alex é substituída pelo choro. — *Ele deu um chute nela e um monte de socos. Ela estava chorando e tentando fugir. Então ele começou a bater a cabeça dela contra o chão.*

— *Seu pai ainda está na casa?*

— *Não, ele saiu.*

— *Tem mais alguém na casa com você?*

— *Sim.* — A voz de Alex suaviza. — *Meu irmão e irmãs.*

— *Estão eles no quarto com você e sua mãe?*

— *Não! Eu nunca os deixei vê-lo bater nela.*

— *Alex.* — A voz da atendente é calma, suave. — *O seu pai bateu em você?* Há uma longa pausa.

— *Sim... eu só queria que ele parasse de machucar minha mãe... mas não pude ajudá-la...* — Suas declarações são interrompidas por soluços curtos.

As lágrimas se desprendem e rolam pelo meu rosto. Alex, sempre o protetor. É claro que ele se colocaria em perigo para manter os irmãos a salvo. Se ele tivesse encontrado um jeito de levar as surras pela mãe e poupá-la da dor e humilhação, não tenho dúvida de que ele o teria feito sem pensar duas vezes e sem um único arrependimento.

O som da sirene da polícia é captado pelo áudio, e, logo após, a chamada é desconectada. A sala de reuniões está em silêncio. Não tenho certeza se algum de nós ainda está respirando.

Reyes se mexe no assento, incomodado, esfrega o rosto e exala.

— Jesus, como alguém poderia ouvir isso e pensar que ele teve algo a ver com a morte de sua mãe?

— Está claro que Alex nunca confessou ter matado a mãe — acrescenta Lisa.

Estou congelada; não, estou entorpecida. Estou completa e totalmente destruída.

Eu pigarreio antes de dizer:

— Ei, me dão um minuto?

— Claro. — Lisa se levanta, aperta meu ombro e sai da sala. Reyes a segue, mas antes lança um olhar para mim, por cima do ombro. Tenho

CLEMÊNCIA

107

certeza de que ele gostaria de algum tipo de sinal de que estou bem, mas não posso dar isso a ele. Um pedacinho da minha alma está soluçando por Alex, e por sua mãe, e acredito que nunca serei capaz de esquecer a voz aflita de Alex nessa ligação.

Quando ele, finalmente, se abriu comigo sobre a morte de sua mãe, pensei ter entendido a dor que sentia. O que entendi, de fato, foi quanta dor ele sentiu ao *contar a história*.

Mas agora, ouvindo sua voz, sendo transportada de volta para quando o incidente estava acontecendo, percebi como sua vida deve ter sido horrível. Ele vivia em um mundo de violência induzida pelo álcool. Forçado a ver a vida esvaindo de sua mãe, sabendo que era impotente para fazer qualquer coisa.

Ela foi a primeira mulher que ele amou, a única mulher, até que apareci em sua vida. A morte do meu pai me destruiu, mas não precisei testemunhar isso. E se eu tivesse testemunhado? Eu seria a mesma pessoa que sou agora? Eu seria forte? Tão forte quanto Alex?

Ele já me disse tantas vezes que seu maior medo é não conseguir me proteger, me salvar, e eu o menosprezo por isso. Eu ridicularizo quando ele tenta explicar por que me deixou acreditar por tanto tempo que John morreu.

Inquieta, fico ali sentada e pego o celular. A proteção da tela mostra minha foto favorita de Alex, com a cabeça um pouco inclinada para trás, rindo enquanto tentava se defender da minha incessante sessão de fotos.

Minhas emoções estão afloradas. Eu amo Alex, mas apesar de entender sua compulsão para me proteger, não estou bem com a forma como ele determina o que preciso e o quanto posso lidar com isso. Eu quero perdoá-lo, porém não tenho certeza se posso deixar de lado a mágoa por conta de sua traição.

E, em algum lugar profundo, sei que estou sendo insensata, e que posso perder mais do que vou ganhar se me agarrar tão firmemente a este ressentimento.

Depois de um rápido almoço à beira da água, a caminhada de volta ao escritório clareia minha cabeça. A lembrança da ligação para a polícia ainda me faz vacilar, mas me sentar na doca, compartilhando meu sanduíche com os patos, me dá um empurrão muito necessário para poder encarar o resto do dia. Uma brisa fresca sopra, o sol brilhante me lembrando de como tantas coisas na vida parecem uma só coisa, no entanto, enganosamente diferentes, incluindo a mudança de estações.

Há poucos carros na pista, o início do tempo mais frio está diminuindo o fluxo de turistas na região. Uma buzina ressoa às minhas costas e minha alma quase salta do corpo quando me viro para ver o que está acontecendo. Um homem em uma caminhonete enorme está gritando e gesticulando para um velho dirigindo seu Cadillac, aparentemente alheio ao fato de que ele é a causa de tanta agitação. Eu rio baixinho e continuo a minha caminhada.

Um homem do outro lado da rua chama minha atenção. Ele é alto, cabelo escuro, terno… e se parece com noventa por cento dos homens nesta rua abarrotada, quase que exclusivamente, de escritórios de advocacia. O rosto do homem se encontra na penumbra, mas há algo em sua postura, com a mão enfiada no bolso, e a outra parada ao lado, que me recorda alguém.

Respiro fundo, sentido uma batida falhar no meu coração. Há apenas uma pessoa que conheço que fica de pé de uma maneira tão singular.

John Sysco.

Não pode ser! Sinto sangue drenar do corpo inteiro para os meus pés. *John está preso. Ele não pode estar aqui!* O homem, por fim, levanta a cabeça e confirma meu pior medo. Mesmo a esta distância, sou sua prisioneira, incapaz de me mover e desamparada até mesmo para desviar o olhar. Ele avança na minha direção, um sorriso demoníaco obscurecendo suas feições e me fazendo lembrar das profundezas de sua depravação. Imagens se atropelam na minha mente, em rápida sucessão: a flagelação, o sangue, as agressões, e, em seguida, estou envolta em medo e humilhação, como sempre estive durante estes episódios.

Meu escritório fica a apenas um quarteirão e meio de distância. Posso chegar lá antes que ele me alcance. Posso me trancar e chamar a polícia. O medo libera minha adrenalina – meu objetivo agora é chegar até o edifício de escritórios.

Passos pesados ressoam às minhas costas. Sua respiração sopra minha nuca. Um calafrio gelado percorre a coluna. Se ele estender um pouco o

CLEMÊNCIA

109

braço e agarrar meu ombro, ele pode me virar e me desequilibrar. Eu estarei à sua mercê. Já estive antes, já fui a vítima de sua cruel tortura enquanto ele proclamava seu amor e posse. A dor afiada do chicote rasgando minha pele é tão real para mim hoje como na época em que ocorreu.

Meu coração acelera. A porta do meu escritório está logo mais adiante. Vislumbro meu reflexo nas janelas da vitrine. John ainda está atrás de mim, e, por um momento fugaz, considero gritar por socorro. Mas John é muito hábil em sair de situações difíceis com sua lábia. Ele tem uma capacidade assustadora de fazer as pessoas acreditarem que a desculpa mais ultrajante é, na verdade, bastante racional. Foi o que fez dele um dos principais advogados do estado.

Mais alguns passos e estou à porta. Agarro a maçaneta com força e abro de supetão, tropeçando no rodapé antes de fechá-la. A brisa soa com um sussurro sinistro:

— *Você nunca escapará de mim, Kylie.*

Subo as escadas, vasculhando a bolsa em desespero até encontrar o celular. Minhas mãos tremem. Uma figura sombria surge no reflexo nas paredes de vidro do meu escritório. Ele está atrás de mim. Meu peito aperta. Quanto mais ar tento puxar, menos consigo respirar. Na minha pressa, esqueci de trancar a porta. A sala gira, tudo está distorcido, e estou presa aqui.

Mãos tocam meus ombros, os dedos cravados em minha carne. Eu me debato, mas ele aperta com firmeza e me impede de me libertar de suas garras.

— Me solte! — Eu me contorço e fujo da restrição. Ele avança na minha direção. Eu me afasto, mas acabo me chocando contra a escrivaninha às minhas costas. Estou encurralada, mas não vou me render sem lutar. Cerro os punhos, fechando os olhos com força, então esmurro seu peito. Suas mãos firmes envolvem meus pulsos, e eu tento lutar contra o agarre.

— Kylie, se acalme. Pare de lutar comigo.

Isso não é uma opção. Sei qual será meu destino se eu ceder. Não há limite para a tortura que ele vai me infligir. Pode levar dias, semanas e meses até que alguém me encontre, viva ou morta.

— Me deixe em paz, John.

Ele afrouxa o agarre em meus pulsos e me puxa contra o seu corpo.

— Sou eu, querida, Alex.

É preciso um momento para que as palavras façam sentido, e um pouco mais de tempo para que eu acredite. Abro os olhos, voltando a focar no que está ao meu redor, então distingo o terno de Alex, a gravata que comprei, suas mãos fortes. Seu cheiro inconfundível. Levanto a cabeça e deparo com olhos tão azuis quanto as águas do mar Mediterrâneo.

Enlaço seu pescoço em um aperto sufocante. Suas mãos se arrastam pelas minhas costas, os lábios beijam minha cabeça com gentileza, e eu me derreto em seu caloroso abraço protetor.

— Me conte o que aconteceu — ele sussurra.

— É o John, ele estava me seguindo. — Engulo o nó na garganta, as lágrimas nublando minha vista.

Alex balança a cabeça.

— Não, querida. John está preso em Cedar Grove, lembra? — Há uma mistura de preocupação e aflição em seu semblante, e isso aperta meu coração.

— Ele estava aqui, eu o vi. Eu já o vi antes, dirigindo seu carro. Ele está atrás de mim. — Meu olhar enlouquecido busca, desesperadamente, que ele acredite em mim.

Alex me guia até o escritório e me ajuda a sentar em uma das cadeiras. Em seguida, ele busca uma garrafa de água do frigobar e retorna, abrindo a tampa antes de me entregar. Talvez seja a água fria na garganta seca, ou a desidratação, não sei, mas o líquido me rejuvenesce, e me sinto um pouco mais normal.

Depois de outro longo gole, entrego a garrafa de volta a Alex. Ele a coloca sobre a mesa, aproxima sua cadeira e segura minhas mãos. Admiro seu belo rosto, geralmente com um sorriso fácil que demonstra a profundidade de seu amor por mim. No entanto, o brilho em seu olhar é ausente, e ele parece exausto.

— Eu sei que isso parece loucura — admito, encarando fixamente as tábuas antigas do piso de madeira. É mais fácil do que vislumbrar o ceticismo em seu rosto ou em sua linguagem corporal. — Não tem como John estar me perseguindo... mas sei o que vi, Alex. Era ele, e ele estava me perseguindo.

Com a mão no meu queixo, ele me faz erguer a cabeça.

— Nós vamos descobrir isso. Não o deixarei te machucar novamente. — Uma sombra atravessa seus olhos, escurecendo-os. — Não vou falhar contigo outra vez.

— Você não falhou comigo, e eu gostaria muito que você pudesse parar de se culpar. John pagou a fiança. John me perseguiu. Ele atirou em mim. Não tinha como você saber que eu estava em perigo naquele dia. Ambos acreditávamos que ele ainda estava na cadeia.

CLEMÊNCIA

111

O silêncio nos cerca, um manto que nos protege da realidade do mundo ao redor, oferecendo-nos um refúgio para falar livremente e encontrar o caminho de volta um para o outro.

Alex afasta o cabelo dos meus olhos.

— Lamento muito ter mentido para você quando saiu do coma. Eu estava desesperado para que se sentisse segura novamente. O médico estava preocupado com sua recuperação e nos recomendou a evitar qualquer coisa que pudesse te estressar. Quando você pensou que John estava morto, seu comportamento mudou. Eu não podia permitir que nada perturbasse sua recuperação. Tive tanto medo de perder você, querida.

— Eu até entendo que tenha mantido a mentira no início, Alex, mas você teve meses para me dizer a verdade.

— Eu sei, e deveria ter feito isso. Assim que os médicos te autorizaram a voltar para casa, eu deveria ter contado a verdade. E todos os dias, jurei que o faria, mas o tempo passou, e depois se tornou difícil demais contar a verdade. Nossa vida, finalmente, parecia ter voltado ao normal. Eu não queria estragar tudo.

— Eu teria entendido, Alex. Eu teria perdoado você se tivesse sido o único a me contar. Tudo em que eu acreditava foi destruído assim que John entrou naquela sala. Eu não estava mais segura e não confiava mais em você.

Alex coloca a mão na minha bochecha, em uma carícia suave conforme seus olhos mergulham no meu coração, derretendo a camada de gelo que o envolve.

— Eu sinto muito. Sei que tenho que trabalhar para reconstruir sua confiança, mas farei qualquer coisa, qualquer coisa, para recuperar o que perdemos. Por favor, me perdoe e me dê uma chance de consertar as coisas entre nós novamente.

— Eu te perdoo… — E é verdade. Só em dizer as palavras, um peso parece ter sido retirado do meu coração. — Mas não consigo esquecer. Preciso de mais tempo.

Nós nos encaramos e algo passa entre nós. Um entendimento não dito de que estaremos sempre juntos, que o amor que compartilhamos não é algo para ser jogado fora, mas para ser cuidado e nutrido, e salvo a todo custo.

Alex se inclina para mais perto de mim, seu rosto a centímetros do meu, e sussurra:

— Eu te amo, Kylie.

— Para sempre?

— Para sempre.

Seus lábios roçam os meus, e eu estremeço quando a sensação se alastra por todo o meu corpo.

— Eu também te amo, Alex. — Minhas mãos envolvem sua nuca, e eu puxo seus lábios com mais firmeza contra os meus. O beijo é doce, beirando à paixão.

Alex desliza as mãos pelo meu corpo, costelas, e me puxa para mais perto. Entreabro a boca e sua língua aceita o convite, se encontrando com a minha. O desejo é agora uma carga elétrica que vai direto ao meu íntimo. Isto é o que ele faz comigo.

O som de um pigarro nos interrompe. Reyes está de pé na porta, o rosto inexpressivo, mas com a veia do pescoço saltada.

— Desculpe, eu não queria atrapalhar.

— Não, você não atrapalhou em nada. — As palavras disparam da minha boca. Eu me sinto como uma adolescente que acabou de ser flagrada no banco traseiro do carro com um garoto.

Alex grunhe algo ao meu lado, atraindo minha atenção. Seus olhos estão entrecerrados, a mandíbula contraída conforme encara Reyes. Aperto sua mão, e ele olha para mim, e espero que isso frustre qualquer desejo que ele tenha de brigar com o detetive.

Ele se levanta e leva minha mão aos lábios, depositando pequenos beijos sobre os nódulos dos dedos.

— Deixarei você voltar ao trabalho. — O olhar ameaçador que Alex lança a Reyes, aparentemente, passa batido, pois o policial se vira e segue até sua mesa.

Alex sorri para mim e eu contenho o desejo de revirar os olhos. *Por que os homens sentem constantemente a necessidade de provar quem tem o maior pau?*

— Eu tenho o jantar de premiação amanhã à noite. Significaria muito para mim se você fosse — diz, com um apelo desesperado em seus olhos.

Com tudo o que estava acontecendo ultimamente, eu tinha esquecido.

— Não tenho certeza, Alex. A imprensa estará em toda parte, e não estou interessada que façam um alarde sobre nosso relacionamento.

A imprensa havia me seguido um dia, quando saí do escritório, me pedindo uma declaração sobre os protestos e a apelação, e, de alguma forma, os jornalistas sabiam que eu não estava morando com Alex. O pessoal de relações públicas da Stone Holdings divulgou uma declaração oficial de

CLEMÊNCIA

que estou ficando na cidade como uma conveniência enquanto trabalho no recurso. Mas as especulações ainda circulam de forma desenfreada.

— Mas prometo pensar no assunto. Combinado?

O sorriso do qual tanto senti falta, que ilumina seu rosto e chega aos olhos, surge em seus lábios.

— Combinado.

Eu o acompanho até a porta, observando-o se sentar ao volante do Maserati e se afastar, levando com ele um pedaço do meu coração.

Felizmente, o resto do dia parece passar rapidamente. No início, Reyes está distante, mas ao longo da tarde, ele relaxa um pouco, e, de vez em quando, conta uma piada.

A maioria das caixas da sala de conferências está vazia. Organizamos o conteúdo de acordo com a nova classificação. As fotos mais importantes da cena do crime ocupam metade do quadro branco, enquanto a outra metade do quadro traça a linha do tempo do caso.

Durante o período da tarde, minha mente tem estado focada na visita de Alex. Vê-lo novamente me fez sentir ainda mais saudade. Às vezes, é difícil lembrar de como era minha vida antes de conhecê-lo. Desde o dia em que ele entrou no meu escritório com Jack, aquele homem nunca esteve longe dos meus pensamentos.

No início, era um encantamento. Um fascínio pelo homem de negócios extremamente rico que tinha mulheres desmaiando ao seu redor. Nunca me imaginei com um homem como ele, ou que fosse desejada de tal modo; que alguém como ele me quisesse, e somente a mim. Mas foi assim desde o início. Só nós dois.

Acabar me apaixonando por ele foi bem rápido, e não foi nada descomplicado. A necessidade de Alex de me proteger o levou a pensar que ele poderia controlar minha vida. Tivemos várias brigas por conta de sua incapacidade de me deixar tomar as próprias decisões. É claro, às vezes, ele estava certo e eu acabei me tornando vulnerável aos jogos sádicos de John.

Quando Alex, por fim, admitiu seu amor por mim – um sentimento que ele jurou não possuir –, foi o momento mais impactante de nosso relacionamento. E desde aquele dia, mesmo com os altos e baixos, brigas e esclarecimentos, uma coisa permanece a mesma: nosso profundo amor um pelo outro. Nunca pensei que fosse possível amar alguém tanto quanto o amo, mas ele tem meu coração, e sempre terá.

Sempre.

— Para sempre — murmuro, agarrando o pingente de coração duplo que Alex me deu. Tínhamos dito essas palavras um para o outro naquela noite, e elas permanecem tão verdadeiras hoje como quando as proferimos pela primeira vez.

— O que disse? — pergunta Reyes.

Eu olho para ele, sentindo o rubor aquecer minhas bochechas. Não percebi que havia dito em voz alta.

— Nada. Então, parece que conseguimos colocar isto em ordem. Que tal terminarmos por hoje?

Reyes concorda.

— Claro, pode ser.

Ele apaga todas as luzes e verifica se a cafeteira está desligada conforme fecho os programas do meu computador e pego minhas coisas. Assim que descemos a escada, ele segura meu cotovelo. Eu lanço um olhar inquisitivo em sua direção e, segundos depois, seus lábios se chocam contra os meus. Sua língua tenta invadir minha boca, mas eu o afasto e tropeço para trás.

— Que merda é essa?

Reyes abaixa a cabeça, com as mãos nos quadris, e quando me encara outra vez, seu olhar tem uma pitada de tristeza.

— Desculpe, eu só queria que soubesse que tem outras opções.

Ainda estou um pouco zonza por conta do ataque súbito, e mais confusa ainda com sua explicação.

— Opções?

Ele suspira.

— Opções diferentes de Alex Stone.

— Ah.

Uau, não estou nem um pouco preparada para esta conversa.

Esfrego as palmas suadas contra a calça, tentando ganhar um tempo para pensar em uma maneira de lidar com esta situação. Quero dizer, ainda temos que trabalhar juntos. Gritar com ele para manter as malditas mãos, e a boca, longe de mim no futuro pode não ser a melhor abordagem.

CLEMÊNCIA

— Eu... não sei o que dizer. Me sinto lisonjeada, de verdade, mas... eu amo Alex. Sempre o amarei.

Os músculos de sua mandíbula tensionam.

— Ele é um babaca arrogante, até você vê isso, certo? — pergunta, entredentes.

Mordo a minha língua para controlar a raiva.

— Você não o conhece como eu.

— Ele mente para você. Você o deixou, o que deveria ter feito muito antes. Ele não te merece.

E você merece?

Meu sangue está fervendo, e tudo o que quero é dar um soco na sua boca. Estou tão cansada de as pessoas pensarem que conhecem Alex – como ele é realmente –, quando não sabem nada sobre seu coração, ou sobre seu passado.

— Eu sei como as pessoas veem Alex, mas há um lado dele que só eu conheço. Não vou citar todos os motivos pelos quais ele merece meu amor, isso é entre mim e ele, mas vou lhe dizer que nunca senti que ele não o merecesse.

Reyes passa a mão pelo cabelo e suspira.

— Tive que tentar.

Eu aceno e me viro para sair, mas ele agarra meu braço novamente.

— Mas não pense por um segundo que vou mudar de ideia a respeito dele. Você é uma mulher incrível. Um homem como Alex Stone nunca apreciará plenamente a sorte que tem em ter você ao lado.

Eu me viro, irritada, e o melhor que posso fazer é me distanciar do sargento Reyes, antes de dizer algo do qual poderei me arrepender depois. Quem ele pensa que é, agindo como se eu fosse um filhotinho carente de amor e que não consegue ver Alex pelo que ele realmente é? Não sou burra; conheço os inúmeros defeitos de Alex, mas também conheço o coração e a alma que ele não permite que muitos vejam, e eu vivencio a profundidade de seu amor e lealdade diariamente. E terei tudo isso para sempre, sem dúvida.

Eu me sento atrás do volante do Porsche e ligo o motor. Reyes estava errado quando disse que Alex não merece meu amor. Sou eu que não mereço Alex. Abaixo a janela, acelero e desfruto do ar fresco do outono se infiltrando ao redor. Meu cabelo esvoaça em todas as direções. Reyes tentou iniciar um incêndio, mas este se apagou.

Eu sei o que quero fazer. E sei exatamente como mostrar a Alex que ele pode sempre contar com meu amor.

Para sempre.

CAPÍTULO 16

Eu desabo no sofá, contra as almofadas macias, e digito o número de celular. Tomo um longo gole de vinho e deixo a taça ao lado enquanto o telefone toca do outro lado.

— Alô? — Leigha atende.

— Oi, é a Kylie.

— Oi, sumida, onde você tem se escondido? — Sua voz melódica não denota hostilidade. Não somos amigas há muito tempo, mas nos tornamos bem próximas em pouco tempo, e ela é uma das duas únicas amigas que possuo. Tenho certeza de que isso diz algo sobre mim, mas não tenho ideia do quê, e nem me importo.

— Eu sei, ultimamente tenho estado um pouco distante. Desculpe, é complicado.

Ela dá uma risada de escárnio. Se alguém entende o que estou passando, é a Leigha. Ela está em um relacionamento de longo prazo com o irmão de Alex, Will, e nós muitas vezes nos compadecemos com as dificuldades de amar os homens Stone.

— Sim, acho que conheço essa canção, só os versos são diferentes. — Ela ri. — As coisas estão melhorando?

— Hoje foi um grande passo para melhorar e estou prestes a tentar dar um grande salto. Pode me ajudar?

— Sempre, quando precisar, irmã. — É reconfortante saber que alguém pode se identificar comigo e com minha situação, me apoiando sempre que preciso.

— Vocês vão à cerimônia do filantropo do ano?

— Sim, Francine chamou um por por um para frisar que estivéssemos lá para apoiar Alex.

CLEMÊNCIA 117

— Por causa da namorada vaca dele o ter abandonado, como ela sempre soube que eu faria, deixando-o de coração partido? — A mãe adotiva de Alex não era minha maior fã. Ela se opôs ao nosso relacionamento desde o início e não mudou muito nos últimos meses. No início, me incomodava, mas agora é apenas um pouco irritante estar perto dela. Ainda bem que Alex se irrita com ela com a mesma frequência.

— Palavra por palavra — diz Leigha e ri. — Acho que ela está secretamente feliz por você não estar lá.

— Bem, estou prestes a irritá-la, então.

Pensei a tarde inteira, pesando os prós e os contras, alternando entre querer celebrar desesperadamente com Alex ou evitar a confusão de onde estamos em nosso relacionamento. Apesar de tudo, Alex me quer lá, e nada mais realmente importa.

— Você vai? — Leigha dispara, satisfeita.

— Se eu puder ir com você e Will — respondo.

— Claro. Vamos passar e pegar você. — Ela faz uma pausa e parece estar entrando em outro cômodo, porque não consigo mais ouvir a TV ao fundo. — Então, Alex sabe que você vai?

Eu suspiro. Não pretendo contar a ele. Se Alex souber, vai se esforçar para que tudo seja perfeito para mim, e não é esse o objetivo do evento. É para homenageá-lo pelo trabalho que ele faz para várias instituições de caridade, e eu quero que tudo seja sobre ele. A mídia tem se concentrado, ultimamente, em veicular notas negativas e colocar em xeque sua atitude na noite em que a mãe morreu, além das acusações de que ele a assassinou. O escrutínio está minando muitas emoções com as quais Alex só começou a lidar recentemente, depois de tê-las enterrado por tantos anos, e agora elas estão expostas para que o público as critique.

— Não, e quero manter em segredo. Não quero nenhum alvoroço por minha presença lá, então é melhor deixar as coisas entre nós.

— Entendi — diz Leigha. — Seu segredo está seguro comigo, e eu ameaçarei uma greve de sexo se Will contar uma palavra disso para Alex.

Nós resolvemos os detalhes sobre o horário em que vão me buscar, e depois nos despedimos. *Bem, não posso desistir agora.* Pego a taça de vinho, sirvo mais uma dose e vou em busca de algo para vestir amanhã à noite. Tenho certeza de que não trouxe nenhum dos meus vestidos de festa comigo, o que significa que amanhã terei que ir às compras no intervalo para o almoço.

Eu me atiro na cama e fico encarando o teto. Estou feliz. Sei que tomei a decisão certa. Isto é importante para Alex, e ele é importante para mim. Hoje ele deu o primeiro passo para nossa reconciliação, agora é minha vez de dar o próximo, e mostrar que sou igualmente dedicada à nossa relação e em criar um futuro juntos.

Só queria poder silenciar a pequena voz na minha cabeça que diz que algo de muito errado está prestes a acontecer.

CLEMÊNCIA

CAPÍTULO 17

Will e Leigha entram no salão à minha frente para procurar a nossa mesa. O ambiente é lindo, repleto de grandes mesas redondas cobertas com toalhas de linho azul-marinho e enormes centros ornados com flores brancas. Eu os sigo através do labirinto de mesas até o meio do salão, ao lado do palco. Há um pódio à esquerda e uma tela gigante ocupa quase toda a extensão do palco, com os dizeres 'Filantropo do Ano – Alex Stone' e uma foto dele. É uma imagem que o departamento de relações públicas de suas empresas sempre usa. Mesmo assim, ele é o homem mais bonito que já conheci.

Meu ritmo cardíaco sobe mais a cada passo dado em direção à mesa. Já posso ver Francine, mas acho que ela ainda não me viu. Harold, o pai adotivo de Alex, está ao lado, acenando com a cabeça para algo que ela está dizendo, mas aposto que não está ouvindo uma palavra sequer. Harold aperfeiçoou a habilidade de ignorar Francine sem que ela percebesse. Alex diz que isso é porque ela ama o som de sua própria voz, e Harold é apenas uma caixa acústica. Sempre rio disso ao me lembrar.

Patty, a irmã de Alex, e seu marido estão ao lado de Francine. Ellie, a mais nova da família, está aninhada ao mais novo parceiro do mês. Ela certamente tem facilidade em trocar de namorados com fequência, mas acho que é por escolha dela. Ela enjoa muito rápido de seus relacionamentos, porém tem a tendência de namorar caras grudentos e que não desapegam.

Will e Leigha ocupam os lugares mais próximos de Ellie, e eu decido me sentar entre Patty e Leigha. Patty e eu nos damos bem, não somos tão próximas como Leigha e eu somos, mas Patty tem um coração do tamanho da cidade, e amor suficiente para compartilhar com todos.

— Kylie, você veio! — exclama, enlaçando meu pescoço e me puxando para um abraço.

Eu retribuo o gesto e sussurro:

— Estou tão feliz em te ver, Patty.

Quando nos separamos, Harold me dá um grande abraço e um beijo na bochecha.

— Aí está minha advogada favorita.

Eu sorrio. Ao lado de Jack, Harold se tornou como um pai para mim. Ele me acolheu a partir do momento em que me conheceu.

Francine pigarreia, e atrai meu olhar para o outro lado da mesa. Ela me encara de cima a baixo, como sempre faz, e dá um sorriso forçado que não transmite nenhum calor.

— Kylie, eu não sabia que você viria esta noite.

— Mãe… — diz Patty, olhando de relance para Francine.

— Não perderia isso por nada no mundo — rebato. Ela não vai me perturbar hoje à noite. Alex me quer aqui, e isso é tudo o que importa.

Francine diz outra coisa, sem dúvida um comentário rude de algum tipo, mas não estou prestando atenção. Alex está abrindo caminho por entre as mesas. Ele está usando seu *smoking* Armani preto, perfeitamente adaptado para acentuar o porte atlético.

Meu Deus, ele é lindo. Seus traços esculpidos, os lindos olhos azuis. Quero contornar a mesa, agarrá-lo e beijá-lo.

Ele para atrás de sua cadeira, do lado oposto ao meu na mesa. Seus lábios se abrem inconscientemente, os olhos se alargam.

— Kylie.

Eu sorrio, sentindo o frio na barriga tão usual. Neste momento, somos só ele e eu.

A mão de uma mulher desliza pelo seu antebraço, e meu olhar desliza desde o braço perfeitamente bronzeado até o rosto dela.

Rebekah.

Ela se aproxima de Alex e segura o braço dele com firmeza. Meu coração aperta, e eu me torturo por não ter dito a Alex que pretendia vir esta noite. Ele precisava de uma acompanhante, e fui muito teimosa ontem para deixar o orgulho estúpido de lado e aceitar. Mas, de todas as pessoas para estender o convite, por que ele a escolheu?

Meus olhos se desviam para ele, e algo em minha expressão deve estar entregando meus pensamentos, porque ele arqueia uma sobrancelha. Encaro Rebekah mais uma vez, em seu vestido preto apertado, o decote tão baixo que os seios quase saltam para fora.

CLEMÊNCIA

121

Quanta classe.

Alex se afasta de seu alcance, e é nítido, baseado no olhar confuso, que ele não faz a menor ideia do que a vaca magricela está fazendo ali.

Um olhar rápido ao nosso redor confirma meus temores. Todos os olhares estão focados em nós, as pessoas estão cochichando e apontando. Exatamente o que eu não queria que acontecesse.

— Não posso ficar aqui — murmuro.

Sair do salão de baile é um desafio bem maior agora, pois as pessoas se aglomeraram para ver o drama se desenrolando. Consigo sair e sigo em direção ao balcão do concierge para solicitar um táxi. Meus saltos ecoam pelo piso de mármore.

— Kylie!

A voz de Alex soa atrás de mim. Lanço uma olhada por sobre o ombro e o vejo correndo pelo hotel.

— Alex, o que você está fazendo aqui fora? — pergunto, assim que ele me alcança.

Ele segura meu cotovelo e me conduz para um lugar tranquilo, longe da atividade principal do hotel.

— Por favor, não vá.

Eu suspiro. Gostaria de poder ficar – realmente quero muito ficar – para celebrar este momento com ele.

— Não posso.

— Não estou na companhia de Rebekah. Eu juro. Eu não fazia ideia de que ela estava aqui esta noite, quanto mais ao meu lado. Eu te juro, assim que te vi ali, nada mais importava, exceto que você estivesse aqui.

— Não vou embora por causa de Rebekah. Mas a presença dela não ajuda em nada nessa situação já caótica. Antes era apenas uma leve curiosidade sobre nosso relacionamento. Agora, é um circo armado com a porcaria de um triângulo amoroso.

Chego mais perto e coloco a mão em seu rosto. O cheiro dele me cerca na mesma hora, e eu o inspiro. Eu adoro esse cheiro, um misto de perfume com Alex. É intoxicante e faz com que seja muito mais difícil deixá-lo.

— Esta é uma noite importante, e não quero desviar a atenção, porque você merece receber essa homenagem, e deve aproveitá-la.

— Não me importo com o prêmio. Eu me importo com você. Quero compartilhar isto contigo, e se você não ficar, então irei embora também.

— Você não pode sair antes que entreguem o prêmio. — Alex abre a boca para argumentar, mas eu cubro seus lábios com meu indicador. — Pense em tudo de bom que este tipo de exposição fará para a Fundação, para mulheres como sua mãe, que se sentem presas em um relacionamento abusivo e não têm nenhum apoio. E outras instituições de caridade que se beneficiam de sua generosidade. Você pode ajudar todas elas, por isso deve ficar.

Ele abaixa a cabeça, a postura derrotada. Em seguida, cobre minha mão com a dele, vira a cabeça e beija minha palma. Seu ritmo respiratório é errático.

— Tudo bem, eu fico. Posso te ver mais tarde?

Meu pulso acelera, estimulado pela nossa proximidade – tanto física quanto emocional –, à vontade com o nosso presente, e excitado com nosso futuro novamente.

— Sim, eu gostaria disso.

Ele leva minhas mãos aos lábios, dando beijos suaves contra o dorso.

— Você está linda, a propósito. Desculpe não ter tido a oportunidade de dizer mais cedo. É parte do motivo de eu não ter notado que Rebekah estava ao meu lado. Não consegui desviar o olhar de você.

Eu me aproximo um pouco mais, fundindo nossos corpos com perfeição, como acontece desde o início. Aqui é confortável. Seguro. Roço seus lábios com os meus de leve, investindo com mais força logo após. Eu me afasto, focada em seu olhar repleto de amor e desejo. Ele segura minha mão e me acompanha até a frente. O SUV da Mercedes encosta assim que saímos porta afora.

— Jake vai te levar de volta para o apartamento. — Ele me ajuda a me acomodar no banco traseiro do veículo. — Te vejo em breve.

Então fecha a porta e Jake se afasta. Eu me viro no assento e observo Alex pelo para-brisa de trás até pegarmos a pista e ele sumir de vista.

Ao entrar no apartamento, chuto os saltos para longe e paro diante da imensa janela, hipnotizada pelas luzes cintilantes do porto. Este é um belo apartamento, perto do meu escritório, com muitos lugares por perto para comer e fazer compras. Mais cafeterias do que provavelmente são necessárias. Mas este não é um lar.

Lar é com o Alex.

Fecho os olhos e deixo a mente voltar às lembranças de viver com ele. Sempre me senti confortável lá, como se pertencesse àquele lugar, meu santuário da loucura do mundo. Alex ofereceu um porto seguro para me curar, e a partir do momento em que concordei em viver com ele, ele se tornou nosso refúgio.

Nossa pequena família – Jake, Thomas, Maggie –, um grande grupo de desajustados, mas há imenso amor e carinho entre todos nós. Algo que senti falta durante a maior parte da minha infância. Ter encontrado isso com o solteirão mais conhecido e desejado do mundo é como um milagre.

Uma batida à porta me tira de meus devaneios. Ao abrir, deparo com Alex ali parado, tão sexy como sempre. Eu me afasto um pouco para o lado para deixá-lo entrar.

— O que você está fazendo aqui? — Fecho a porta e passo por ele na sala de estar.

Ele dá de ombros, um sorriso maroto no rosto e um brilho malicioso no olhar.

— Pedi ao Will que fizesse meu discurso de aceitação… Eu não queria passar nem mais um minuto longe de você. Sinto muito a sua falta.

Meu coração está batendo com força contra o peito, meu pulso dispara em um nível preocupante. Tudo em Alex me deixa zonza, porém tranquila.

— Eu também sinto sua falta.

— Sinto muito por tudo o que aconteceu esta noite, a ponto de você ter sentido a necessidade de ir embora. Percebo que a razão pela qual não pôde ficar está diretamente relacionada à minha mentira sobre John. Não sei como consertar isto… como consertar nosso relacionamento.

Vê-lo aqui, saber que o sofrimento em seus olhos é por minha causa, pela minha recusa em deixar de lado a mágoa, é mais do que eu posso lidar. Eu preciso dele. E quero nossa vida de volta, o futuro que temos planejado juntos. Sigo até ele, na sala, passando os dedos pelo cabelo sedoso antes de beijá-lo. Não é o beijo suave e gentil que compartilhamos antes. Esse é desesperado, carente e descontrolado.

— O que você quer, Kylie? Me diz do que você precisa.

Do que preciso? Eu preciso dele. De todo ele. O bom, o mau, cada parte dele.

Coloco meus lábios perto de seu ouvido e sussurro:

— Faça amor comigo.

Aqueles lindos olhos azuis se focam nos meus, cintilando, embora entrecerrados como se não estivesse realmente acreditando se ouviu certo.

124   **ANNE L. PARKS**

Eu sustento seu olhar e rezo para que ele possa ver o que está em meu coração, o desejo que mal consigo conter, a dor que só ele pode aliviar.

Eu me aconchego contra o peito de Alex, o lugar onde desejei estar durante toda a semana, e roço seu abdômen com a ponta dos dedos. Ele ri quando circulo o umbigo, tentando fugir da carícia, e, por fim, agarra minha mão para impedir que eu faça cócegas.

Eu sorrio e o encaro.

— O que você está pensando?

Ele respira fundo.

— Hmmm, bem, vamos ver. Estava pensando em como você ficou linda naquele vestido hoje à noite. Como estava ainda mais linda quando o tirei. O quanto adoro ver seus lábios se abrindo pouco antes de um orgasmo... — Ele passa vagarosamente os dedos pelo meu cabelo. — Está entre meus momentos mais felizes, saber que você está experimentando um prazer intenso, e sou eu que estou proporcionando.

— Mmm, você certamente sabe como fazer isso. — Roço seus lábios com os meus, e sua mão acaricia meu rosto conforme nos beijamos.

Um zumbido abafado soa de algum lugar no quarto. Nós dois paramos por um minuto, aguçando os ouvidos.

— Acho que é o meu celular — diz.

Eu me sento e olho ao redor do quarto.

— Onde está?

— Bolso da calça.

Deslizo para a beira da cama, pego a calça do chão e vasculho o bolso até encontrar o celular. O nome de Jake surge na tela, então pressiono o botão para atender e me sento ao lado de Alex. Ele esfrega minhas costas nuas, fazendo minha pele arrepiar.

— Oi, Jake — cumprimento.

Há uma pausa antes que ele responda:

— Oi, Kylie. Só estou verificando se o Sr. Stone precisa que eu fique por aqui?

Olho para Alex, um sorriso satisfeito em seu rosto, os olhos em um tom azul brilhante e resplandecente.

— Não, você pode ir.

— Okay, tranquilo. Tenham uma boa-noite.

— Espere, Jake? — Faço uma pausa. — Pode passar aqui amanhã? Vou precisar de ajuda para levar minhas coisas de volta para casa. Acho que nem tudo caberá no Porsche.

— Claro — diz Jake. — Pode me ligar quando estiver pronta.

Agradeço a ele e encerro a chamada. Os olhos de Alex se entrecerram, o sorriso agora um pouco mais tímido do que há um momento.

— Você vai voltar para casa? — ele pergunta.

— Pensei que poderia, se estiver tudo bem pra você.

Antes que eu saiba o que está acontecendo, Alex se vira e paira acima do meu corpo. Ele beija cada pedacinho do meu rosto, pescoço e peito.

— Entendo isso como um sim. — Começo a rir ao enredar os dedos pelo seu cabelo.

Ele olha para cima e sorri, e sei que estou fazendo a coisa certa. É a hora certa e estou mais do que pronta para seguir em frente com minha vida. Uma vida com Alex.

Com a cabeça baixa, ele está prestes a me beijar de novo, mas eu seguro seu rosto entre as mãos e o obrigo a parar.

— Preciso dizer uma coisa, primeiro. — Alex afasta a cabeça, o olhar desconfiado. Eu respiro fundo. — Me desculpe por ter saído sem te dar uma chance de explicar. Tenho que parar de fazer isso. Quero estar com você, criar uma vida juntos, e isso significa compromisso, e não jogar tudo fora quando temos problemas. Mas você tem que parar de tentar me proteger de tudo ao esconder coisas de mim. Sou mais forte do que pensa. E, sim, descobrir sobre John pode, inicialmente, ter me dado uma surtada, mas teria sido muito melhor vindo de você do que dele.

Alex acaricia minha bochecha com o polegar.

— Sei que você é forte. É uma das coisas que primeiro me atraiu em você. — Ele exala o ar em um suspiro longo. — Fico paralisado só de pensar que você pode se machucar, e tento evitar isso. E, sim, entendo que lidar com esse medo dessa maneira acaba prejudicando você ainda mais. Estou aprendendo, Kylie. Sei que somos mais fortes quando trabalhamos juntos. E vou tentar me lembrar desse fato quando meu instinto de te proteger assumir o controle.

CAPÍTULO 18

Os dias passam rapidamente à medida que a audiência se aproxima. Todas as noites, Alex me pergunta como vão os preparativos e eu respondo o mais positivamente possível. Mas é uma farsa. Não estou assim tão confiante a respeito desse julgamento. Tanta coisa está acontecendo – Alex tem muita fé em mim. Vejo isso em seus olhos quando conversamos sobre o caso, mas é uma fé que não compartilho.

Se James for absolvido, isso vai destruir Alex e isso vai me devastar. Quero tanto ganhar esta causa para ele e sua família, garantir que James cumpra sua sentença de prisão perpétua sem a possibilidade de liberdade condicional. A vitória está à minha frente, zombando de mim. Posso ver cada ponto que a defesa fará, cada alegação que eles apresentarão ao júri, e posso contrariar cada um deles. Então, por que estou tão ansiosa?

Tarde da noite, depois que Alex está dormindo, eu me deito na cama e vislumbro o julgamento inteiro. Examino cada prova, cada pergunta que prevejo fazer, e quais serão as objeções da defesa.

Minha mente fica em branco e, de repente, fico nervosa, ignorando o caso que passei as últimas semanas me preparando para apresentar ao tribunal. Estou completamente travada conforme observo os rostos dos jurados me encarando, enquanto me envergonho ao interrogar a testemunha. A agonia do fracasso é tão real que acordo com um suor frio me cobrindo da cabeça aos pés, e duvidando da minha competência.

Meu celular toca e eu aciono o botão no painel do carro para responder à chamada.

— Oi, Kylie, é a Lisa. Estou revendo algumas das coisas que você me enviou por e-mail, e algo não está fazendo sentido.

— Okay. — Eu aprumo um pouco a postura. Lisa e eu já trabalhamos juntos em muitos casos e confio em seus instintos. — O que está te preocupando?

— A polícia prendeu James mais tarde naquela noite, após a morte de Ellen. Estive analisando o relatório policial da prisão de James, e parte dele está faltando.

— Que parte?

Chego à propriedade de Alex e desacelero o carro ao me aproximar da casa. Quero terminar esta conversa no carro. Não gosto de discutir o caso na frente de Alex. É muito pessoal para ele, e quando estou debruçada num caso, meus filtros se desligam, e acabo correndo o risco de fazer algum comentário que pode parecer insensível.

Posso ouvir a inspiração de Lisa. Ela deve estar prendendo a respiração, e então ela a libera lentamente:

— O exame do teor alcóolico no sangue.

— Então não há como provar o quanto ele estava bêbado naquela noite — declaro.

— Ou que não estava…

A frase de Lisa me atinge como uma bofetada no rosto.

— Você acha que o departamento de polícia escondeu de propósito?

— Não sei, mas isso torna o argumento da defesa, de que foi um encobrimento para incriminar James por algo que Alex fez, um pouco mais crível, circunstancialmente, de qualquer forma.

— Além do questionável interrogatório policial de Alex no dia seguinte… — Merda! — Okay, vou pensar sobre isso e a gente se fala mais tarde.

Estou deixando alguma coisa passar despercebida, a única peça que vai trazer tudo isso sob um novo ponto de vista. Eu preciso entender isso. Estaciono na garagem, desligo o motor e entro na cozinha pouco depois de encerrar a chamada.

Maggie está na despensa e se surpreende quando me vê.

— Oh, Kylie, eu não a ouvi entrar. Só estou guardando as compras.

— Alguma coisa boa? — Espero que ela se lembre de reabastecer meus cereais. É minha comida essencial para o café da manhã quando estou me preparando para o julgamento.

— Seu café, e tenho certeza de que vai demorar a acabar. Deve ter uns trinta pacotes. Lotou quase uma prateleira inteira.

Eu rio. Bem, Alex realmente exagerou, o que não é tão surpreendente. Ele é o rei dos grandes pequenos gestos, mas aquela quantidade de café de uma só vez beira o ridículo. Graças a Deus, finalmente, me acostumei com o gosto. Se não tivesse sido um presente dele, eu o teria jogado fora após a primeira xícara.

Mesmo durante nosso período separados, quando estava tão zangada com ele a ponto de não querer sequer falar com ele, algo dentro de mim derreteu ao saber que ele se esforçou em me oferecer um presente que sabia que eu gostaria. Pensar sobre isso agora me aquece por inteiro. Deus, eu amo aquele homem.

— Bem, vou levar um pouco comigo para o escritório. Talvez isso libere algum espaço aí dentro.

Dou a volta na ilha central da cozinha em direção ao vestíbulo.

— Alex está em seu escritório?

— Acredito que sim. — Maggie pega uma caixa da bancada e volta para a despensa.

Meus saltos clicam no piso de mármore, ressoando por todo o ambiente. O celular toca em minha mão e eu o atendo sem nem ao menos conferir.

— Oi, docinho. — Ouço a voz de Ryan.

— Oi, o que está acontecendo na cidade grande?

— Bem, Paul e eu temos algumas novidades e um favor a te pedir.

— É um lance de última hora, e espero que não interfira na sua audiência — Paul acrescenta, no viva-voz.

— É sobre a adoção? — Uma pontada de culpa me acerta no peito. Não tenho acompanhado onde eles estão no processo, apesar da minha promessa de ajudá-los.

— Não — Ryan responde. — Não se trata da adoção.

Há uma longa pausa, e meu peito se aperta.

— Vai me dizer ou me deixar esperando aqui?

— Vamos nos casar — diz Paul.

Assimilo as palavras e meu coração inunda de pura alegria.

— O quê? — grito. — Ai, meu Deus. Quando? — Olho para cima assim que Alex sai de seu escritório e vem andando pelo corredor.

— Fim de semana de Ação de Graças.

— Okay, estou quase certa de que o julgamento estará concluído até lá. — Dou três toquinhos na superfície de madeira mais próxima. Não preciso trazer azar a mim mesma. — Qual é o favor?

O silêncio impera do outro lado.

— Juro que se vocês não falarem agora, vou dar uma surra nos dois assim que os encontrar de novo.

Alex vem na minha direção, as sobrancelhas franzidas.

Paul, finalmente, diz:

CLEMÊNCIA

129

— K, precisamos que você esteja lá conosco, que seja nossa madrinha ou dama de honra, como você preferir.

Alex para na minha frente. Estendo a mão em busca da dele, e choro.

— É claro que eu serei. — Um imenso nó se aloja na minha garganta, e sinto dificuldade em falar: — Será uma honra... — Minha voz está embargada.

— Você está bem, docinho?

— Sim — consigo dizer.

Bem? Bem não chega nem perto de como estou. As duas pessoas que têm sido meus amigos mais próximos por tantos anos – meus irmãos, minha família –, vão fazer um compromisso um com o outro e querem que eu esteja lá com eles. Meu coração dispara, como um pássaro em pleno voo, e uma sensação pacífica de puro contentamento me domina.

— Okay, nós falaremos com você quando acabar a choradeira — diz Paul, sempre o espertinho.

— Cale a boca, Paul — resmungo, respirando fundo. — Eu amo vocês e estou tão feliz.

— Nós também te amamos, K. — A voz de Paul é suave, o que me traz mais lágrimas aos olhos. Encerro a ligação, coloco o telefone contra o peito e suspiro.

— O que está acontecendo? — As mãos de Alex seguram meus braços com firmeza, os olhos brilhando intensamente enquanto me encaram.

— Paul e Ryan vão se casar! — disparo com um gritinho.

— Ai, pelo amor de Deus, Kylie. Você me assustou. — Ele ri e me puxa contra ele.

Eu me enrosco em seu pescoço, inalando seu cheiro almiscarado.

— Foi mal.

— Então, esta é a sua reação quando está feliz? — ele pergunta.

Aceno em concordância.

— Você é única, meu amor. — Ele beija minha bochecha. — Venha, vamos tomar uma bebida. — Ele me leva para a sala de estar e direto para o bar.

Eu desabo no sofá, contra as almofadas, e descanso a cabeça contra o encosto. Gelos tilintam ao meu lado, e ao abrir um olho apenas, vejo o copo de bebida diante do meu rosto. Levanto a cabeça e me sento direito, pegando a gim tônica da mão dele. Alex me conhece muito bem.

— Obrigada. — Sorrio e tomo um gole. A bebida resfria a boca e garganta antes que o álcool desça queimando até meu estômago. — Mmm, exatamente o que eu precisava.

Alex se senta ao meu lado e se vira para olhar para mim. Com o braço sobre o encosto do sofá, ele brinca com as pontas do meu cabelo.

— Dia difícil? — sonda, ingerindo um gole de seu *Macallan*.

— Até que não. Só quero ter certeza de que estamos com tudo em ordem para a audiência. As exposições estão todas numeradas e etiquetadas. Matt e eu concordamos que ele cuidaria dos argumentos de abertura e encerramento, então isso está fora da minha lista. Estou enfatizando a projeção na sala de audiências. Lisa prometeu que estará lá para assumir isso, mas você sabe, ela tem a faculdade de direito... — Dou de ombros. — As preocupações habituais com o pré-julgamento.

Seus olhos adquirem um ar sonhador, e sua boca se curva nos cantos.

— Eu amo quando usa esses termos jurídicos. É tão sexy e me deixa com um tesão do caralho.

Eu rio.

— Isso coloca, seriamente, em dúvida a sua sanidade.

— Esse navio partiu há muito tempo, querida. As pessoas têm questionado minha sanidade durante boa parte da minha vida.

Eu coloco meu dedo debaixo do queixo dele e o puxo na minha direção.

— Felizmente, tenho uma queda por bilionários loucos. — Encosto meus lábios sobre os dele, uísque misturado com os sabores cítricos da minha bebida.

— Mal posso esperar para te ver em ação — ele murmura.

Meu coração se agita dolorosamente no peito. Eu me afasto, com a pulsação acelerada.

— Você vai à audiência? — *Por favor, diga não, por favor, diga não.*

— Claro que sim, eu não perderia a oportunidade de ver minha advogada favorita rasgar Geoffrey Hamilton em pedaços.

— É bem cansativo no tribunal, você se lembra do último julgamento. Não é como na TV.

Seus olhos se entrecerram de leve, e se focam aos meus como se ele estivesse tentando vislumbrar o que estou sentindo.

— Você está tentando me dissuadir de ir?

— Não, não é nada disso — minto. — Não quero que você fique desapontado.

Alex aninha o nariz no meu pescoço.

— Bem, se você está argumentando, tem que ser sexy. É inevitável, e quero ver você assumir o comando daquela sala de audiências como em todas as outras em que já te vi.

CLEMÊNCIA

Algo se agita no fundo do meu estômago. A bile ameaça subir pela garganta. Meu peito aperta, e os pulmões parecem estar sendo esmagados por dedos invisíveis; meu coração bate de forma instável. *Como posso dizer que a presença dele na sala de audiências aumentará ainda mais a minha ansiedade?* Especialmente quando ele só quer ser solidário.

Dúvidas fluem pelas minhas veias, e alagam a base do meu crânio, nuvens nebulosas impedem minha capacidade de pensar claramente. Nunca havia experimentado isto antes, nem na faculdade de direito, nem no meu primeiro caso, muito menos durante algum julgamento por homicídio. Talvez eu devesse ligar para Ryan, mas ele vai se preocupar, e com o casamento e a adoção para planejar, ele precisa se concentrar em si mesmo e em Paul no momento.

— Ei. — Alex interrompe meus pensamentos. — Está tudo bem?

Eu finjo um sorriso.

— Sim — arfo. — Estou bem.

Alex tira a bebida da minha mão, coloca nossos copos na mesa de centro e entrelaça nossos dedos.

— Fale comigo. Posso ver que você está preocupada com alguma coisa. Me conte o que é para que eu possa ajudar.

Prometemos que não guardaríamos mais segredos na noite em que nos reconciliamos. Tenho que ser fiel a isso, mas não significa que preciso contar tudo.

— Não quero que você fique triste com o que a defesa alegar. Eles vão tentar gerar dúvidas, e vão te usar como bode expiatório, Alex.

— Eles já estão fazendo isso. Eu lido diariamente com pessoas que questionam meu envolvimento.

— Vai ser diferente lá dentro. Eles farão expressões faciais, ou escreverão notas, e você começará a supor as razões pelas quais estão fazendo isso, e, provavelmente, concluirá que vão decidir contra você quando ainda nem sequer começaram a deliberar. É muito provável que fique frustrado se a defesa parecer estar marcando pontos. Só não quero que se preocupe com nada. James não será absolvido. Ele voltará para a prisão onde pertence. — Engulo o nó na garganta, fechando os olhos para que ele não possa ver a mentira que estou prestes a dizer: — Prometo.

O polegar dele acaricia a minha bochecha.

— Eu sei, querida. Tenho confiança de que você vai ganhar. Não há dúvida alguma em minha mente.

A dúvida é minha companheira constante nos dias de hoje. O medo de perder este caso. A sensação esmagadora de que John está mais perto do que nunca de uma vingança iminente. E o conhecimento de que o fio da minha sanidade está se desfazendo e é tênue, na melhor das hipóteses.

Eu encaro bem dentro dos olhos de Alex, tão vivos e cheios de esperança. Quero mergulhar neles, mergulhar na sua confiança, permitir que sua força sem fim me rejuvenesça, e me liberte deste lugar escuro onde estou presa.

Respiro fundo, e sorrio.

— Acho que vou tomar um banho e desligar meu cérebro por um momento, se não se importar.

— É claro que não me importo. — Ele beija minhas mãos. — Leve o tempo que for necessário. Vou terminar um trabalho, depois podemos desfrutar de um jantar tranquilo e conversar sobre o casamento de Paul e Ryan.

Dou uma risada zombeteira.

— Você quer conversar comigo sobre os planos do casamento?

— Com certeza. — Seu sorriso ilumina todo o rosto e há um brilho em seus olhos que acende uma chama em mim. — Faço tudo o que precisar, se isso te ajudar a relaxar e aproveitar o jantar.

Ele beija os dedos da minha mão direita.

— E a noite. — Seus lábios deslizam para a minha mão esquerda, espelhando a ação. — Comigo. — Seus lábios pressionam com força contra meu dedo anelar, e uma carga de eletricidade percorre minhas veias, golpeia meu coração e o energiza. — Farei amor com você a noite toda, para que se esqueça de tudo, menos da forma como nossos corpos se encaixam perfeitamente.

Em seguida, ele abaixa o tom de voz para sussurrar:

— Prometo.

Sei que ele vai manter sua promessa, e cogito a ideia de pular o banho e deixá-lo assumir o controle do meu corpo, mas ele se levanta e me puxa para cima.

— Desfrute do seu banho, linda. Eu te chamo quando o jantar estiver pronto.

Sorrio, mas não consigo desviar meu olhar do dele. Há tanta coisa que quero dizer... A única coisa que nunca considerei até que seus lábios acariciaram meu dedo anelar. No entanto, as palavras estão muito confusas em minha mente. Preciso de tempo para examinar o que é este novo

CLEMÊNCIA

133

sentimento que está batendo em meu coração e alma. Estou exausta demais, sobrecarregada e a confusão tem um agarro firme no meu cérebro. *Alex está certo, eu preciso relaxar e me soltar.*

— Eu te amo, Alex.

Seus dedos deslizam sobre minha face e ele me dá um beijo suave e cândido.

— Eu também te amo, Kylie. Para sempre.

CAPÍTULO 19

Reyes entra em meu escritório, com um envelope na mão.

— Parei para falar com o Matt, e ele me pediu pra te entregar isso. — Ele coloca o envelope em minha mesa e se senta na cadeira do outro lado, acenando com a cabeça em direção a Lisa, que está sentada ao seu lado, e me olha com expectativa.

— E o que é isto? — pergunto e abro o envelope.

— Relatório do psicólogo.

Eu examino o documento, leio os pontos-chave para ter uma ideia geral do relatório, e o entrego a Lisa.

— Pode fazer algumas cópias disto? Uma para cada um de nós e uma extra?

— Claro. Quer que eu agende um horário para coletar o testemunho para... — Ela vira para o verso do documento. — O Dr. Mason?

— Você leu minha mente.

— Pode deixar

Sinto falta de trabalhar com Lisa. Ela está aqui quando seu horário de aulas permite, mas temos uma coesão simbiótica quando trabalhamos em um caso. Ela é a melhor dos dois mundos, inteligente e organizada. E será uma advogada incrível.

Ela deixa minha cópia do relatório do psicólogo sobre a mesa.

Levanto a cabeça e olho para ela.

— Obrigada. — Pego a cópia, pronta para mergulhar nas informações e descobrir uma maneira de desacreditar este idiota.

— Dr. Mason está disponível no final da semana — acrescenta ela. — Coloquei em sua agenda para as dez horas da manhã de sexta-feira.

— Perfeito.

— Preciso sair um pouco mais cedo, tenho alguns casos para ler antes da minha aula esta tarde.

— Argh… — gemo, com um calafrio melodramático. — Acho que estou passando por estresse pós-traumático por estar perto de você e das suas provas.

— Sim, bem, você poderia ter me avisado sobre o método Socrático de humilhação.

Eu sacudo a cabeça.

— Claro que não. A miséria adora companhia. É um rito de passagem que você tem que suportar para fazer parte do clube.

— Fantástico — diz ela, sem rodeios. — Alguma outra alegria que posso esperar?

— Estudos para o exame da ordem, onde você reaprende todo o seu primeiro ano de faculdade de direito em seis semanas. Depois há o exame em si.

Lisa cobre os ouvidos e fecha os olhos.

— Pare, seu demônio.

— Você que perguntou. — Dou de ombros.

Ela me mostra o dedo médio, se vira e vai embora.

CAPÍTULO 20

— Bom dia, senhores. — Estou de pé atrás da minha cadeira na sala de reuniões, diretamente em frente ao Dr. Gabriel Mason.

Ao seu lado está Geoffrey Hamilton. Um homem de cinquenta e poucos anos, atraente, impecavelmente vestido. Ele ajeita os punhos de sua camisa, expondo abotoaduras de ouro e diamante. Devagar, deliberadamente, seus olhos fazem uma viagem degradante de cima a baixo do meu corpo. Eu quero vomitar, mas finjo o sorriso mais doce que posso dar. Estou acostumada com os olhos lacivos e misóginos que presumem que meu único valor se encontra entre as pernas.

Vá em frente e me subestime, imbecil.

— Cavalheiros, este é o promotor público, Matt Gaines.

Matt se posta ao meu lado e joga a pasta sobre a mesa. Até agora, seu único envolvimento neste caso consistia em telefonemas diários para mim, atrás de atualizações, e visitas aleatórias ao escritório. Decidimos que eu assumiria a liderança neste caso, já que minha carga de processos é... bem... apenas este caso.

Entretanto, Matt está ainda mais ocupado do que eu imaginava. Este é um grande caso, e para ele ficar em segundo plano é altamente incomum. Ele é um cão de caça da mídia e adora estar no centro de tudo. Lisa e eu brincamos que ele está disputando o destaque do dia em todos os noticiários locais. Algo deve estar acontecendo com ele. Eu posso perguntar, mas se ele quiser falar comigo, ele o fará. No momento, já tenho o suficiente em minhas mãos.

— Matt, este é o Dr. Mason. Presumo que você já conheça o Sr. Hamilton.

Matt assente, dá um sorriso breve ao Hamilton e toma o lugar ao meu lado.

CLEMÊNCIA

— Ah, sim — diz Hamilton, inclinando-se casualmente para trás em sua cadeira. — Matt e eu somos conhecidos de longa data. Vejo que você ainda tem seu programa de estagiários, mas deixar um deles falar e colher um depoimento, é a primeira vez. Ela também deve ser muito boa em outras coisas. — Ele está se dirigindo a Matt, mas me lança uma piscadela.

Babaca.

Matt ajeita a gravata.

— Kylie não é uma estagiária. Ela é uma advogada criminalista experiente. Ela trabalhou na firma do Jack Daniels antes de montar o próprio escritório.

— Ah, minhas desculpas, Srta. Tate. Eu não sabia.

Mentira. Você teria que estar enterrado a um metro de profundidade para não saber quem eu sou. Tenho aparecido nas notícias quase tanto quanto ele, ultimamente.

Hamilton é muito hábil em tirar os jovens advogados do jogo. Infelizmente, para ele, não sou uma jovem advogada e não serei intimidada.

Olho para o repórter do tribunal que vai registrar o testemunho.

— Se estiver tudo pronto, acho que podemos começar.

Abro meu arquivo e retiro as anotações e questionamentos. Quando olho para cima, o Dr. Mason, que acredito estar com cerca de setenta — a julgar pelas rugas profundas que cobrem seu rosto —, está acariciando a barbicha branca, e olhando pela janela.

— Dr. Mason, seu relatório aponta claramente para Alex Stone como a pessoa responsável pela morte de Ellen Stone Wells. Esta é uma afirmação justa?

— Eu creio, baseado nas informações, que esse é o cenário mais provável.

— Por que o Sr. Wells não trouxe à tona sua teoria de que o Sr. Stone foi o responsável pela morte de Ellen Wells?

— O sério dano emocional pela perda da esposa, potencialmente através das mãos de seu filho, turvou o julgamento do Sr. Wells tornando impossível para ele entender claramente as implicações de suas ações ao fornecer à defesa as informações que podem tê-lo ilibado.

Ele lentamente toma um gole de sua água, e eu poderia jurar que ele está entediado.

— Adicionalmente, — ele continua — o Sr. Wells experimentou uma grande insegurança ao enfrentar um júri com uma defesa que acabaria condenando seu filho pelo assassinato da mãe. Ele tinha uma ansiedade aguda de que as pessoas sentadas em um júri teriam dificuldade em acreditar que uma criança pudesse cometer um ato tão hediondo. A verdade é que eles teriam. A perspectiva do testemunho de seu filho e o medo que o júri teria de condenar, com base apenas na emoção, e não em fatos, fez com que o Sr. Wells experimentasse ataques de pânico intensos.

— Como isso é diferente de qualquer outra pessoa em um julgamento por assassinato? — pergunto.

— No caso do Sr. Wells, a ansiedade era tão extrema que o prejudicou mentalmente e o levou a concluir que não tinha outra escolha senão ficar calado sobre a possibilidade de que Alex fosse o verdadeiro assassino.

— É uma suposição?

— É a minha opinião médica.

— Baseada em quê?

Um sorriso presunçoso se alastra pelo rosto.

— Trinta e seis anos de experiência.

Eu olho para o minha próxima rodada de perguntas. Uau, o Dr. Mason tem um complexo de Deus como nunca tinha visto antes.

— Se, como você afirma, Alex Stone é um indivíduo propenso a explosões violentas, por que seus irmãos, Patrícia e William, afirmaram que o pai era frequentemente a pessoa sob efeito de bebidas alcóolicas e comportamento violento?

Mason entrecerra os olhos e, com um sorriso engessado, se inclina sobre a mesa.

— O que você tem que entender é o medo constante e a ameaça de violência contra eles por parte de Alex. Sua juventude e inexperiência não lhes permitiu compreender que, ao informar as autoridades sobre a verdadeira natureza de seu irmão, eles poderiam escapar de qualquer outra violência sob suas mãos.

— Tudo bem — respondo.

— Ademais, eles estavam prestes a, finalmente, ter uma vida familiar normal, residindo com os tios, e teriam feito o que fosse necessário para proteger esse novo estilo de vida.

— Mesmo que isso significasse residir com o irmão violento e assassino, como você alega, e mandar o pai deles para a prisão?

— Sim... e são três irmãos.

— Como é?

— Você declarou apenas dois irmãos, Patrícia e William. Há uma terceira irmã, Ellie.

CLEMÊNCIA

139

Eu aceno devagar e inclino a cabeça para o lado.

— Sim, mas Ellie era apenas um bebê na época, então estou supondo que ela teria sido incapaz de substanciar verbalmente qualquer coisa.

Mason se remexe no assento, e rapidamente desvia o olhar.

— Sim, isso é verdade.

Ele não sabia a idade de Ellie na época da morte de sua mãe?

— Você tem outras perguntas, Sra. Tate? — pergunta Hamilton, verificando o relógio.

Dou mais uma olhada nas perguntas ainda não feitas. Por que não anotei suas respostas? A necessidade de fazer Mason sentir como se não houvesse nenhum valor em suas palavras dignas de nota está agora me dando um chute na bunda. *Por que estou tendo dificuldade em organizar meus pensamentos e reavaliar as respostas do médico?*

— Senhorita Tate? — O nariz de Hamilton se alarga, e ele parece perturbado.

— Dr. Mason, quando você se encontrou com o Sr. Wells? — inquiro.

— Perdão?

— A data em que você se encontrou para avaliar o Sr. Wells para este relatório?

O Dr. Mason inclina a cabeça para o lado.

— Minhas conclusões são baseadas em informações fornecidas pela defesa.

— Então você não discutiu nenhum dos eventos com o Sr. Wells?

— Não, não foi necessário.

Olho para Matt, com seus braços cruzados, aparentemente, apreciando o espetáculo.

— Okay, bem, acho que isso já basta. Obrigada por ter vindo em cima da hora, Dr. Mason. — Circulo a mesa de reunião e aperto a mão de Mason e Hamilton antes de encaminhá-los a Lisa para lhes mostrar a saída. *Rude? Sim, mas é essa a tática que vou usar. Mason e Hamilton podem ir se ferrar.*

Matt pega sua pasta e a enfia debaixo do braço.

— Confio que você tenha o que precisa para desacreditar o médico?

— Sim. — Sorrio, sentindo vontade de rir. — Não sei de quem sentirei mais pena depois de dizimar Mason na cadeira de testemunhas, ele ou Hamilton?

— Então, correu tudo bem com o depoimento?

Olho por cima do ombro e deparo com Reyes às minhas costas, enquanto reabasteço minha caneca de café. Bem atrás de mim. Intimamente perto.

Desconfortavelmente perto.

— Sim, acho que sim.

Eu me afasto para o lado, recuperando meu espaço pessoal, e volto para o meu escritório.

Reyes me segue e se inclina contra o batente da porta, com os braços cruzados.

— Você vai ficar por aqui esta tarde?

— Por pelo menos mais uma hora. O médico legista vai me ligar nos próximos minutos. Provavelmente, irei embora depois disso.

— Muito bem, se não precisar de mim, acho que vou dar o dia por encerrado.

— Claro, não há motivos para ficar por aqui. Pode ir, tenha um bom fim de semana e nos veremos na segunda-feira.

Ele se vira para sair e para.

— Você também. Tenha um bom fim de semana, quero dizer.

Eu sorrio e aceno com a cabeça. A horrível estranheza que eu esperava depois de nosso beijo foi contornável, mas houve tensão suficiente, tanto que Lisa me perguntou o que estava acontecendo. Não entrei em detalhes, no caso de ela decidir contar ao namorado, Jake. Não tenho certeza do que fazer sobre o assunto e preciso de tempo para descobrir como explicar o que aconteceu para Alex.

O telefone toca, e o atendo à medida que Reyes se despede e se dirige às escadas. Em seguida, pego um bloco de notas da gaveta da minha escrivaninha.

— Dr. Loftus, muito obrigada por ligar.

A ligação com o médico legista levou mais tempo do que eu esperava, mas agora tenho uma compreensão muito clara sobre morte por estrangulamento. Meu telefone sinaliza a chegada de uma mensagem de texto de Alex, e eu pressiono o botão para ligar para ele.

— Onde você está? — ele pergunta.

— No carro, a caminho de casa. E você?

— Já estou aqui. Você recebeu minha mensagem?

— Sim, mas não a li. Estou dirigindo, Sr. Superprotetor.

— Boa menina. Segurança em primeiro lugar. Estava apenas verificando o que você quer fazer hoje à noite. Ficar em casa ou sair?

— Hmmm, ficar em casa, pedir pizza e assistir um filme. E beber uma garrafa de vinho, ou duas.

Alex ri, e isso aquece meu coração. Eu só queria poder ver seu rosto agora mesmo. Ele é incrivelmente sexy quando ri, e ultimamente, não tem havido muitos motivos para isso.

— Okay, nos vemos quando você chegar aqui, daí podemos discutir quem escolhe o filme.

— Queda de braço? — brinco.

— Estou pensando no tipo de luta que requer que estejamos na cama. — Há algo na maneira como sua voz baixa o timbre quando banca o lado sedutor que quase me faz gemer.

— Sugestão intrigante, mas como determinamos um vencedor?

— Quem se importa? Se o fizermos bem, ambos seremos vencedores.

— Eu me importo, mas se o padrão for a satisfação, farei o meu melhor para que você fique feliz enquanto assisto a um filme meloso.

CAPÍTULO 21

Encerro a chamada e piso no acelerador, ansiosa para chegar em casa. Alex está de bom humor e quero aproveitá-lo. Tantos obstáculos têm atrapalhado nossa felicidade ultimamente; precisamos de algum tempo para relaxar e esquecer do mundo. Um pouco de tempo para nos reconectarmos e nos redescobrirmos.

A casa de Alex se localiza no centro de um terreno de vinte hectares, onde a terra faz divisa com o oceano, e o complexo triangular é isolado do mundo. Passar pelos portões e entrar na propriedade, ao final de um longo dia, é o mesmo que passar por um portal e entrar em outro mundo. É o meu santuário e estou precisando desesperadamente disso no momento.

Coloco uma música e movo o corpo no assento, cantarolando algo sobre o verão, entoado por Kid Rock. Um carro preto encosta ao meu lado, então tiro o pé do acelerador para diminuir a velocidade e o deixar passar. É uma estrada de pista simples, e o outro carro está na contramão. Ele ultrapassa à minha frente, volta para a faixa e imediatamente desacelera, quase freando de uma vez. Eu piso nos freios, e por pouco evito uma colisão com a traseira do veículo.

— O que este idiota está fazendo? — Presto atenção no carro, no caso de precisar denunciar o motorista à polícia. BMW preto, placa personalizada.

JAS.

Meu coração bate loucamente no peito. *John*. Minhas mãos tremem. Agarro o volante com tanta força que os nódulos dos dedos ficam brancos. Exalo com força, mas não consigo inspirar, estou desesperada por ar.

O que faço? O ruído na minha cabeça bloqueia a capacidade de enxergar as opções com qualquer clareza. *Ligar para a emergência*. Porém eles levarão uma eternidade para chegar aqui. Muita coisa pode acontecer nesse período.

Dou uma olhada ao redor. Não estou longe do portão, talvez a uma distância de três quilômetros. Se conseguir chegar, ficarei bem. Posso descer a entrada, e chegar em segurança na casa.

Então Alex e Jake podem lidar com John.

Eu quase sorrio ao pensar na vingança legítima que os dois farão com John.

A BMW desacelera ainda mais. Tenho quase certeza de que meu Porsche pode arrancar a pintura do carro dele. Puxo o volante para a esquerda e piso no acelerador. A BMW muda de direção na minha frente. Volto para a direita, acelero, e passo para uma marcha mais alta.

O carro preto se inclina para a direita e me obriga a pegar o acostamento. Meus pneus trituram o cascalho, atirando pedregulhos pelo caminho empoeirado. A traseira do Porsche desliza de um lado ao outro. Giro o volante para a esquerda, evitando por pouco as árvores que ladeiam a estrada. Volto para a pista e por meros centímetros não acerto a traseira de John.

Uma fina camada de suor cobre minha pele. A abertura nas árvores, onde tem início o caminho de acesso à propriedade, está logo à frente. Tenho que chegar pelo menos até ali. Parar agora não é uma opção. Se John chegou ao ponto de burlar a custódia, ele vai continuar o que começou. Mesmo que Alex perceba que algo está errado quando eu não chegar em casa nos próximos minutos e verifique o dispositivo de rastreamento no meu telefone, há pouca ou nenhuma chance de me encontrar antes de John me matar.

A BMW desliza preguiçosamente entre as pistas à minha frente, ziguezagueando e zombando de mim, consciente de que não consigo contorná-lo. Inspirando fundo, tento conter o ataque de ansiedade brutal.

De repente, a BMW dispara à frente. Eu exalo. Meus ombros relaxam, e somente ao massagear a nuca é que consigo fazer com que a tensão se dissipe devagar. A estrada acaba cerca de três quilômetros depois do portão que leva à propriedade de Alex. Quando John chegar ao final, e for obrigado a dar meia-volta, estarei na metade do caminho de acesso.

Segura.

Pneus guincham no asfalto. A BMW dá um cavalo de pau e vem na maior velocidade na minha direção. Eu piso no acelerador. *Por favor, Deus, me ajude a chegar até o portão antes dele.* A distância entre nós está diminuindo. A parte da frente do carro dele está perfeitamente alinhada com a minha. A esta velocidade, uma colisão frontal seria fatal para nós dois.

Ele que se foda. Ele pode se matar sozinho – espero que sim –, mas não vai decidir meu destino. Aperto o controle remoto, e o portão se abre lentamente. John está se aproximando rapidamente, e não parece que pretende desviar o curso, disposto a se chocar de frente.

Eu me agarro firmemente ao volante, meu corpo assolado por tremores incontroláveis. Meu coração martela meus ouvidos, quase me arrancando gritos de súplica.

O portão está quase aberto. Direciono o carro no centro das pistas, pela linha amarela dupla. A BMW reflete o movimento. Ele está a apenas algumas centenas de metros de distância.

Jesus, ele vai nos matar!

Puxo o volante para a esquerda. O carro derrapa pela estrada, desliza e quase bate no poste de metal do portão.

Eu verifico o espelho retrovisor, e vejo o portão se fechar assim que passo. Nenhum sinal de John. Entro na garagem sem bater em nada, e desligo o motor.

O que acabou de acontecer? Isso foi real?

Inspiro inúmeras vezes, tentando regularizar a respiração. Minha cabeça está latejando. Não consigo me mover, e não tenho capacidade de compreender os eventos que acabaram de acontecer.

Estou vivendo meu pesadelo. Abro a maçaneta e consigo sair do carro, entrando em seguida em casa. Alex e Jake estão na cozinha, ambos rindo, até que me veem.

— Jesus, Kylie, o que aconteceu com você? — Em segundos, Alex está ao meu lado, enlaçando minha cintura e me guiando até uma banqueta.

Meu corpo está tremendo, e meus olhos devem estar arregalados de pavor, porque os de Alex estão refletindo os meus.

— J-John.

Ele franze o cenho.

— O que tem ele?

— Ele me seguiu, tentou me jogar para fora da estrada.

Jake coloca uma garrafa de água à minha frente, no balcão. Seu sorriso desapareceu, dando lugar a uma carranca.

— Você viu John? Aqui?

— Ele estava tentando nos matar. — Consigo discernir meu tom histérico, e isso me deixa fisicamente doente. Odeio que John ainda possa me assustar desta forma, que ainda possa ameaçar minha vida a qualquer momento, da maneira que quiser.

CLEMÊNCIA

— Calma, Kylie, mais devagar. Me conte o que aconteceu. — A voz de Alex é calma, controlada, mas exigente.

— Ele entrou na minha frente, e eu tentei passar por ele, daí ele me tirou da estrada. Depois ele acelerou e se distanciou, mas fez a volta e veio na minha direção. Foi por pouco não ter colidido de frente com o carro dele. — Minhas mãos estão tremendo quando coloco a garrafa de água no balcão, no entanto, não consigo colocar a tampa.

— Como você sabe que foi ele? — pergunta Jake.

— Eu conheço o carro dele. Todas as placas são personalizadas com suas iniciais.

Eu olho para Alex. Preocupação profunda vinca sua testa, os músculos do pescoço estão tensos e ele está rangendo seus dentes.

— Eu estava quase no portão, mas ele estava vindo direto para mim.

Thomas entra pela porta da garagem, assobiando e balançando o chaveiro ao redor do dedo.

Eu olho para ele na mesma hora.

— Você viu? — pergunto, mas sai mais como um guincho agudo. — A BMW preta, antes de você virar na entrada.

Suas sobrancelhas se franzem, os olhos entrecerram e ele nega com um aceno de cabeça.

— Não.

Eu salto da cadeira.

— Você tem que ter passado por ele. Não havia outro lugar para onde ele pudesse ter ido.

— Não vi outro veículo desde que saí da cidade. — Ele olha para Jake. — O que está acontecendo? — pergunta em um sussurro.

— Kylie diz que foi tirada da estrada no caminho para casa — explica Jake.

— Você tinha que checar pelo menos o acostamento de cascalho, onde meu carro foi parar. — Lanço um olhar para Alex, desesperada para que ele acredite em mim. — O Porsche derrapou na brita.

Os olhos de Thomas se arregalam e ele me encara como se eu estivesse pulando de um avião sem paraquedas.

Eu olho em volta para os três homens.

— Como isso é possível? — Agarro o braço de Alex. — Eu não imaginei isto. Eu sei que não imaginei. Era John, ele veio atrás de mim, e ia me matar.

Alex envolve meu corpo com os braços, pressionando os lábios na minha testa e sussurrando:

— Tudo bem, querida, você está sob muito estresse.

Sob muito estresse? Eu o empurro para longe.

— Não seja condescendente comigo. Você pode escolher não acreditar em mim, mas eu sei o que vi.

Saio da cozinha, seguindo pelo corredor e só paro ao entrar no quarto. Fecho a porta do banheiro com um baque, trancando a fechadura. Em seguida, ligo o chuveiro e me dispo conforme a água aquece, me enfiando debaixo da ducha quente.

A maçaneta da porta gira algumas vezes. Seguido das batidas, e de Alex chamando meu nome. Eu o ignoro, aciono o sistema de som no chuveiro, e passo pela lista de reprodução até encontrar o que estou procurando. A música clássica ressoa pelo banheiro, no máximo volume até que seja o único som que posso ouvir. Inclino a cabeça para trás e fecho os olhos. O longo lamento dos violinos age em conjunto com a água para aliviar a tensão que se apodera do meu corpo. Eu desligo meu cérebro, deixando que a melodia me consuma. Nada é real fora deste espaço, somente eu existo aqui, o tempo não tem nenhuma influência sobre mim. Eu flutuo com a música, seguindo para os recantos obscuros da minha mente – onde uma pequena parte minha deseja ficar para sempre.

Segura. Protegida.

Sozinha.

Pouco depois da meia-noite, me esgueiro para fora dos braços de Alex enquanto ele dorme ao lado. Apertando o nó do roupão, sigo pelo corredor em direção à sala de estar, em total silêncio. Em seguida, sirvo uma quantidade saudável de gin em um copo com apenas um pouco de água tônica.

Muitas coisas estão passando pela minha cabeça. A ameaça sempre presente de John. A falta de fé de Alex em mim. Meus próprios medos podem estar me fazendo perder a cabeça.

Pego meu celular onde o deixei no balcão da cozinha, abrindo a fechadura da porta corrediça e saindo para o pátio. A lareira a gás ganha vida assim que aciono o interruptor, iluminando e aquecendo a área externa.

Deslizo para o sofá, e me enrolo em um cobertor, tentando acalmar a ansiedade que tem sido minha companhia constante.

As chamas são hipnotizantes, a maneira como dançam em uma coreografia caótica. Eu daria tudo para poder desligar meu cérebro, e simplesmente existir.

Por que me sinto tão desconectada da minha vida ultimamente? Estou em casa, Alex e eu estamos apaixonados, as coisas estão quase de volta ao normal, exceto que nada parece normal para mim. Não consigo me livrar da sensação de que estou sendo observada por olhos que não vejo. Caçada por um homem que sei que está preso atrás das grades. Perseguida por alguém, mas incapaz de provar isso.

Às vezes, me pergunto se tudo isso realmente vale a pena. Talvez eu devesse ter deixado John terminar o trabalho naquele dia, quando ele me espancou quase até a morte e prometeu acabar com tudo. Talvez a vida de todo mundo fosse melhor. John não seria capaz de me machucar novamente. A vida de Alex não teria sido virada de cabeça para baixo por sua necessidade de me proteger, ou por minha necessidade de ser protegida.

E eu nunca teria descoberto que poderia amar tão profundamente e ter alguém que me amasse tanto em troca. A dor que eu poderia ter evitado, desesperada por ter esse amor para o resto da vida. Até que John esteja fora da minha vida – até que ele esteja morto –, amar Alex pelo resto de nossos dias, até envelhecermos, é apenas um sonho… um sonho que nunca se tornará realidade.

Olho para a proteção de tela do meu celular – uma foto minha e de Alex, sorrindo e felizes. Sem preocupações. Eu gostaria que pudéssemos ser sempre assim.

Em segundos, aparece uma notificação por e-mail, e decido abrir a caixa de entrada. Há um e-mail não lido da *Defenders for Truth*, uma organização da qual nunca ouvi falar. Recebo e-mails de muitos grupos relacionados à defesa criminal. Não é raro que organizações cheguem até os advogados criminalistas, buscando apoio de um ou outro tipo. Eu clico na mensagem, ciente de que é uma perda de tempo, e mais do que provável, acabará no meu lixo.

> Kylie,
> Você está cansada de olhar por cima do ombro para ver quem
> está atrás de você?

Sou eu. Eu estarei sempre lá.
Você é minha.

Fico encarando as palavras.

Você é minha.

Na mesma hora, prendo a respiração e fecho os olhos. *É de John, tem que ser.* Meu estômago embrulha, o gosto ácido da bile sobe na garganta. Com a mão pressionada à barriga, tento trazer algum alívio para a dor. Meu ritmo cardíaco está fora do normal. Olho ao redor do pátio, mas está muito escuro para enxergar qualquer coisa. Estou morrendo de medo de me mover, mas desesperada para entrar em casa.

E se tiver alguém lá fora... me observando? Esperando para me agarrar e me levar embora daqui? Ninguém sabe que estou aqui fora, todos na casa estão dormindo.

Fico encarando a escuridão além da lareira. Ao longe, as ondas se chocam contra as rochas ao longo da praia, o cheiro de maresia no ar. O som das cigarras cantando nas árvores, um som que normalmente me proporciona conforto, agora soa esmagadoramente alto na minha cabeça. Um arrepio assola meu corpo, e o frio congela minhas extremidades. O calor do fogo se foi, incapaz de competir com o pavor gelado que me envolve.

Os arbustos sussurram na escuridão. Um galho se parte sob o peso da passada de alguém. Perco o fôlego, agarrando o tecido do cobertor em meus punhos cerrados. A pressão aumenta em meu peito, e um ruído desesperado escapa da garganta. Meu corpo está rígido, frio, como se eu estivesse me transformando em pedra. O mundo está girando, tudo parece estar se movendo ao meu redor; minha mente salta entre o que eu deveria estar fazendo, o que estou fazendo e quais serão as consequências para cada ação e ou falta de reação.

Meus olhos estão fixos no lugar de onde vieram os ruídos. Estou respirando com dificuldade, e quando um guaxinim emerge da escuridão, congelando ao me ver, nós nos encaramos por um minuto, antes que ele, finalmente, tome a coragem de voltar à segurança da noite escura.

Todo o ar retido em meus pulmões sai em uma longa expiração. A calma se aloja dentro de mim, e, baixinho, começo a rir.

— Um guaxinim é mais corajoso do que eu. — Fecho o e-mail e clico no telefone para desligar.

CLEMÊNCIA

Mãos agarram meus ombros. Tento me libertar, mas sou mantida firmemente no lugar. O hálito quente sopra em meu ouvido.

— Calma, querida, sou eu. — A voz suave de Alex soa.

— Alex — suspiro, aliviada.

Ele dá a volta e se senta ao meu lado.

— Desculpe, eu não queria te assustar. Acordei e você não estava na cama. O que está fazendo aqui fora? — Ele coloca a mão sobre minha coxa.

— Não consegui dormir… Tem muita coisa acontecendo na minha cabeça.

— Sou parte da razão pela qual você não consegue dormir? — Ele afasta o cabelo da minha testa, e me encara.

A verdade é que não tenho certeza se eu me sentiria diferente se os papéis fossem invertidos. Alex está certo: eu tenho estado sob muito estresse. Sei o que vi, mas entendo o que parece do outro lado. Não tenho certeza onde John foi parar, ou como Thomas não o viu, mas não posso julgá-los por questionarem minha versão dos acontecimentos.

— Uma parte, sim, mas são inúmeras coisas acontecendo. Fora que tem o julgamento.

Acaricio o dorso da mão máscula, fazendo círculos na pele. Não posso dizer a ele exatamente como me sinto. Que estou petrificada pelo medo de estragar tudo, e James acabar saindo livre. Embora esteja fraquejando em outras áreas, Alex ainda acredita que sou forte, confiante e imbatível na sala de audiências.

— Sempre fico nervosa antes de um julgamento, mas este tem mais implicações pessoais de longo prazo se não obtivermos o resultado esperado.

— Você está preocupada com meu testemunho?

Encaro seus olhos com atenção, reparando nas rugas acentuadas e marcadas pela apreensão. Alex não pode, de forma alguma, se sentar para testemunhar se estiver se sentindo ansioso ou inseguro. Cabe a mim o tranquilizar.

— Bem, você é impetuoso, e não sei o que vai dizer quando chegar lá. — Começo a rir e dou um sorriso.

Ele move a mão para o interior da minha coxa e me provoca.

— Tem algo que você pode fazer para evitar isso, sabia? — Arqueia uma sobrancelha e me brinda com um sorriso malicioso. — Você poderia me preparar para meu testemunho, advogada.

Eu me arrasto para o colo dele, me sentando escarranchada. Um lado do roupão pende do ombro, expondo a pele nua.

— Excelente ideia. — Mordo seu lábio inferior e o chupo na boca até que ele rebola os quadris abaixo de mim, gemendo. — Por favor, diga seu nome para este tribunal.

Seus lábios pressionam contra meu pescoço, e beijos são depositados na minha clavícula.

— Alex Stone — diz ele, com a voz profunda e sexy.

Arrasto as mãos pelos braços fortes, os ombros, e entrelaço meus dedos à sua nuca.

— Não é verdade que você tem a reputação de amar e deixar as mulheres? Partir corações em todo o mundo?

— Isto é passado. Agora sou estritamente o homem de uma mulher só — afirma entre beijos e mordidas ao longo do meu ombro, e na parte sensível inferior do meu braço. — E nem fodendo que vou deixá-la.

— Olhe o linguajar, Sr. Stone.

Ele espalma o meu seio.

— Peço desculpas ao tribunal.

— É também verdade que o senhor proporciona os orgasmos mais estonteantes registrados na história das relações sexuais?

Suas mãos viajam pelo meu corpo e apertam minha bunda.

— Se seus gritos apaixonados são alguma indicação disso, Srta. Tate, então, sim, é verdade.

— Talvez — sussurro em seu ouvido —, você devesse dar uma demonstração de seus talentos nessa área. — Arrasto a ponta da língua ao longo do lóbulo de sua orelha, mordiscando com suavidade.

— Eu te darei tudo o que quiser.

CAPÍTULO 22

Até segunda-feira à tarde, eu evitei, com sucesso, verificar meu e-mail. Ainda estou inquieta e cansada de me assustar com cada barulho alto na rua abaixo. Também não contei a Alex sobre o e-mail – tivemos um fim de semana tão maravilhoso juntos, e eu não queria estragar tudo. Terei que fazer isso em algum momento, mas só depois que o julgamento acabar. Toda a minha energia e atenção precisa estar concentrada em garantir que James seja mandado de volta para a prisão.

Caixas estão empilhadas ao lado das escadas que vão do meu escritório para o estacionamento. Graças a Deus, Reyes decidiu vir hoje para me ajudar a levar tudo até a SUV. Deixei o Porsche em casa e trouxe um veículo utilitário da frota de Alex que vai acomodar tudo o que preciso levar ao tribunal.

Reyes carrega a última caixa e fecha o porta-malas.

— Acho que isso é tudo. Se faltar alguma coisa, posso levar para o tribunal pela manhã.

Abro a porta do motorista e jogo minha maleta no banco do passageiro.

— Obrigada. — Estou prestes a entrar, mas paro e volto para olhar para ele. — Por falar nisso, você já descobriu alguma coisa sobre as flores entregues em meu apartamento?

Ele olha para baixo e chuta uma pequena pedra pelo pavimento. Por fim, ergue a cabeça, mas evita meu olhar.

— Sim, encontrei o serviço de entrega e conversei com eles. Eles disseram que uma mulher deixou a caixa com instruções para que contatassem a imobiliária, de forma que fossem autorizados a entrar no seu apartamento.

— Quem os deixou entrar no meu apartamento? — Pude sentir minha pele ardendo em chamas.

— O porteiro do prédio. Disseram que você ligou e pediu. — Reyes entrecerra os olhos e observa minha reação diante de suas palavras.

— Eu pedi? Então, qualquer pessoa pode telefonar alegando que sou eu, e eles deixarão algum Tom, Dick ou Harry entrar? — Minha compostura está pendurada por um fio muito fino. — O pessoal da transportadora pelo menos foi capaz de dar uma descrição da pessoa que deixou a caixa?

Reyes respira fundo, esfrega o rosto com a mão e exala.

— Alta, cabelo ruivo, usando um terninho. — Ele faz uma pausa, me encarando com o olhar penetrante. — Pagamento em dinheiro.

— Isso é perturbador. Essa descrição poderia ser a minha.

Reyes não diz nada. Apenas continua me encarando, mas posso sentir a resposta implícita: *Sim, poderia*.

Eu suspiro, relaxando um pouco os ombros, e sacudo a cabeça.

— Não posso lidar com isso agora. Tenho que manter a cabeça em ordem e me preparar para a corte amanhã. Vou resolver esta confusão mais tarde. — Sento-me ao volante, ligo o motor e abaixo a janela. — Pelo menos não estou mais morando naquele apartamento.

Um olhar triste cruza o semblante de Reyes.

— Sim, eu não me preocuparia com isso no momento. Você tem muita coisa pra resolver.

Eu me repreendo internamente por ter dito aquilo dessa forma. Não posso evitar que ele tenha uma paixonite por mim – *se ainda puder ser chamado assim quando se está na casa dos trinta* –, mas também não quero ferir seus sentimentos.

— Mas obrigada por verificar isso para mim. Vejo você pela manhã.

Ele acena e, pouco depois, pego a estrada. A viagem de volta para casa está em piloto automático, já que o cenário que Reyes apresentou passa pela minha cabeça. Quem está fazendo isso e por quê? Há alguém lá fora que se passou por mim?

Ou há uma explicação mais sombria e sinistra?

CLEMÊNCIA

CAPÍTULO 23

Analiso minhas anotações mais algumas vezes enquanto o SUV segue em direção à cidade. Alex está sentado ao meu lado, contemplando o lado de fora pela janela, os dedos cravados no meu joelho. Coloco minha mão sobre a dele, dando um aperto sutil em um gesto reconfortante, na esperança de aliviar parte do seu estresse. Isso é impossível, é claro, já que ele testemunhará em audiência pública sobre a morte de sua mãe pelas mãos do pai. Ele enterrou este acontecimento profundamente em sua psique, e não tinha intenção de falar sobre isso até que desabafou comigo, certa noite, meses atrás.

Ele olha para a minha mão, depois se foca nos olhos. Eu juro, sempre que seus olhos azuis me observam, eu me derreto. Ele ainda tem a capacidade de me fazer sentir como uma garota admirando o garoto mais popular e bonito da escola. Eu sorrio, e ele retribui com um sorriso singelo, mas não há felicidade alguma nele.

— Quero rever algumas coisas com você antes de chegarmos ao tribunal e as coisas ficarem agitadas — digo, a voz calma e nem muito séria. Quero deixá-lo à vontade, não aumentar sua ansiedade. — Começarei com perguntas básicas, seu nome, negócios, vão parecer inofensivos, mas servem a um par de propósitos importantes. Um deles é para que eu possa lançar as bases adequadas para seu testemunho, uma espécie de apresentação a seu respeito ao júri. A segunda permite que você responda perguntas fáceis e te dá tempo para se manter o nervosismo sob controle. Quando estiver respondendo perguntas, dirija-se ao júri, não a mim ou ao Hamilton. Os jurados são os que irão deliberar, e nós precisamos respeitar seu papel no processo. Além disso, estudos mostram que os jurados estão mais aptos a acreditar em uma testemunha que se dirija a eles durante o depoimento.

— Tudo bem — concorda. — Algo mais?

— Quando Hamilton lhe fizer perguntas sobre seu interrogatório, não elabore suas respostas. Ele vai te interromper se você tentar, de qualquer forma, mas não quero que se preocupe com a narrativa que ele está tentando colocar na frente do júri. Qualquer resposta que você der, que precise de mais explicações, ou esclarecimentos, eu corrigirei na refutação.

— E? — Suas sobrancelhas se arqueiam e ele inclina a cabeça para o lado. — Vamos lá, Kylie, posso ver em seus olhos. Há algo mais, mas você está tentando ser diplomática em relação à sua preocupação. O que foi?

— Você acha que me conhece tão bem — brinco. Eu inspiro fundo e o encaro, deixando as brincadeiras de lado. — Ele vai fazer o melhor que puder para te manipular. E vai se empenhar em te irritar. Você tem que permanecer calmo, e não cair no jogo dele.

— Por que é tão importante me tirar do sério? — ele pergunta.

— Para ver se você vai perder a calma aos olhos de todos. É a única maneira de ele ter a chance de colocar a culpa em você.

— Como isso prova alguma coisa?

— Não prova, mas fornece uma dúvida razoável, e isso é tudo que ele precisa para, talvez, ganhar o júri.

Com o cenho franzido, ele exala fundo. Minha tentativa de aliviar o estresse falhou em proporções quase épicas.

Eu me viro no assento e o encaro.

— Olha, mesmo que ele consiga fazer com que o júri acredite que você se ressentiu o suficiente de sua mãe a ponto de querer machucá-la, eles não acreditarão que você causou a morte dela, a menos que houvesse um momento catalisador. Se o júri o vir no banco das testemunhas, calmo e sob controle, será quase impossível associar a pessoa que eles veem com o que a defesa está tentando vender. Hamilton tem que mostrar que você se enfurece facilmente, e essa raiva, alimentada pelo seu ressentimento, te transformou em um assassino.

Ele desvia o olhar e se concentra mais uma vez na paisagem além da janela.

— Estes são alguns dos joguinhos fodidos que vocês advogados praticam com a vida de outras pessoas — comenta, apoiando o cotovelo no parapeito da porta e esfregando o lábio inferior com o dedo.

Eu me sento ereta no assento, endireito a saia e espreito pelo para-brisa dianteiro.

CLEMÊNCIA

155

— Sim, todos odeiam esses jogos até que precisem ser salvos, então o desgosto e moral elevada saem pela janela, e exigem que usemos os truques que temos para conseguir o resultado almejado.

A merda da dualidade que as pessoas têm quando se trata do sistema legal me enfurece. Eles gritam por reforma, esmurram as mesas enquanto proclamam repulsa às nossas táticas, e depois imploram quando precisam — não, exigem —, e nós agimos da mesma maneira que causa tal repulsa neles.

— Ei. — Alex segura minha mão para atrair meu olhar. — Desculpe, eu não queria que saísse dessa forma. Estou frustrado que James possa até mesmo fazer esse tipo de alegação em primeiro lugar. Hamilton não tem ideia do que passei naquela noite, como é desamparador ver alguém escapar e não ser capaz de fazer nada a respeito disso. Se ele tivesse, nunca montaria este tipo de defesa.

Duvido que isso seja verdade. Hamilton está defendendo seu cliente, e usará qualquer defesa que ele pense que lhe dará esse resultado, mesmo que não concorde com isso. Com uma carícia em sua bochecha, sinto-o relaxar aos poucos.

— Bem, felizmente, nosso lado tem alguém com experiência em defesa criminal que pode antecipar seus movimentos e montar um contra-ataque. — Aponto para meu peito.

Alex dá uma risada, agarra meu rosto entre as mãos, e me beija.

— A melhor advogada criminalista do mundo se tornou promotora especial.

Jake encosta o veículo em frente ao tribunal, e o clima leve entre nós evapora. Centenas de pessoas se aglomeram nas calçadas, chegando a invadir a rua. Os protestos incoerentes estão abafados, mas o ódio é inconfundível. Muitos estão agitando seus punhos no ar, gritando em apoio, enquanto outros seguram placas que proclamam: *Alex é um assassino e Libertem James Agora*.

Policiais em trajes especiais obrigam os manifestantes a recuar e abrem caminho para que possamos entrar no tribunal.

— Não podemos entrar pela garagem, Jake? — pergunto, pois não tenho certeza de que estaremos seguros ao sair do veículo aqui.

— Não, eles a fecharam — ele responde, o olhar vasculhando por entre a multidão.

— Como vou levar todas as minhas caixas para dentro?

— Darei a volta para estacionar em uma das vagas designadas para autoridades. Thomas e eu as levaremos até você.

— Bem, se vamos fazer isso, é melhor fazer agora — diz Alex, me dando um olhar de relance. — Você está pronta?

Assinto. Ele segura a maçaneta da porta, agarra minha mão e me puxa para fora do veículo. Insultos horríveis são dirigidos a nós, muitos manifestantes se acotovelam contra os policiais agindo como barricadas humanas. Eu mantenho a cabeça baixa, inconscientemente me esquivando da atenção, enquanto nos apressamos para entrar. Quando chegamos à escadaria, as portas se abrem e somos conduzidos às pressas.

Reyes se posta ao meu lado, segura meu cotovelo e me direciona para a área de triagem de segurança.

— Você está bem?

— Sim — murmuro, afastando meu braço de seu alcance. Alex aparece ao meu lado e enlaça minha cintura, me puxando para mais perto.

— Sargento — Alex cumprimenta Reyes, sem um pingo de simpatia na voz.

— Sr. Stone — Reyes responde, e desvia o olhar para o tumulto do lado de fora. — Vocês, certamente, sabem como atrair uma multidão.

Lanço um olhar de repreensão para Reyes. Ele não vai irritar Alex antes de seu testemunho.

— Jake e Thomas estão trazendo as caixas. Preciso que você os espere aqui e os ajude a passarem pela segurança. Vejo vocês lá em cima.

Ele acena em concordância, e acrescenta:

— Sim, senhora.

Ainda estou fumegando enquanto Alex e eu saímos do elevador no quarto andar, seguindo pelo amplo corredor até nossa sala de tribunal designada. Estendo a mão para tocar a maçaneta, mas Alex segura minha mão e dá alguns passos para trás.

— Qual é o problema? — pergunto, meu tom um pouco mais áspero do que pretendia.

— É a sua vez de se acalmar. Você parece brava, e embora eu não seja especialista em aparições em tribunal, se entrar logo após você, todos pensarão que nós dois estávamos discutindo. Ou que você quer cortar minhas bolas e me fazer comê-las. — Um sorriso torto agracia seu rosto e alcança seus olhos.

Eu suspiro, fecho os olhos e esfrego a ponte do meu nariz.

— Gostaria de cortar as bolas de Reyes e...

— Protesto, advogada. Não quero que você se aproxime das extremidades inferiores daquele homem, mesmo que seja para causar imensa dor.

CLEMÊNCIA

157

— Ele afasta minha mão do meu rosto, se aproxima, e me dá um beijo meigo. Recosto a testa à dele, e respiro fundo, permitindo que sua calma me traga de volta o equilíbrio. Isto é o que ele faz por mim, uma das muitas razões pelas quais o amo. Nós temos a habilidade extraordinária de fornecer o que o outro precisa sem uma única palavra, nossos corpos e mentes em total sincronia. — Melhor agora?

Eu o encaro com atenção.

— Bem melhor agora. — Eu me inclino mais para perto, roçando sua orelha com os lábios, e sussurro: — Eu te amo, querido. — Então dou um beijo rápido na bochecha antes de levá-lo para o tribunal.

CAPÍTULO 24

O Juiz Franklin gesticula para que comecemos.
— E lá vamos nós — Matt sussurra ao meu lado.
Pego minhas anotações e subo à bancada.
— O Estado chama Alex Stone para depor.
Alex passa calmamente por mim, segue até o banco das testemunhas, faz seu juramento e ajusta o microfone.
Espero que ele olhe para mim antes de dar início.
— Diga seu nome e sua relação com o réu.
Ele gira a cadeira para que seu corpo fique de frente ao júri, e eu mordo o lábio para reprimir um sorriso. *Muito bem, Alex.*
— Alex Stone. O réu é meu pai biológico.
— E você tem um pai adotivo?
— Sim. Harold Stone. Ele e sua esposa, Francine, adotaram a mim e meus irmãos após a morte de nossa mãe. Harold é irmão da minha mãe. — Ele olha para a primeira fileira, às minhas costas, onde sua família está sentada, e depois se volta para mim.
Eu respiro fundo antes de prosseguir com as perguntas mais difíceis.
— Pode você nos guiar através dos acontecimentos ocorridos na noite em que sua mãe morreu?
— O réu e minha mãe estavam na sala de estar, discutindo.
— Você se lembra sobre o que eles estavam discutindo?
Até agora, ele está mantendo a compostura. Mas isto é apenas o começo.
— Não, eu nunca prestava atenção. Normalmente, era um assunto ridículo sobre o qual meu pai ficava chateado.
— Onde você estava quando seu pai começou a gritar com sua mãe?
— Protesto, Meritíssimo — Hamilton declara. — A testemunha nunca afirmou que havia gritos.

CLEMÊNCIA 159

— Protesto aceito — diz o juiz Franklin, e me olha de relance. — Reformule sua pergunta, Srta. Tate.

— Onde você estava no início da discussão deles?

— Estava no quarto com meu irmão mais novo e duas irmãs quando ouvi meu pai gritar com minha mãe.

Dou uma olhada de soslaio para o júri para avaliar a reação à sua resposta. Eles parecem estar envolvidos no testemunho, alguns tomando notas. A maioria das mulheres está olhando para Alex, com a sombra de um sorriso no rosto. Mesmo nesta posição vulnerável, Alex tem uma presença imponente.

— Em algum momento, você deixou seus irmãos e foi para a sala de estar? — pergunto.

Alex se remexe levemente em seu assento e se inclina para mim antes de olhar de volta para o júri.

— Sim, quando ouvi algo como um vidro se quebrando e minha mãe chorando.

— O que aconteceu quando você entrou na sala de estar?

Ele respira fundo, me lança um olhar perspicaz e fica de frente para a cabine do júri.

— Ele, o réu, estava batendo nela. Ele a derrubou, e quando ela tentou se levantar, ele lhe deu um soco na cabeça. Por último, ela simplesmente ficou no chão. Ela se enrolou em posição fetal, cobrindo a cabeça com os braços, até que ele começou a chutar sua barriga. Quando ela afastou os braços, para se defender, ele se sentou em cima dela e bateu com sua cabeça no chão.

As cenas descritas estão causando um efeito visceral aos jurados, alguns deles cobrindo a boca em choque, outros cruzando os braços em um gesto protetor. É perfeito, é a reação que precisamos e com a qual estou contando. Mas a realidade do que Ellen Wells sofreu está pesando muito sobre mim.

Não faça isso, se concentre no julgamento, não no resultado emocional.

— Eu tentei derrubá-lo — Alex continua —, para tirá-lo de cima dela. Ele estendeu o braço para me bloquear, e eu caí para trás. Ele se levantou, me agarrou, e me derrubou antes de me dar um soco no estômago. Eu me esforcei muito para recuperar o fôlego. Acho que ele chamou meu nome… ou me chamou de algo… não consigo me lembrar, mas olhei para cima e antes que pudesse entender o que estava acontecendo, ele me deu um soco no rosto. Eu caí no chão e ele começou a gritar comigo para ficar de pé e lutar como um homem. Consegui me levantar, mas estava tonto, com a visão desfocada. Senti o punho dele golpear a lateral da minha cabeça, bem perto da orelha.

— E qual foi o resultado daquele golpe? — pergunto, concentrada em minhas anotações. Meu coração está acelerado, e é tudo o que posso fazer para manter a respiração normal. Não consigo olhar para ele neste momento. Vou começar a me desfazer aqui mesmo, e isso não vai nos fazer vencer este caso.

— Eu fiquei inconsciente.

— Você tem noção do tempo que ficou inconsciente?

Eu olho para ele, mas, felizmente, ele está dando sua resposta ao júri.

— Não, mas foi tempo suficiente para minha mãe sangrar internamente até a morte.

De canto de olho, vejo Hamilton se levantar de seu assento.

— Protesto, presume fatos que não estão em evidência.

— Concedido — o Juiz Franklin anuncia. — Sr. Stone, por favor, limite suas respostas aos fatos.

Alex assente e me encara. Seu ritmo respiratório acelerado se deve à expectativa da próxima pergunta. Eu daria tudo – se pudesse parar agora – para evitar esta parte de seu testemunho, porque isto vai ser tão doloroso para ele relatar.

— Quando você recuperou a consciência, o que encontrou?

Desviei o olhar, me concentrei no júri e fiz o que pude para afastar as emoções à flor da pele.

— Minha mãe estava deitada no chão. Tentei me levantar, mas não consegui, minha cabeça doía, e isso estava afetando meu equilíbrio. Tive que rastejar até ela. — Ele parou para tomar um pouco de água, o copo tremendo na mão quando o levou cuidadosamente aos lábios. Ele me encara por um momento, implorando com o olhar para que eu acabe logo com isso.

Quero dizer-lhe que sinto muito, que se pudesse, eu testemunharia por ele e o aliviaria deste fardo. Mas é aqui que ganhamos o júri. Nós os quebramos emocionalmente, os deixamos com as emoções afloradas, forçando-os a testemunhar a morte de Ellen através dos olhos de seu filho de quinze anos. Isto é o que ficará com o júri durante o resto do julgamento, o que eles, provavelmente, ainda sentirão quando forem deliberar, e essa empatia resultará em um voto de culpabilidade.

CLEMÊNCIA

— Leve o tempo que precisar — digo. Sei o preço que isto custará, e temo as consequências de apresentar seu maior sofrimento a estranhos.

— Sangue estava escorrendo de sua boca e nariz. Havia uma grande poça debaixo da cabeça. — Ele faz uma pausa e respira fundo. — Ela não conseguia respirar.

Hamilton se levanta de novo, inevitavelmente para protestar, no entanto, não posso permitir que ele interrompa o fluxo de Alex. Isto é muito importante. Não posso fazer Alex passar por tudo isso por nada.

— Como você sabe? — pergunto, pegando Alex desprevenido. Ele vira a cabeça para mim, com um olhar confuso.

— Quando ela expirava, havia um barulho sibilante. Dava para ver que ela estava lutando para inspirar... lutando por ar...

Alex abaixa levemente a cabeça, aperta a ponte do nariz e, em seguida, respira com dificuldade. Depois de pigarrear de leve, sacode a cabeça para que eu prossiga.

— O que aconteceu depois disso?

— Eu disse que ia pedir ajuda, mas ela me mandou esperar. Eu implorei para ela me deixar ligar para a emergência, mas ela me implorou para que eu ficasse ali ao seu lado. Ela segurou minha mão... e disse que queria passar o tempo que restava comigo... — Sua voz vacila, e ele abaixa a cabeça. Seus ombros estão tremendo. Quase caio no choro quando ele ergue a cabeça e deparo com seus olhos vermelhos e marejados.

— Eu sei... — Minha voz falha.

Fecho os olhos por um segundo e obrigo minhas emoções a permancecerem no canto mais obscuro da minha mente. Tenho que me desprender, ou nunca conseguirei continuar o testemunho de Alex. E eu preciso, desesperadamente, tirá-lo dali.

— Sei que isto é difícil, e lamento muito fazer você passar por isto, mas preciso que explique ao júri o que aconteceu.

Alex se vira para o outro lado, e uma parte minha sabe que não é apenas pela orientação em se dirigir diretamente ao júri. Ele está chateado, magoado, e sou eu que estou causando toda a sua dor.

— Ela tentou de tudo para falar comigo, disse que tinha coisas que precisava dizer. — Uma única lágrima desce pelo rosto dele. — Então ficou quieta. Eu me lembro de observá-la, esperando que dissesse algo mais. Ela respirou devagar, e depois deu uma expiração profunda. — Seu olhar agora está focado nas mãos sobre o colo. — E então ela se foi... para sempre.

A sala de audiências está extremamente silenciosa. Alguém funga às minhas costas. Alex está imóvel e quieto.

Deus, eu quero correr até ele, abraçá-lo e fazer o resto do mundo desaparecer para que só fiquemos nós dois ali..

— Senhorita Tate? — o juiz Franklin interpela, rompendo o silêncio. Eu olho para ele, e me lembro de onde estou.

— Nada mais, Meritíssimo.

CLEMÊNCIA

CAPÍTULO 25

Geoffrey Hamilton sobe à bancada, e não perde tempo disparando perguntas em Alex:

— Você odiava seu pai, não é mesmo, Sr. Stone?

— Odiava o que ele estava fazendo com minha mãe — Alex começa.

— Um simples "sim" ou "não" será suficiente — Hamilton o instrui. Alex me olha de relance e eu aceno com a cabeça. Ele olha para o júri, e diz:

— Sim, eu odiava meu pai.

Hamilton sai de trás da tribuna e dá um passo em direção à cabine do júri.

— E quanto à sua mãe, você se ressentia por não deixar seu pai, não é?

— Não. — Alex mantém o olhar focado no júri, nunca o desviando para Hamilton.

— Seja franco, Sr. Stone, você quer me dizer que não houve ressentimento algum por sua mãe não ter tirado você e seus irmãos desta suposta situação abusiva?

— Protesto, Meritíssimo — digo, antes que Alex possa responder. — A pergunta feita já foi respondida.

— Concedido — afirma o Juiz Franklin. — Próxima pergunta, Sr. Hamilton.

— O senhor tem problemas de controle de raiva, Sr. Stone?

— Não.

— Não? — Hamilton bufa, mas Alex não olha para ele, apenas continua a encarar o júri. — Se eu perguntasse a seus amigos, família e associados, eles testemunhariam que você tem problemas para controlar a raiva?

Estou de pé novamente.

— Protesto, especulação. O Sr. Stone não pode testemunhar sobre o que outras pessoas diriam.

O juiz suspira.

— Concedido. Siga em frente, Sr. Hamilton.

Hamilton pigarreia, endireita a gravata e volta a recorrer às suas anotações na tribuna. Ele folheia algumas páginas até encontrar o que procura, e se aproxima mais uma vez de Alex.

— A verdade é que seus irmãos tinham medo de você, não é?

— Não — Alex responde sem emoção.

Sou obrigada a olhar para meus pés para esconder o largo sorriso e reprimir o riso. Alex está fazendo exatamente o que o orientei a fazer – e o que Hamilton insistiu que ele fizesse –, dando respostas curtas. Pela maneira como Hamilton está passando as mãos no cabelo, eu diria que Alex está deixando o advogado realmente perturbado.

— O senhor está em negação, Sr. Stone?

Eu me levanto e dou um suspiro exasperado que precede minha objeção.

— Sua Excelência, este é um interrogatório inapropriado. O advogado de defesa está tentando importunar a testemunha, num esforço para fazê-lo perder a calma.

— Concedido. A defesa se limitará às perguntas sobre questões relevantes — o juiz adverte Hamilton, e eu tomo meu lugar. — E, Srta. Tate, nada de estardalhaço durante suas objeções.

Hamilton olha para mim por cima do ombro, e tento de tudo não saltar por sobre a mesa e arrancar aquele sorriso arrogante do rosto. Ele volta a se concentrar em Alex, organiza dos papéis e endireita os ombros.

— Sr. Stone, você esperou que seu pai saísse de casa, e depois estrangulou sua mãe até a morte...

— Protesto! — Eu me levanto tão rápido que minha cadeira chega a oscilar para trás.

— Ligou para a polícia e mentiu para eles... — provoca Hamilton.

Matt também se levanta de um salto, gritando a objeção.

— Meritíssimo? — grito.

— E incriminou seu pai pelo assassinato de sua mãe quando ela morreu pelas suas mãos?

O tribunal está em frenesi, um murmúrio baixo da galeria se mistura com os arquejos de algumas juradas. Eu olho para Alex. Seus músculos da garganta se contraem, e um tom de vermelho profundo cobre o pescoço e o rosto. Ele olha para mim, e eu mantenho contato visual, desejando poder, telepaticamente, lembrá-lo de permanecer calmo. Respiro fundo, prendo o fôlego e exalo inúmeras vezes.

CLEMÊNCIA

165

O juiz Franklin bate o martelo, o som reverberando por toda a sala de audiências. Em seguida, aponta o objeto para Hamilton.

— Você conhece o procedimento do tribunal quando há um protesto, Sr. Hamilton. Se não puder seguir as regras, e se abster de mais questionamentos até que eu tome uma decisão, você será julgado por desacato ao tribunal. Isso está claro?

— Sim, Meritíssimo — diz Hamilton, com fingida humildade. — Peço desculpas ao tribunal.

O juiz pigarreia de leve e se volta para mim.

— Agora, Srta. Tate, quais são suas objeções?

— Assume fatos que não estão em evidência. Insulta a testemunha. Pergunta complexa. Relevância.

— Concedido. Tem alguma outra pergunta para esta testemunha, Sr. Hamilton?

— A defesa finalizou com esta testemunha — Hamilton dispara.

— Algum contra-argumento, Srta. Tate?

— Não, Meritíssimo.

Matt se remexe ao meu lado, provavelmente questionando minha decisão, mas estou seguindo minha intuição. O júri sente empatia por Alex e pelo que ele teve que passar aos quinze anos. E eles acabam de testemunhar a defesa tentando dilacerá-lo em um momento vulnerável, o acuando. Alex não mordeu a isca, e o júri agora também simpatiza com ele, enquanto encara James Wells e seu advogado com um olhar cético.

— Sr. Stone, você está liberado — diz o juiz Franklin. — Chame sua próxima testemunha, Srta. Tate.

Eu folheio meu bloco até encontrar as perguntas ali escritas, e dou um olhar de relance quando Alex passa por mim e sai direto da sala do tribunal. Eu gostaria de ter dado a ele algum tipo de apoio, um polegar para cima, um piscar de olhos e um sorriso, qualquer coisa, mas isso destruiria tudo o que acabamos de fazer. O júri poderia ver isso como se tivéssemos armados, da mesma forma que a defesa tentou fazer. Eu o verei mais tarde e mostrarei meu apoio de uma forma mais privada.

— O Estado chama o detetive Kent Markinson — anuncio.

Markinson entra na sala de audiências e consegue encaixar o corpo volumoso e as longas pernas no banco das testemunhas. Seu cabelo escuro agora apresenta algumas mechas grisalhas nas têmporas e ao redor das orelhas, mas as rugas profundas na testa, que o deixa com um semblante fechado e permanente, retratam uma carreira que o envelheceu de maneira inimaginável.

— Detetive, qual foi seu papel durante a investigação do assassinato de Ellen Wells?

Markinson puxa o microfone para mais perto da boca, pigarreia e se vira para o júri.

— Fui o principal detetive designado para o caso. — Sua voz é gutural e mais profunda do que me lembro de nossas conversas telefônicas.

— Pode me dizer o que o levou a ser designado para este caso? — pergunto.

— Recebemos uma chamada de emergência de um jovem homem declarando que a mãe estava morta.

Eu aceno para Lisa para preparar a gravação no laptop.

— Neste momento, Meritíssimo, o Estado gostaria de apresentar a chamada de emergência como prova A e reproduzi-la para o júri.

Franklin olha por cima da armação dos óculos para Hamilton, que diz:

— Sem objeções.

Eu observo os rostos dos jurados enquanto eles ouvem a fita da polícia. Cada um deles parece estar abalado, e um casal tem lágrimas nos olhos conforme ouvem Alex explicar que sua mãe está morta. Ao terminar, faço uma pausa e permito que as palavras, a emoção visceral na voz de Alex, sejam assimiladas. Quero que os jurados se lembrem facilmente de como se sentem agora, quando voltarem para a sala do júri e tiverem que tomar uma decisão.

— Detetive Markinson, quando você chegou ao local, o que encontrou?

O detetive tira um par de óculos de leitura do bolso interno do paletó, e folheia o arquivo à sua frente para refrescar a memória.

— Um jovem, de aproximadamente quinze anos de idade, atendeu à porta e nos mostrou a sala de estar onde encontramos uma mulher caída no chão.

— E qual era a condição da mulher?

— Ela estava morta.

Circulo a tribuna e me afasto alguns passos da cabine do júri.

— Você pôde identificar a vítima?

Markinson retira os óculos e os coloca sobre a mesa à frente.

— Sim, segundo o jovem rapaz, a vítima era sua mãe, Ellen Wells. Isto foi confirmado pelo médico-legista mais tarde naquela noite.

— E quem era o jovem?

— Alex Stone. Naquela época, seu sobrenome era Wells.

CLEMÊNCIA

— Meritíssimo, eu gostaria de exibir a prova B do Estado e admitir o mesmo como evidência.

— Não há objeção, Meritíssimo — diz Hamilton.

Matt me entrega a caneta-laser, e eu me aproximo mais da tela de projeção. A foto mostra a sala de estar da casa de infância de Alex. Itens quebrados maculam a sala, uma mesa está tombada, e no canto inferior direito se encontra o corpo de uma mulher, de bruços. Por mais vezes que eu tenha visto esta foto, ela ainda me abala, e preciso lutar contra as lágrimas.

Fotos de cenas do crime, normalmente, não me afetam emocionalmente. Na verdade, houve apenas dois casos que me levaram às lágrimas, e este é um deles. Ver a mãe de Alex, com a cabeça acima de uma poça de sangue, os olhos ainda abertos, me estilhaça. Eu lamento por uma mulher que nunca conheci, mas que deu vida ao homem que mais amo neste mundo.

— Direciono sua atenção para a foto que está na tela. Detetive, a cena do crime é consistente com a história que o Sr. Stone lhe contou naquela noite?

O detetive desliza os óculos mais uma vez pela ponte do nariz, espreita por cima da armação e analisa a tela por um momento. Em seguida, ele se volta para o júri e afirma:

— Sim, um exame preliminar parecia estar de acordo com o que o jovem relatou sobre o ocorrido.

Atravesso a sala do tribunal e reassumo meu lugar diante do júri, deixando, intencionalmente, a horrível foto da cena do crime na tela.

— Qual era o comportamento do Sr. Stone quando você falou com ele?

— Era evidente que ele estava chorando, os olhos estavam injetados, o rosto manchado de lágrimas. Mas naquela altura, ele parecia estar em choque. Seus olhos estavam vagos. Ele respondeu às perguntas, mas estava mais preocupado em voltar para perto dos irmãos, que se encontravam no quarto.

Dou um sorriso singelo para o homem e aceno com a cabeça.

— Obrigada, detetive. Nada mais, Meritíssimo.

— O Sr. Stone não fez uma declaração oficial por algum tempo após o assassinato de sua mãe, não é verdade, Detetive? — Hamilton se inclina casualmente para trás em sua cadeira e espera por uma resposta.

Babaca arrogante.

— Correto — Markinson afirma. — Ele não foi entrevistado por várias horas. Creio que somente na tarde seguinte que ele entrou na delegacia.

Hamilton acaricia o queixo.

— E esse é o procedimento policial habitual?

Markinson dá de ombros, inclinando de leve a cabeça para o lado e franze o cenho.

— Não. Costuma acontecer, de vez em quando, mas preferimos que as testemunhas sejam entrevistadas o mais rápido possível.

— E quando o Sr. Stone finalmente chegou, ele estava sozinho?

— Não. — Markinson confere o arquivo e depois ergue a cabeça. — Jack Daniels o acompanhou até a entrevista.

Hamilton se levanta e sobe à tribuna.

— Jack Daniels, o conhecido advogado criminalista?

— Sim…

— Obrigado — Hamilton interrompe o detetive. — Com a permissão do tribunal, gostaria de repetir um trecho da chamada de emergência.

O Juiz Franklin me avalia, e eu assinto em concordância.

— Sem objeções, Meritíssimo.

O choro de um jovem Alex é ouvido mais uma vez através do alto-falante da sala de audiências. Sua voz é baixa, rouca, e é difícil entender o que ele está dizendo.

— *É tudo culpa minha… ela está morta e é tudo culpa minha.*

— O Sr. Stone afirma que a culpa é dele, não é verdade? — pergunta Hamilton. Dou uma olhada de esguelha para o júri, mas o semblante da maioria permanece cético.

— Sim… — Markinson responde, mas Hamilton o interrompe novamente:

— No decorrer de sua investigação, você se deparou com alguma denúncia de violência doméstica na casa dos Wells?

Markinson consulta suas anotações.

— Não.

Hamilton volta para a mesa da defesa e se senta.

— Obrigado, Detetive. Nada mais.

CLEMÊNCIA

Chego à tribuna antes mesmo de o juiz perguntar se tenho perguntas de réplica.

— Você achou estranho o Sr. Stone ter sido acompanhado por Jack Daniels na entrevista na delegacia de polícia?

— Protesto — diz Hamilton.

— Meritíssimo, o detetive Markinson é um policial experiente com mais de quarenta anos de carreira. Sua opinião é permitida como um especialista sob as regras da evidência.

— Negado. — O juiz Franklin diz: — Você pode responder à pergunta, Detetive.

Markinson assente.

— Não, com base na idade do Sr. Stone na época, e no fato de ele ser menor de idade, não era nada incomum que ele estivesse acompanhado por um adulto. O Sr. Daniels se apresentou como um amigo íntimo da família. Ele explicou que os guardiões legais de Alex estavam lidando com as três crianças menores, então foi decidido que o Sr. Daniels levaria Alex à delegacia.

Ando à frente da tribuna e me posto diante do júri, cruzando casualmente os braços. Processos judiciais têm muito a ver com a apresentação do caso, incluindo as impressões que o júri recebe dos advogados. Gosto de passar um ar de confiança descontraída.

— Então, por que demorou tanto tempo para o Sr. Stone ser chamado à delegacia?

— Tendo em vista o que ele havia passado na noite anterior, a maior preocupação se devia ao episódio onde ele perdeu a consciência. Além disso, o diagnóstico de seu médico atestava que Alex estava em estado de choque. Era improvável que algo útil fosse extraído, caso o sobrecarregássemos antes de sua plena recuperação.

Markinson sabe como lidar com o júri. Eles se agarram a cada palavra dele e acreditam em tudo o que ele diz. Ele se mostra não apenas entendedor do assunto, mas respeitoso, e é claro que eles gostam dele. Isso é muito bom para o nosso lado.

Eu aceno e inclino a cabeça ligeiramente para um lado.

— Em relação à chamada de emergência, você considerou a declaração do Sr. Stone, citando: "Foi minha culpa", como uma admissão de seu envolvimento físico na morte da mãe?

Markinson balança a cabeça em negativa.

— Não, é claro que ao ouvir a declaração em sua totalidade, o Sr. Stone estava expressando culpa por não poder ajudar a mãe.

— Mais uma pergunta, Detetive. — Dou uma rápida olhada para os jurados e sorrio, o que suscita alguns suspiros de alívio e alguns sorrisos em troca. — Em seus anos de experiência como investigador, existem circunstâncias em que casos de violência doméstica nunca são relatados?

Markinson se inclina para frente em seu assento, e olha diretamente para o júri, o comportamento agora sério.

— Isso é mais frequente do que pensam, infelizmente. Um agressor violento controla os outros com medo. Não é raro o comportamento abusivo ser encoberto pelos abusados, protegidos pelas próprias pessoas que são prejudicadas. É tanto abuso psicológico quanto físico.

Libero o detetive e desabo na cadeira, enquanto o juiz encerra a sessão do tribunal.

Primeiro dia, e já estou física e emocionalmente esgotada. Mas tenho certeza de que não se compara à dor com a qual Alex está lidando.

Verifico o corredor fora da sala do tribunal, mas não há sinal dele. Eu ligo o celular, e uma mensagem de Jake surge, informando para ligar para ele assim que eu terminasse. Nada de Alex, e, por alguma razão, isso me angustia. Não é do feitio dele sair sem me avisar, a não ser que ele esteja chateado.

Eu fico ao lado das janelas e ligo para Jake.

— Ei, onde vocês estão? — pergunto, quando ele atende.

— Bem na frente, do lado de fora. Você precisa que eu entre? — inquire.

— Não. Alex está com você?

— Não, ele está em casa.

Meu batimento cardíaco acelera e a boca fica seca.

— Quando ele saiu?

— Logo depois que testemunhou — Jake diz em voz baixa, o que envia um arrepio pela minha coluna espinhal.

— Ah.

Merda. Algo está errado.

Nenhum sinal de Alex, a resposta de Jake... Meu bom humor está se esvaindo rapidamente. De repente, estou em conflito, quero ir para casa e resolver qualquer problema que Alex esteja enfrentando, mas há uma parte minha que quer se manter à distância, permanecendo focada no caso para

CLEMÊNCIA

171

evitar o que poderia se transformar em uma briga.

Alex fez tudo o que instruí hoje. Ele pode ter vencido este caso sozinho para a promotoria. Devo a ele a chance de desabafar, e ajudar no processo. *Chega de fugir quando as coisas se tornam difíceis.*

— Okay, só vou pegar minhas coisas, e já desço.

CAPÍTULO 26

Jake me deixa na porta da frente, e sigo o corredor até a biblioteca, largando a pasta em cima da mesa. Avisto o brilho suave do escritório de Alex, diretamente do outro lado. Eu tiro os saltos, e ao chegar à porta, dou uma espiada no cômodo. Alex está sentado no sofá, ainda vestido com o terno, mas a gravata desapareceu e os botões superiores da camisa social estão abertos. E ele está bebendo. O que me leva a perguntar: quanto já ingeriu e por quanto tempo?

Sento-me ao seu lado no sofá, retiro o copo de cristal de sua mão e tomo um gole do uísque maltado de vinte e cinco anos. Normalmente, não gosto de uísque, mas adoro o sabor adocicado que desliza pela garganta, e o toque picante ao final. Além disso, há o benefício adicional de compartilhar algo do qual Alex gosta. Ele ainda não disse uma palavra para mim, e suponho que esteja sentado aqui fervilhando por um tempo.

Devolvo o copo e coloco minha mão sobre o peito forte.

— Você foi embora.

— Sim — ele concorda, mas não olha para mim.

— Você está bem?

Ele esfrega o queixo com a mão livre e encara o teto.

— Hmmm, será que estou bem? Bem, vejamos, tive que contar a um tribunal cheio de estranhos como vi minha mãe morrer bem na minha frente, depois fui acusado de estrangulá-la. E durante tudo isso, a mulher que amo mais do que minha própria vida me ignorou. — Ele entorna o restante do *Macallan* e se inclina para frente para pegar a garrafa na mesa de centro. — Então, para responder à sua pergunta, não, eu não estou bem.

Seguro seu ombro e o obrigo a sentar-se diante de mim para que eu possa ver seu rosto.

— Querido, você sabe como sou quando estou atuando no tribunal. Tenho que me desligar das emoções ou corro o risco de perder o foco. Ou não perceber algum detalhe importante e estragar o caso inteiro. — Seguro seu rosto entre as mãos e o viro em direção ao meu. — Lamento muito não poder oferecer mais apoio. Não foi porque eu não quis ou não pudesse ver o quanto você estava destroçado. Eu mal conseguia manter a calma.

Alex dá uma risada de escárnio e se afasta do meu toque. Agarro seu queixo e o obrigo a olhar para mim novamente. Estou sentindo meu corpo ferver.

— Você realmente acha que não fui afetada pelo seu testemunho?

Ele entrecerra os olhos, mas não desvia o olhar.

— Eu sei quanta dor e angústia aquilo causou, Alex, e precisei me esforçar ao máximo para não me desfazer ali mesmo, durante o seu testemunho. Você não tem ideia do quanto eu queria bater no Hamilton durante o interrogatório.

Meu coração está martelando loucamente, as batidas ecoam pelo meu corpo e a primeira corrente de lágrimas desliza pelo meu rosto.

— Tudo o que posso fazer é o que faço de melhor: advogar e vencer este caso. É a única maneira de mandar aquele nojento de volta para a prisão pelo resto da vida. Para fazer isso, tenho que me afastar do lado emocional durante a sessão no tribunal. Não conheço outra maneira de lidar com isso. Ainda mais neste caso, pois sei o quanto você e sua família dependem de mim. Isto é igualmente pessoal para mim. Este é o homem que assassinou sua mãe, a mulher a quem devo tanto por fazer de você o homem incrível que eu amo.

— Eu sei — Alex sussurra. — Não tem nada a ver contigo. Estou descontando em você porque não sei como encarar a verdade.

Enfio meus dedos por entre os fios de seu cabelo, em uma carícia para consolá-lo.

— Que verdade?

— Que Hamilton está certo. Sou responsável pela morte da minha mãe. Eu sabia naquela noite. Sempre soube disso. Eu simplesmente não podia aceitar. Ela estaria viva se eu tivesse ligado para a polícia antes.

A tristeza me domina. Rasga meu coração ver Alex desta maneira, assumindo toda a responsabilidade pela morte da mãe enquanto o pai tenta escapar disso.

— Você não tem como saber isso, Alex. Ela poderia ter morrido enquanto você estava ao telefone, e então você não teria ouvido todas as coisas que ela precisava lhe dizer antes de morrer.

Alex se vira para mim e repousa a cabeça no meu ombro.

— Deus, sinto tanta falta dela, Kylie. Eu gostaria que ela estivesse aqui, para que pudesse ver o quanto seu amor me presenteou. Como você me forçou a reavaliar minha vida. — Ele levanta a cabeça, os olhos marejados, mas é a tristeza que bejo neles que me dilacera. — Ela teria te amado tanto quanto eu amo.

— Eu a vejo em você, eu a conheço através de você. Seu pai pode ser incapaz de amar, mas sua mãe tinha uma abundância disso. Quando ela morreu, passou esse amor para você, e agora sou a sortuda destinatária dele. Você não matou sua mãe, Alex, e não pôde salvar sua vida, mas ela está longe de estar morta. Você a mantém viva, honrando seus últimos desejos. Você protegeu Patty, Will e Ellie. O maior presente que você pode lhe dar é amar, com tudo que tem, e acreditar que merece esse tipo de amor em troca. E se perdoar por coisas que estão fora de seu controle.

Nós ficamos ali em silêncio, e eu o abraço da maneira como ele faz comigo quando estou sofrendo. Os demônios de Alex o estão emboscando, mentindo para ele, murmurando que ele é o culpado. E ele acredita neles, seguindo-os para as trevas, onde ele é convencido de é indigno de amor.

— Não lhes dê ouvidos, Alex — murmuro. — Não vá para o lugar de escuridão. Fique aqui na luz comigo. Você tem todo o meu amor porque o merece, e não há ninguém a quem eu pudesse amar mais.

Luz. Parece tão perto em alguns dias, e ainda assim, em dias como hoje, tão distante. Pergunto-me se alguma vez teremos paz de verdade, se baniremos nossos demônios de volta ao inferno, e existiremos somente dentro da luz. Só será possível se lutarmos contra eles juntos.

O primeiro passo é garantir que James Wells passe o resto da vida atrás das grades.

O segundo é nos livrar de John de uma vez por todas.

CLEMÊNCIA

CAPÍTULO 27

— O Estado chama Theodore Loftus para depor.

O burburinho na sala do tribunal cessa quando o homem com semblante gentil e rechonchudo, olhos cinza-claros ornados por sobrancelhas brancas e grossas segue até o banco. Mesmo aposentado, o Dr. Loftus está impecavelmente vestido com um terno Givenchy azul-escuro.

— Dr. Loftus, qual era sua ocupação? — pergunto.

— Fui médico legista do condado por mais de quarenta anos — ele responde, olhando diretamente para mim. Já faz algum tempo que ele testemunhou em tribunal, e, aparentemente, esqueceu alguns dos truques do ofício.

— E você está aposentado?

— Sim. — Acena com a cabeça e sorri. — Há mais de seis anos.

Eu passo por trás da tribuna e me aproximo da cabine do júri, sendo seguida pelo olhar do médico. Ou ele vai pegar a dica e direcionar suas respostas para os jurados, ou podemos fingir e esperar que o júri pense que ele está falando diretamente com eles.

— Você pode me dizer a causa da morte no assassinato de Ellen Wells?

— A senhora Wells morreu de uma lesão cerebral traumática. A autópsia revelou uma hemorragia intracraniana significativa como resultado de uma hérnia cerebral.

— E você pode explicar, em termos leigos, o que é isso?

— Ah, sim, sim... é claro. — Ele se vira em direção ao júri. — Uma hemorragia intracraniana é simplesmente uma hemorragia cerebral. Uma artéria no cérebro se rompe e sangra. Quando isto ocorre, a hemorragia começa a matar as células cerebrais. Agora, com a lesão cerebral sofrida pela Sra. Wells, a pressão provocou o deslocamento dos tecidos e produziu inchaço dentro do cérebro.

Volto à tribuna e agarro o bloco com minhas anotações. Escaneio rapidamente a pesquisa que Lisa fez sobre as lesões cerebrais, e uma seção desperta minha curiosidade.

— Poderia a Sra. Wells ter sido salva se ela tivesse assistência médica cerca de dez a vinte minutos antes de sua morte?

O Dr. Loftus inclina a cabeça para o lado e me encara, aparentemente, pensando com seriedade na pergunta e a resposta a ser dada.

— Não, naquele momento, não haveria como salvá-la. Seus ferimentos eram muito graves. Ela precisava de cuidados médicos logo após a contusão para que houvesse qualquer esperança de sobrevivência.

Olho para Alex por sobre o meu ombro, sentado na fileira da frente da galeria, e ele apenas assente sutilmente.

Eu sorrio para o Dr. Loftus.

— Não tenho mais perguntas.

Matt se inclina para perto de mim assim que me acomodo, e sussurra:

— Você tinha alguma ideia de como o bom doutor responderia a essa última pergunta?

Eu o ignoro e continuo organizando minhas anotações.

Matt exala.

— Um joguinho perigoso, promotora.

Dou de ombros.

—Temos o que precisávamos.

— E por nós, você quer dizer Alex, né?

Hamilton se levanta e me oferece uma fuga da inquisição de Matt.

Arriscado, sim, mas o retorno vale a pena.

— A defesa não tem perguntas para o Dr. Loftus — Hamilton anuncia.

O Juiz Franklin ajeita os óculos na ponte do nariz e lança, por cima do aro, um olhar para mim. Eu me levanto e me dirijo ao tribunal:

— O Estado não tem mais perguntas, Meritíssimo.

CLEMÊNCIA

CAPÍTULO 28

Jake encosta em frente a um novo restaurante, a poucos quarteirões do tribunal. Alex segura minha mão e me guia para o interior do estabelecimento. Mesas de carvalho e metal se alinham às paredes de tijolos aparentes e de cor bege. Várias obras de arte estão penduradas, todas assinadas por artistas locais aspirantes.

Alex aperta a mão de um homem que cumprimenta os clientes, e que prontamente pega dois cardápios e nos conduz a uma adega separada da área principal de jantar. Garrafa após garrafa preenchem as paredes, aninhadas em suportes metálicos. Uma lareira estreita, de vidro e a gás, está embutida em uma parede de pedra. Apenas duas mesas estão aqui, junto com alguns barris de vinho e um par de poltronas reclináveis de couro de frente à lareira.

Um jovem trajando um uniforme de *chef* surge às nossas costas e dá um tapinha no ombro de Alex.

— Estava me perguntando quando você viria conferir seu investimento.

Alex ri, aperta a mão do homem e gesticula para mim.

— Kylie, este é Patrick, o proprietário e mente criativa deste estabelecimento, e um dos melhores *chefs* ao redor.

— Sócio — Patrick o corrige, e aperta minha mão, com um amplo sorriso.

— É um prazer conhecê-lo. — Confiro o menu, notando que todos os ingredientes são locais e os fazendeiros estão listados ao lado de cada item. O cheio de alho e manjericão se infiltram no ar, com toques de cebola e bacon, e meu estômago me lembra que minha tigela de cereais foi digerida há muito tempo. — Tudo parece maravilhoso.

— Além de só comprarmos de produtores locais, temos pratos servidos a critério do cliente, pense nisto como algo similar a um jantar italiano

— explica Patrick. —Você pode degustar de uma refeição saborosa, recheada, apoiar a comunidade agrícola local, e nem precisa enfrentar um coma alimentar quando sair daqui.

— É uma ideia brilhante. — Olho para o cardápio novamente. Se a comida for tão boa quanto as descrições, não tem nenhuma escolha ruim.

— Não teria sido possível sem este homem — diz Patrick, apontando para Alex com profunda gratidão no olhar. Sua atenção é atraída para o lado de fora. — É melhor eu voltar para a cozinha. Parece que o pico do horário de almoço está com força total. — Aperta nossas mãos novamente e dá um aceno ao sair.

Tomo um gole de água e observo Alex ainda examinando o cardápio. Ele vai mesmo ficar em silêncio e não explicar?

— Então, você investiu neste negócio e tem um percentual de sociedade?

— Sim — admite, olhando para a sala de jantar principal. — Pensei que era um excelente conceito, então forneci os recursos iniciais e negociei um acordo por este edifício.

— Como… quando… isso se desenrolou?

— Quando você estava em coma. É uma das lembranças mais felizes daquele período. — Seus olhos se tornam um pouco distantes, e um lado da boca se curva num breve sorriso, quando ele me encara mais uma vez. — Excluindo o dia em que você acordou, é claro.

Ele toma um grande gole de sua água, e eu apenas o encaro, esperando, pacientemente, o resto da história.

— Patrick estava no hospital, vendendo sanduíches e outros itens para os enfermeiros e médicos. Eu estava no posto da enfermaria, e nós começamos a conversar, daí ele apresentou sua ideia para este restaurante. É claro que ele pensou que isso não aconteceria por alguns anos, mas depois de ter comido sua comida por algumas semanas, não consegui encontrar uma razão para que ele esperasse. Então, me ofereci para ajudar.

— Uau. — Abano a cabeça e rio. — Sua generosidade nunca deixa de me surpreender.

— Bem, ele me ajudou tanto quanto eu o ajudei. Eu estava ficando louco, esperando que você recuperasse a consciência, e Patrick ofereceu uma distração bem-vinda contra o medo de que você nunca mais acordasse.

Estendo a mão sobre a mesa e aperto a dele.

— Você não pode se livrar de mim tão facilmente, Sr. Stone. Pretendo estar por perto para deixá-lo louco por muitos anos.

CLEMÊNCIA

179

Seus olhos brilham, o sorriso se amplia, e meu coração incha.

— Estou esperando por cada minuto, Srta. Tate — declara, erguendo minha mão aos lábios.

Alex recebeu uma ligação quando saímos do restaurante, então Jake me deixou no tribunal antes de levá-lo de volta à Stone Holdings.

— Só preciso pegar algumas coisas da minha mesa antes de voltar ao tribunal esta tarde — diz ele, me dando um beijo rápido.

Olho para meu relógio, grata por ter muito tempo antes que a sessão retorne, e decido tomar as escadas para o quarto andar.

Na metade do caminho para o segundo andar, a pesada porta de metal se fecha no térreo, e o som ecoa através do espaço vazio. Os passos martelam os degraus e depois se silenciam, fazendo uma pausa no primeiro andar. A pessoa diz algo, mas as palavras soam abafadas quando chegam até mim. Eu me esforço para ouvir o que está sendo dito, caso a pessoa precise de algum tipo de assistência, mas, principalmente, curiosa.

— Kylie. — Meu nome flutua pelo ar, quase como se estivesse sendo carregado pelo vento, mas só há ar estagnado na escadaria.

Estou ouvindo coisas. A paranoia está levando a melhor sobre mim.

— Estarei sempre perto, Kylie. — O sussurro soa em desacordo com os passos que podem ser ouvidos nas escadas mais uma vez, firmemente avançando na minha direção.

Estou congelada no lugar, o som dos meus batimentos pulsam na minha cabeça, e a área da minha psique que lida com o medo está gritando para que eu saia dali. Mas à medida que os passos se aproximam, eu continuo paralisada. Aperto o botão do meu celular para ligar para Alex. *Sem serviço.*

— Não importa onde você esteja, estarei perto de você.

A voz de John ressoa em minha mente, e isso desencadeia minha reação de fuga. Puxo a maçaneta da porta para escapar, mas está trancada ou emperrada, não sei dizer. Quem quer que seja – *é o John, só pode ser ele* –, está decidido a me assustar.

Subo os degraus às pressas, para o próximo andar, e puxo a maçaneta da porta do terceiro piso. Trancada.

Risos diabólicos ecoam pelo ambiente. Corro para o quarto andar. Meu nome é entoado entre as passadas pesadas. Torço a maçaneta e me debruço em cima dela.

Por favor, abra, por favor, abra.

Os pés se chocam contra os degraus metálicos. Uma estrondosa marcha da morte.

Esmurro a porta.

Ele agora está no patamar entre o terceiro e o quarto andar. Sufoco um grito preso na garganta, as mãos agora estão adormecidas, mas isso não me impede de esmurrar com mais força na porta.

Vire-se. Enfrente logo esse desgraçado!

Meu cérebro está flutuando em um mar de desespero e medo. *Dê um chute nele, veja-o cair para trás e se chocar contra os degraus com força suficiente para fraturar a coluna. Não o deixe vencer!*

Abaixo os punhos cerrados, recuando em meus passos e fechando os olhos em uma tentativa desesperada de criar coragem. Girando lentamente, abro os olhos.

Clique.

A porta da escadaria se abre. Consigo me distanciar antes de ser atingida, e um homem pisa no patamar.

— Jake — suspiro, enviando uma prece de agradecimento aos céus. Jake me encara como se eu tivesse um terceiro olho.

— O que está acontecendo? — pergunta ele. — Por que você estava batendo na porta?

— Não consegui sair, estava emperrada, eu acho. — Espreito o olhar pela escadaria, esperando ver John, com seu sorriso maligno obscurecendo suas feições.

Não há ninguém.

Jake segue meu olhar.

— Para onde você está olhando?

Merda, ele vai acreditar em mim?

— Alguém está me perseguindo.

Ele entrecerra os olhos.

— Como você sabe que a pessoa não estava indo para um dos andares inferiores?

— Ele estava subindo as escadas, e estava quase atrás de mim quando você abriu a porta.

— Ele quem?

Inspiro lentamente pelo nariz, me preparando para sua reação, meu estômago, de repente, embrulha.

— John.

Jake balança a cabeça, descendo os degraus que levam ao andar inferior.

— Você tem certeza? Você realmente o viu? — sonda, com o cenho franzido.

CLEMÊNCIA

Eu mordo meu lábio.

— Não exatamente. — Minha voz soa débil e incerta, e, puta merda, isso me irrita. Odeio estar sempre assustada, incapaz de lidar com isso. — Eu conheço a voz dele, Jake. Ele estava chamando meu nome, zombando de mim, tentando me assustar.

— Parece que funcionou. — Coça o queixo e me encara com... o quê? Pena? Preocupação? — Você deveria ir para o tribunal. Vou verificar a escadaria e o primeiro andar... ver o que posso encontrar.

Eu aceno.

— Obrigada, Jake. — Porém sei que ele não acredita em mim. Eu mesma mal acredito em minha história, então não posso realmente culpar o ceticismo dele, mas isso não ameniza a mágoa.

Eu me acomodo na cadeira da mesa da acusação, e acabo dando um susto em Matt, que me encara com uma sobrancelha arqueada.

Levanto a mão, para interrompê-lo.

— Não pergunte. — Felizmente, ele assente e se concentra em suas anotações.

Abro minha pasta e pego as anotações, avaliando cada uma delas e deixando de lado as que serão necessárias apenas com a testemunha da tarde. Meu ritmo cardíaco está quase de volta ao normal, o conforto deste lugar familiar me concentra, então bloqueio tudo o que ocorreu na escada.

Não há tempo para pensar no que aconteceu. Preciso colocar a armadura e me preparar para esta batalha. Meu foco tem que estar aqui, pois é aqui que estou no meu melhor, na frente de um júri, argumentando o meu caso. Tudo o mais terá que esperar.

Todos se levantam quando a porta da câmara se abre e o juiz Franklin se aproxima de seu assento, com o manto esvoaçando às suas costas como as asas negras de um corvo. O júri se apresenta e toma seus lugares. Todos eles parecem estar envolvidos no caso, mas os primeiros sinais de cansaço são evidentes em seus olhos um pouco decaídos.

O juiz se senta, e todos seguem o exemplo, exceto Geoffrey Hamilton, que sobe à tribuna e chama sua primeira testemunha.

CAPÍTULO 29

— A defesa chama o Dr. Roger White para depor.

O oficial de justiça escolta um homem de aparência severa, com cabelo grisalho e barba bem aparada, além de uma testa franzida que parece ser esculpida em seu rosto. Ele anda mais devagar, e o olhar se volta para mim. Ele endireita a postura e marcha em direção ao banco das testemunhas.

Matt me relanceia um olhar, questionando o que foi tudo aquilo, mas tudo o que posso fazer é dar de ombros. Não tenho ideia de qual é o problema do Dr. White comigo, já que nunca tinha visto o homem antes de hoje. Observo o perito forense da defesa. Seu queixo se ergue com confiança, as costas eretas, pernas cruzadas. No geral, ele é uma presença imponente na sala de audiências.

— Dr. White, é procedimento comum tirar fotos durante autópsias? — Hamilton pergunta depois de apresentar a testemunha para o júri.

— É, sim — White responde, fazendo contato visual com os jurados.

— Posso me aproximar da testemunha? — Hamilton dirige-se ao juiz Franklin, recebe uma afirmação com um movimento de cabeça, e caminha até o banco das testemunhas. — Você teve a oportunidade de examinar estas fotos?

White analisa as fotos, fazendo uma breve pausa em cada uma delas, e depois as devolve.

— Sim, são da autópsia de Ellen Wells.

— Neste momento, Meritíssimo, a defesa pede para admitir as fotos como evidências e entregá-las ao júri.

Há um burburinho na fileira da frente da sala, bem atrás de mim, e quando me viro, avisto Patty, Ellie e Francine deixando a sala de audiências. O corpo de Alex está tensionado, o semblante fechado e os olhos entrecerrados e vidrados na testemunha. Eu olho para Harold e Will e lhes dou um pequeno sorriso.

Matt está ao meu lado.

— Sem objeções.

Volto a me concentrar no perito, e vejo Hamilton inspecionando a foto da cena do crime na tela grande.

— Por favor, explique ao júri o que você concluiu de seu exame das fotos da cena do crime e da autópsia.

— Como vocês podem ver — White aponta com o laser para a tela —, marcas de estrangulamento, ou contusões, aparecem ao redor da garganta da vítima. — Ele faz círculos largos ao redor dos hematomas arroxeados na pele de Ellen Wells.

— E o que isso indica, doutor? — pergunta Hamilton. Os jurados avaliam a foto, alguns se inclinando em total concentração, outros rabiscam em seus blocos de notas.

White desliga o laser, brinca com a gravata e se vira para enfrentar a cabine do júri.

— Indica que os ferimentos são mais consistentes com o estrangulamento sendo a causa da morte. — White me lança um olhar de canto de soslaio, mas sua expressão facial permanece a mesma, estoica e segura de si, e tenho a impressão de que ele está, de alguma forma, zombando de mim.

— Então, você não concorda que a Sra. Wells sofreu uma lesão cerebral traumática que a levou à morte?

A sutil sombra de um sorriso cruza o rosto de White.

— Não duvido das conclusões do médico legista de que a vítima sofreu uma lesão interna na cabeça. Não concordo, entretanto, que tenha sido a causa da morte. É muito mais provável que a causa verdadeira seja o estrangulamento após a ocorrência do dano cerebral.

— Obrigado, Dr. White — diz Hamilton. — A testemunha é sua, Srta. Tate.

Sigo até a tribuna, sem o bloco de notas em mãos, com a atenção total no júri – eles estão acreditando na versão de White.

— Para esclarecer, o senhor não estava presente quando a autópsia propriamente dita foi realizada na Sra. Wells, correto? — pergunto ao Dr. White, que parece estar entediado com minhas perguntas simplistas.

— Eu não estava.

— Então, seu testemunho a respeito do estrangulamento é especulação de sua parte e não baseado em um exame do corpo?

White suspira.

— Tecnicamente, sim, mas...

— Nada mais, Meritíssimo. — Volto ao meu lugar, finjo conferir minhas anotações e ignoro o Dr. White depois que ele é liberado e passa ao meu lado.

O Dr. Gabriel Mason fornece exatamente o mesmo testemunho para a defesa – a que forneceu durante o depoimento alguns dias antes em meu escritório. Ele também é igualmente arrogante durante meu interrogatório. Desta vez, estou pronta para ele e sua prepotência.

— Doutor, você tem muitas teorias sobre os acontecimentos e sobre as pessoas envolvidas neste caso. Como chegou a estas conclusões? — Largo o bloco de notas na tribuna e me posto de lado, descansando casualmente minha mão sobre a madeira. Já lidei com egocêntricos como o Dr. Mason antes, e é melhor deixá-lo saber cedo que não me sinto intimidada por seu complexo de Deus.

— Eu as baseei nos traslados do julgamento, declarações da polícia e relatórios de assistentes sociais e outros profissionais da saúde mental que entrevistaram as crianças — alega o Dr. Mason, sorrindo para o júri.

Inclino de leve a cabeça para o lado.

— Você já se encontrou pessoalmente com o réu antes de apresentar seu relatório?

— Não.

Faço uma pausa, arqueando uma sobrancelha para dar efeito. Meu olhar nunca se desvia do dele.

— E quanto aos filhos do réu, você já conversou com eles a respeito da morte de sua mãe?

O Dr. Mason apruma a postura no assento, não parecendo tão confiante.

— Não.

— Nada mais, Meritíssimo.

O juiz Franklin olha para o relógio na parede.

— Quanto tempo o senhor prevê precisar para sua próxima testemunha, Sr. Hamilton? Talvez seja mais prudente adiar até de manhã.

— Prevemos chamar o Sr. Wells para testemunhar e, como tal, prevejo que seu testemunho ocupará uma boa parte do dia amanhã — diz Hamilton, soltando uma bomba sobre o processo.

— Então, vamos adiar por hoje — conclui Franklin, com um rápido golpe do martelo.

Matt olha para mim, olhos arregalados e boquiaberto, e creio que a minha expressão espelha a dele.

— É impressão minha ou Hamilton acabou de nos dar o maior presente desse caso? — ele pergunta.

— Ele só garantiu que estarei ocupada com os preparativos e não conseguirei dormir hoje à noite — respondo, arrumando rapidamente todas as minhas anotações e fazendo uma lista mental de tudo o que preciso para o meu serão.

CAPÍTULO 30

James Wells está inquieto em seu assento. Ele está nervoso, e tudo o que posso pensar é que a defesa deve estar se sentindo bem desesperada, a ponto de o terem chamado como testemunha.

— Antes de trazer o júri, preciso me dirigir ao Sr. Wells. — O juiz Franklin se inclina para frente em sua cadeira, com os braços apoiados em sua mesa e aponta uma caneta para o réu. — Sr. Wells, o senhor tem o direito à Quinta Emenda, contra a autoincriminação. Você não é necessário, e não tem obrigação de testemunhar em seu nome. Se optar por não testemunhar, o júri não poderá inferir culpa com base nisso, ou utilizá-la para tomar uma decisão durante as deliberações.

Wells está balançando a cabeça em concordância.

— Se optar por testemunhar, porém, renunciará ao seu direito e estará sujeito a contrainterrogatório. Isso significa que você se abrirá a todas as perguntas admissíveis e relevantes de seu advogado, bem como do Estado. Você não poderá invocar seu direito para perguntas que talvez não queira responder. A renúncia ao seu direito contra a autoincriminação não deve ser tomada com leviandade, e você deve considerar seriamente as consequências de testemunhar neste processo.

O escrivão do tribunal entrega um formulário ao juiz, que passa as vistas rapidamente e continua a falar com réu:

— Sr. Wells, seu advogado discutiu com você todas as suas opções, resultados potenciais, bem como providenciou suas avaliações sobre o sucesso destas opções?

— Sim... — Wells alega. Hamilton lhe dá uma cotovelada sutil, instigando-o a se levantar. — Sim, Meritíssimo.

— E você está tomando esta decisão com pleno conhecimento e compreensão das consequências de testemunhar e de não testemunhar?

— Sim, o Sr. Hamilton me falou sobre isso, e eu quero testemunhar.

Franklin gira em sua cadeira e se dirige ao relator do tribunal:

— Deixe registrado que o réu foi avisado de seus direitos e está escolhendo renunciar ao seu direito de Quinta Emenda e irá testemunhar neste processo. — Franklin gesticula com a caneta, em um floreio, para que o oficial de justiça convoque o júri.

Os jurados entram e tomam seus lugares enquanto o réu segue até o banco das testemunhas. Esta é uma experiência nova para mim. Normalmente, quando um réu toma a palavra, fico muito nervosa. Nunca estive do lado do promotor de um caso, portanto, esta sensação de vertigem, o sorriso de orelha a orelha que estou guardando debaixo de um véu, é agradável. Não que eu queira trocar de lado permanentemente, mas saber o que James Wells fez Alex passar, vê-lo tão desconfortável, saber que sou eu quem acende o fogo debaixo do banco em que ele está, torna isto ainda mais agradável.

— Sr. Wells — diz Hamilton —, a polícia já foi chamada à sua casa antes da noite da morte de sua esposa?

Wells se inclina para o microfone.

— Não, nem uma única vez.

— E já teve que responder a alguma denúncia de violência doméstica apresentada contra você antes de ser preso e acusado de assassinato? — Hamilton deve fazer algum tipo de movimento a Wells, porque ele acena com a cabeça, e olha de relance para o júri.

— Não — Wells responde. — Nunca.

— Agora, sei que é desagradável falar sobre o assunto, mas, por favor, diga ao júri o que aconteceu na noite da morte de sua esposa.

Wells baixa o olhar, e quando ergue a cabeça, seu semblante se mostra suave, lúgubre. Ele finge remorso, com os ombros caídos, os olhos pesarosos. Meu estômago embrulha, o peito se aperta, e reprimo a vontade de rir da audácia da atuação patética de homem simples, que não faria mal a uma mosca.

— Admito, vergonhosamente, que me tornei violento naquela noite com minha bela Ellie, minha esposa. Bati nela uma vez, e só uma vez, e por isso sinto muito — ele implora ao júri. Sua voz falha, e me pergunto quanto tempo o homem levou diante de um espelho para aperfeiçoar sua atuação. — Mas quando saí naquela noite, ela ainda estava viva.

Retorce as mãos no colo, pausa sua fala e olha para o júri com um olhar que julga triste e arrependido.

— Eu não a mataria. Eu a amava, ela era minha alma gêmea. — Seus ombros tremem com soluços contidos, mas nenhuma lágrima de verdade chega aos seus olhos.

Eu quero vomitar e dar um tapa na cara dele.

— Sr. Wells. — A voz de Hamilton tem um tom calmo e reverente, e agora também quero bater nele. — Quem você acha que é o responsável pela morte de sua esposa?

— Me dói tanto dizer isto… — ele hesita, a expressão melancólica, e seu queixo começa a tremer. — Anos se passaram até que, finalmente, aceitei e pude falar sobre isso, mas sei, no meu coração, que meu filho, Alex, matou a mãe. — Cobre o rosto com as mãos. — Não creio que era sua intenção fazer isso, porém ele tem um temperamento horrível. As coisas simplesmente se descontrolaram e ele… ele foi longe demais.

James olha de relance para Alex, e emborca ainda mais os ombros.

— Por favor, filho, assuma a responsabilidade pelo que você fez. Acabe com esta farsa e diga a verdade. Admita que foi você quem matou sua mãe…

Matt e eu nos levantamos de um pulo na mesma hora, cada um de nós gritando objeções. O juiz bate o martelo contra a bancada. James está olhando para Alex e eu faço o mesmo. Seu semblante não demonstra a menor emoção, e é como se o pai não estivesse ali. Eu me posto na frente dele e bloqueio a visão de seu pai. Não preciso de James incitando Alex e dando ao júri um lugar na primeira fila para vê-lo perder a calma.

Matt está discutindo com Hamilton, os dois gritando um com o outro, quando o juiz ordena que todos nós ocupemos nossos lugares.

— O depoimento da testemunha direcionado ao Sr. Stone será declinado e é inadmissível. Sr. Wells, o senhor se dirigirá ao tribunal, e somente ao tribunal, estamos entendidos? Mais ocorrências como essa, e você será removido desta corte.

James se encolhe diante do juiz.

— Sim, Meritíssimo.

— Próxima pergunta, Sr. Hamilton — Franklin esbraveja.

— Nada mais, Meritíssimo.

Pego meu bloco de notas, mas antes que possa me levantar, Matt segura meu pulso.

— Tem certeza de que pode lidar com isto? Eu posso assumir o seu lugar.

CLEMÊNCIA

Não posso deixar Matt tomar conta de mim, não quando o desejo de vingança corre por minhas veias e ao alcance das mãos. Não, isso é pelo Alex, e ninguém vai fazer isso além de mim.

Nego com um aceno.

— Eu posso lidar com isso. — Matt inclina a cabeça para o lado, entrecerrando o olhar. — Estou bem — reafirmo. — Eu juro.

Ele me solta. Eu me levanto e lanço um rápido olhar para Alex antes de seguir até a mesa de evidências. Pegando as fotos da cena do crime, vou até o banco das testemunhas e jogo as fotos de Ellen e Alex na frente de James. Ambos mostram olhos e lábios inchados, cortes e hematomas.

— Você as vê, Sr. Wells? Consegue enxergar o que fez com sua esposa? Com o seu filho?

— Sim, eu as vejo, e lamento muito. — A voz dele soa baixa, os olhos abatidos.

Nuvens vermelhas turvam minha visão, um rugido interno reverbera dentro de mim. Eu me inclino mais perto, no intuito de intimidá-lo, mas tenho que ter cuidado para não ser óbvio e acabar sendo expulsa do tribunal.

— Você bateu tanto em sua esposa que a deixou inconsciente, não foi?

— Sim, mas foi um acidente. — Sua voz falha, e acima do lábio superior surgem gotículas de suor.

Eu olho para ele.

— E quando seu filho tentou proteger a mãe, você o espancou até que ele também desmaiou, não é verdade? — Meus músculos se contraem, tensionados, a pulsação fora de controle.

— E-ele me atacou primeiro — refutou, desviando o olhar para o júri.

Minha pressão está altíssima, e meu estômago queima a ponto de doer.

— Os ferimentos que você infligiu em sua esposa, naquela noite, causaram a morte dela. Você matou sua esposa, Sr. Wells, não seu filho, não é verdade?

— Não, eu... — E sacode a cabeça, os olhos arregalados. — Não, ele... — Wells olha ao redor até encontrar o seu advogado. — Alex é o culpado. Ele a matou. — Ele aponta um dedo trêmulo na direção de Alex.

— Meritíssimo — Matt diz atrás de mim. Balanço a cabeça, sem entender o porquê ele está interferindo. Isso me deixa um pouco revoltada, pois está rompendo meu fluxo. — Posso ter um momento para conversar com a Srta. Tate?

Franklin acena com a cabeça, então eu me junto a Matt. Ele se aproxima, e cochicha no meu ouvido:

— Kylie, você tem que manter suas emoções sob controle. — Sua voz soa baixa, mas é inconfundível a irritação.

— Eu o estou confrontando em seu testemunho, Matt, é o que devo fazer — respondo em tom baixo e comedido.

— Você o está atacando, e sua linguagem corporal sugere que está a um fio de rasgar a garganta do homem com suas próprias mãos. Recue antes que perca o júri e eu te obrigue a sentar aqui. Entendo que quer que este imbecil pague, mas não vou permitir que você destrua qualquer chance de conseguir uma condenação. Fui claro? — Os músculos de seu pescoço estão saltados, as bochechas ruborizadas e um dos olhos sofre um espasmo.

Eu respiro fundo. Ele tem razão, eu tenho que reiniciar. Não posso ganhar este caso se o júri for solidário com ele e me desprezar. O interrogatório é uma caminhada na corda-bamba, o equilíbrio perfeito entre fazer as perguntas certas para atacar a testemunha até o ponto em que ela se parece com a vítima. Inclinar para um lado ou para o outro vai desestabilizar esse equilíbrio, e a única coisa que poderei fazer é descobrir onde errei ao cair, antes de me esborrachar no chão, e meu caso implodir. Posso incitar Wells, mas tenho que me desligar, permitir que Wells se enterre sozinho.

Dou um aceno de cabeça para Matt, mas suas sobrancelhas se franzem.

— Retificarei a situação — afirmo e passo por ele até chegar à tribuna.

— Sr. Wells, você estava bêbado na noite da morte de sua esposa? — Minha voz soa firme, meu comportamento calmo e controlado.

— Não, eu não estava. — Wells está mais confiante, o homem devastado e desanimado agora é apenas uma memória.

— Sobre o que você e sua esposa discutiram naquela noite?

Ele ergue o queixo.

— Não me lembro.

Eu saio de trás da tribuna e inclino a cabeça para o lado.

— Na noite em que sua mulher morre, você não se lembra do motivo da discussão? Vamos lá, Sr. Wells, o que ela disse para deixá-lo tão chateado?

— Eu não…

— É claro que sabe. — Caminho diante da cabine do júri, os braços abertos, a voz otimista. — O que ela disse para te fazer explodir?

Seu rosto fica vermelho, o olhar varre toda a sala de audiências, no entanto, evita contato visual comigo.

— Nada — responde, sem rodeios.

— Então, você gosta de bater em mulheres sem motivo algum? — Eu

CLEMÊNCIA

191

me posiciono novamente na frente dele, forçando-o a olhar para mim. — Ou isso faz você se sentir superior?

— Protesto — Hamilton afirma de sua mesa.

— Concedido, o júri vai desconsiderar as perguntas.

— Por que você bateu em sua esposa? — pergunto, elevando o tom de voz ao enfatizar cada palavra.

Wells afrouxa a gravata, o pomo-de-Adão sobe e desce rapidamente, e sua voz vacila.

Eu continuo a bombardeá-lo com perguntas.

— Você já admitiu ter batido nela. E alega que não estava bêbado. Tinha que haver uma razão, então nos diga o que sua esposa disse que o levou ao ponto de decidir espancá-la.

A boca de Wells está fechada, as narinas dilatadas.

— Ela disse que ia me deixar e que pediria o divórcio — ele solta.

Eu pisco diversas vezes. *O que ele acabou de dizer?* Chego mais perto do banco das testemunhas, bloqueando sua visão de seu advogado e dando apenas uma opção para onde ele deve olhar.

— E você não ia deixar isso acontecer, não é mesmo?

Sua respiração sibila a cada exalação pelo nariz, os olhos flamejando de raiva.

— Ela era a minha esposa — ele rosna, entredentes. — E eram os meus filhos. Eu não ia simplesmente permitir que ela me deixasse.

— Ela não podia tomar decisões assim, não é?

— Não — ele cuspiu.

— Então você a lembrou de quem mandava ali?

Um sorriso ameaçador se espalha pelo seu rosto, seu foco unicamente em mim, como se fôssemos as duas únicas pessoas na sala de audiências.

— Sim.

— Mas você não parou só com um golpe. Você continuou batendo nela, não foi, Sr. Wells?

— Sim…

— E então você direcionou essa raiva contra seu filho?

Wells olha para Alex, e algo muda em seu comportamento, suas feições se acalmam. Ele respira e me olha de relance.

— Não.

Eu já investi demais nesta linha de questionamento. Estou tão perto, e ele está prestes a expor todas as mentiras e destruir as acusações contra Alex.

Preciso inflamá-lo, guiá-lo até a beira do precipício para que ele caia.

— Ela te disse que ia embora, e você decidiu logo em seguida o que tinha que fazer. — Seus olhos deslizam para mim, e eu continuo: — Você ia cuidar da situação. Se ela quisesse sair do casamento, você até permitiria, mas não saindo pela porta, e, certamente, não com seus filhos.

Wells se irrita, e tenho um vislumbre do que Ellen Wells viu naquela noite: o medo, a certeza de que iria espancá-la. *Será que ela sabia que ele a mataria?* Seu olhar é assassino, e não tenho certeza se ele está revivendo aquela noite e a raiva que sentiu, ou se ele quer me reivindicar como sua próxima vítima.

— Ela tinha que morrer só por pensar em levar seus filhos e partir. E foi isso que você fez, não foi? Você sabia exatamente o que estava fazendo, porque tinha um plano para garantir que nunca houvesse nenhum divórcio, não é?

Nós nos encaramos e posso ver em seus olhos. Ele quer confessar. Jurar que terei o mesmo destino – então, o brilho desvanece.

Ele abaixa a cabeça.

— Não — murmura, em voz baixa. Ele olha além de mim para o júri. — Ela estava viva quando saí de casa. Alex era o único que estava lá. Ele a estrangulou até a morte.

Eu volto para a tribuna. Ele não confessou ter matado a esposa, mas deu um forte motivo para o assassinato, e espero que o júri veja sua verdadeira faceta.

Ele assassinou uma vez, e o fará novamente, se tiver a oportunidade.

CAPÍTULO 31

Matt e eu saímos da sala de audiências e nos juntamos a Alex e sua família.

— Ótimo argumento final — diz Alex ao Matt, apertando sua mão.

— Obrigado, foi fácil graças a Kylie e sua... persistência. Agora, só falta esperar pelo júri.

Uma jovem mulher, vestida com um terno com o crachá da promotoria pública em um cordão no pescoço, se coloca perto de Matt e sussurra algo para ele. Ele acena, e ela se afasta.

— Tenho que apagar um incêndio em outro caso — explica ao grupo antes de se virar para mim. — Estarei de volta dentro de alguns minutos. Comece sem mim, se precisar, e entrarei assim que puder.

Assinto e ele sai pelo corredor, alcança a jovem e juntos entram em outra sala de tribunal.

— Kylie, você foi brilhante — diz Harold, com um grande sorriso iluminando seus olhos, antes de me envolver em um abraço de urso.

Francine me dá um sorriso forçado, típico dela, olha para mim por um segundo e depois vira a cabeça para o lado.

— Sim, bem, vamos ver se o júri concorda.

Eu sorrio, aceito seu tipo peculiar de elogio e aceno com a cabeça. Alex me observa, mas posso dizer que ele está a um milhão de quilômetros de distância, seus demônios mostrando resultados ameaçadores caso o júri absolva seu pai.

Harold me liberta, segura o braço de Francine e os dois se despedem. Amo Harold e sua capacidade de captar as emoções do sobrinho – além do fato de saber quando levar Francine embora antes que ela piore a situação.

— Ei — chamo Alex, colocando minhas mãos em sua cintura para o tirar de seus pensamentos. — E se, depois do casamento de Paul e Ryan, nós tirarmos algum tempo para nós? Você, eu, uma praia isolada. Você pode deixar todos os seus ternos para trás e eu deixo meus trajes de banho... — Eu o provoco com o olhar, o que arranca uma risadinha dele.

— Uma ideia intrigante, que ilha você sugere? — pergunta, me puxando para mais perto.

Eu me afasto um pouquinho, franzo o cenho e inclino a cabeça para o lado.

— Você não é dono de uma ilha isolada e privada em algum local tropical distante, né?

— Não ainda, mas vou dar uma olhada nisso.

— Faça isso. — O oficial de justiça sai da sala do tribunal, olha em volta até me ver e acena. Eu peço um segundo e me viro para Alex. — Tenho uma reunião com Hamilton e o Juiz Franklin. Você pode ir para casa, e eu ligo quando terminar.

— Tem certeza? Não me importo de esperar por você — atesta, as mãos se entrelaçando às minhas.

— Sim, tenho certeza. Talvez eu fique aqui por um tempo. Não há motivo para você ficar. — Eu me aproximo, baixando o tom de voz para um timbre sedutor e sussurro: — Além disso, eu esperava que você fizesse uma jarra de margaritas, e pudéssemos ligar a lareira do pátio, ficar juntinhos e beber... Quem sabe onde isso vai dar?

— Ah, eu sei — Alex rosna, e coloca os lábios no meu ouvido: — Eu pretendo demonstrar o quanto te quero, cada centímetro de você.

— Não me deixe toda excitada antes de eu ter que entrar na sala do juiz. Não há como dizer com o que vou concordar para sair de lá o mais rápido possível.

Sua mão serpenteia ao redor da minha cintura, descansa na minha lombar, e ele ri.

— Faça seu trabalho, Srta. Tate. Depois volte para casa, para mim.

— Sempre, Sr. Stone. — Dou um beijo rápido em sua boca, caminho até o tribunal, e sorrio antes de entrar.

Às vezes, ainda é difícil acreditar que Alex e eu nos conhecemos há menos de um ano. Já passamos por tanta coisa em tão pouco tempo. É como se eu o conhecesse a vida inteira, o que é um pouco verdade – eu nunca me senti realmente viva até que ele entrou na minha vida. Ele tem sido desafiador e exasperante e nós continuamos a debater sobre sua ne-

CLEMÊNCIA

195

cessidade de me proteger e minha feroz independência. Mas sempre nos encaixamos, desde o início, era natural para nós. Nunca foi falso ou forçado. Estar com ele é fácil. Nós batemos a cabeça, sim, mas eu sempre me senti confortável com ele, como se estivesse destinada a estar com ele.

Eu costumava me perguntar se teríamos encontrado o caminho um para o outro se eu não estivesse em perigo. Tanto do nosso relacionamento envolve John e suas ameaças sádicas. Alex tem uma quantidade infinita de amor e devoção que nem ele percebeu que tinha.

As pessoas veem o playboy bilionário, impiedoso em seus negócios, com a intenção de ser um solteirão convicto para toda a vida. Ele me deixou ver um lado dele que contradiz o que o público acredita. Até eu pensei que o conhecia. Eu o via como um protetor, um homem que faria o que fosse preciso para manter John longe de mim, dedicado a me fazer sentir segura.

Há muito mais em Alex Stone, no entanto. Uma vulnerabilidade que ele mantém escondida, o medo do abandono, cheio de culpa por tanto tempo de sua vida, e os demônios que o convenceram de que o amor não existia. Quebrar seus muros levou à descoberta de quem ele realmente é no seu coração. Engraçado, brincalhão, generoso, perspicaz e, embora ainda o negue, romântico. Ele ama com todo o seu coração. Não há um dia em que eu questione seu amor por mim. Sua devoção à minha felicidade, a maneira como ele me prioriza, às vezes, é avassaladora.

Ele tornou seguro, para mim, compartilhar meus fardos, liberar meus próprios demônios e falar sobre meus momentos mais sombrios. É tão fácil amá-lo. Ele é dono do meu coração, da minha alma, e eu dou tudo a ele de boa vontade, cada parte de mim.

Ele é o lar, a família e o amor. Ele é minha vida e eu sou dele.

Bato na porta, entro nos aposentos do Juiz Franklin e redireciono meu foco. Este é o passo final, a última parte do processo que me envolve. Depois disto, o júri determinará os pontos fortes e fracos dos argumentos de cada lado e tomará uma decisão sobre o destino de James Wells.

Durante esse tempo, pretendo redirecionar a atenção de Alex, para que o resultado deste julgamento seja a coisa mais distante de sua mente.

CAPÍTULO 32

Reúno todas as provas, transcrições, depoimentos, tudo que trouxemos do escritório para o tribunal, e as coloco de volta nas caixas. Estava tão preocupada com outras coisas que esqueci que tínhamos que retirar tudo da sala de audiências. Minha esperança de chegar em casa, de sair deste terno e de colocar algo sexy, foi adiada. Desisti de tentar organizar os itens, e neste ponto, estou deixando tudo junto para organizar na próxima semana. Tenho certeza de que vou me odiar por fazer isto, mas não quero nada mais do que chegar em casa, seduzir Alex e fazer amor até desmaiar de uma exaustão muito bem-vinda.

A porta nos fundos do tribunal se abre e Reyes entra. Ele pega uma caixa vazia e começa a me ajudar.

— Desculpe — murmura. — Eu queria ter cuidado de tudo isso, mas corri para o meu escritório, e então todos queriam saber algum furo interno sobre o julgamento.

— Bem, eu agradeço, mas não é seu trabalho limpar minha bagunça. Vá para casa, relaxe, e não se preocupe com isso, eu posso resolver tudo aqui.

Ele me ignora e continua guardando as coisas, e estou grata pela ajuda. Eu coloco a tampa na última caixa, dando uma batida final para ter certeza de que está bem fechada.

— Pretende levá-las de volta para o escritório esta noite? — pergunta Reyes.

— Não, vou levar tudo para casa. Ai, que droga, eu devia ter ligado para Jake antes de começar para que ele pudesse chegar aqui quando eu terminasse. — Pego meu celular, mas Reyes coloca a mão em cima dele antes que eu possa discar o número de Jake.

— Posso te deixar em casa.

— Você não precisa fazer isso. O Jake pode vir me buscar.

Reyes esfrega o nariz, abana a cabeça, com um sorriso estranho nos lábios.

— Você não quer esperar ele chegar aqui. Posso te levar, Kylie, juro que não me importo. Além disso, se você ligar para Jake, vou acabar esperando contigo até ele chegar aqui.

Eu considero a oferta. Ele tem razão; seria uma perda de tempo esperar por Jake... e Reyes está oferecendo. É claro, tenho certeza de que isto não vai acabar bem com Alex, mas tenho a noite toda para compensá-lo.

— Tudo bem, se você tem certeza de que não é um incômodo, eu aceito.

Ele sai porta afora e se volta para mim.

— Vou pegar um carrinho pra gente não precisar fazer várias viagens. Já volto.

O percurso até a casa de Alex é curta, felizmente. Reyes e eu sentimos certa dificuldade em entabular uma conversa, e minha ansiedade aumenta à medida que nos aproximamos da propriedade. Eu deveria ter deixado Jake me buscar. Reyes e Alex nunca se entenderam e mal são civilizados um com o outro.

Eu oriento Reyes a estacionar na pequena entrada circular para que possamos entrar pela porta da frente. Pulo para fora do carro assim que ele para.

— Vou pedir ajuda. — Avanço pelas escadas e entro antes que Reyes diga alguma coisa. Jake e Alex saem de extremos opostos da casa, ambos me lançando um olhar inquisitivo, questionando como cheguei aqui.

— Tenho algumas caixas para trazer. Jake, pode me ajudar? — peço.

Jake passa à minha frente e sai porta afora.

— Como você chegou aqui? — Alex pergunta, vai até a entrada e olha através do vidro. Ele me encara, inspira fundo pelo nariz e não parece muito satisfeito com minha escolha de motorista.

— Ele insistiu, Alex, e eu só queria chegar em casa. Esta foi a maneira mais rápida. — Eu me posto à sua frente, enlaçando sua cintura e dando um beijo em seus lábios. — Não fique chateado comigo. Estava louca para voltar para você o mais rápido possível.

Ele pressiona firmemente os lábios contra os meus.

— Muito bem, vou ajudar para que ele possa sair da minha casa mais cedo.

A porta se abre e Reyes entra, olhando ao redor até nos ver. Algo sombrio cruza seu semblante.

— Onde você quer que eu deixe?

— Na biblioteca — respondo, e aponto para o corredor. — Eu te mostro.

Reyes vem até mim e Alex me dá um sorriso tenso, saindo do caminho. Eu conduzo Reyes pelo corredor, empurro as portas da biblioteca e acendo as luzes.

Reyes assobia ao examinar o cômodo.

— Lugarzinho legal. Este é o seu escritório?

— Sim — confirmo, e aponto para uma área para colocar as caixas. — Alex mandou fazer isso pra mim... enquanto eu estava no hospital.

Reyes assente, fazendo outra varredura completa da sala conforme Jake e Alex entram. Jake empilha as caixas em cima das que Reyes colocou e sai para pegar outra. Alex coloca sua carga no chão, ao lado das outras.

— Kylie, por que você não se troca e fica à vontade? Podemos cuidar disso — diz ele, os olhos focados em Reyes.

— Tudo bem. — Eu vou até a porta, mas não muito longe no corredor antes de ouvir a voz de Alex, e isso me faz parar:

— Depois desta noite, não há motivo para você estar perto da Kylie, e confio que ficará longe dela.

— Kylie pode decidir por ela mesma sobre isso — Reyes dispara. — Você precisa prestar mais atenção a ela. Houve um incidente enquanto ela estava morando no apartamento. Algumas flores foram entregues, flores mortas, deixadas no balcão da cozinha. Ela me chamou para ir lá. Quando cheguei, ela estava apavorada. Eu disse a ela que iria investigar e ver se conseguiria descobrir quem as deixou.

— Ela não deveria ter te ligado — Alex resmunga.

Merda.

Meu pulso está acelerado. Eu deveria ter contado a Alex sobre isto. Agora ele vai pensar que escondi isso dele.

— Sim, bem, ela ligou, e eu fiz uma pequena pesquisa. Encontrei a empresa transportadora e fiz uma visita a eles. Eles me deram uma descrição da mulher que deixou a caixa para a entrega. Eu lhes mostrei uma foto de Kylie.

— Por que você tem uma foto da Kylie? — Alex se irrita.

— Essa não é a questão; o entregador estava bastante seguro, embora

CLEMÊNCIA

199

não pudesse estar cem por cento certo, de que Kylie foi a pessoa que pagou pela entrega.

O quê? Reyes nunca me disse essa parte.

— O que você está insinuando? Que Kylie enviou flores mortas para si mesma? Por qual motivo? — pergunta Alex, uma pontada de descrença e, talvez, de desespero em sua voz.

— Kylie está se despedaçando. Não é de se admirar, realmente. Você e Sysco a fizeram passar pelo pão que o diabo amassou. Vocês dois não são tão diferentes, Stone. Vocês a estão destruindo. Só espero que ela perceba isso antes que seja tarde demais e possa resgatar o que resta de sua sanidade.

Alex bufa em desdém.

— E suponho que você estará lá para pegar os pedaços, com os braços bem abertos, não é?

— Se ela viesse até mim — diz Reyes, e parece que ele mal contém a raiva —, eu cuidaria dela, do jeito que ela merece, e certamente não causaria seu sofrimento e infelicidade do jeito que você e Sysco fazem.

Espreito o corredor, avistando ambos de pés, prontos para agredirem um ao outro.

— E outra coisa — Reyes continua —, eu nunca, jamais lhe daria uma razão para me deixar.

As palavras me atingem como um soco no estômago. Há tanta coisa que Reyes não sabe sobre isso.

A porta da frente se fecha, e eu me esgueiro pelo corredor até o quarto antes que Jake me flagre por ali. Largo meu terno na poltrona, visto um par de calças de ioga e uma camisa de manga comprida. Sentada na beirada da cama, calço um par de meias fofas. Alex entra, fecha a porta, e desaba no colchão ao meu lado.

— Tudo bem? — sondo.

Ele levanta levemente a cabeça e abre um olho.

— Sim, caixas descarregadas e Reyes já foi.

— Inteiro?

Alex ri.

— Mmm, sim, basicamente.

Eu me estico ao lado dele e rolo para o lado para encará-lo.

— Bom, porque tudo em que pude pensar desde que você deixou o tribunal foi todo o tempo que temos que compensar enquanto eu me preparava para o julgamento.

200   **ANNE L. PARKS**

— Você tinha algo específico em mente que queria fazer?

Envolvo seu corpo com meus braços. Ele acaricia meu rosto, recosta a testa à minha, e inspira fundo. Eu admiro seu rosto, os olhos fechados, e sinto a felicidade percorrer cada centímetro do meu corpo.

Ele abre os olhos e me encara, um sorriso se abrindo nos lábios.

— O que foi? — pergunta, com o cenho franzido.

— Estou apenas... feliz — alego, sorrindo para ele. — Muito, muito feliz.

E, quase inteiramente, é verdade. Mas algo está mudando entre nós, e tenho a nítida sensação de que Alex pensa que estou enlouquecendo.

Quem sabe... talvez eu esteja?

CLEMÊNCIA

CAPÍTULO 33

— Devemos chegar na cidade em cerca de duas horas, e irei assim que chegar lá.

Esta é a quinta ligação de Ryan que recebi esta manhã. Direciono o olhar para Alex, que apenas sorri e balança a cabeça. Ele nunca viu o Ryan ter um ataque de ansiedade, quanto mais cinco.

— Ryan, você vai ficar tão exausto que não poderá dizer seus votos, se não se acalmar.

— É por isso que preciso de você, docinho. Se algo acontecer comigo, você tem que intervir. É isso que uma madrinha faz pelo noivo em seu casamento — ele brinca.

— Não vou recitar seus votos. Com a minha sorte, acabarei me casando legalmente com Paul, e não estou nada à vontade com isso. — Ryan ri, Alex vira a cabeça, arregalando os olhos, eu começo a rir. — Ai, meu Deus, Ryan, você deveria ver a cara de Alex. Adorei.

— Eu só posso imaginar — diz ele. — Os únicos votos que você fizer serão a ele, e a mais ninguém, nem mesmo como minha substituta.

Alex está conversando com Jake sobre algo relacionado ao seu jato particular, não prestando mais atenção à minha conversa com Ryan.

— É, pode esperar sentado. Tenho quase certeza de que isso não está passando na cabeça dele, de modo algum.

— Ah, está ali. Um pensamento que, provavelmente, o está deixando louco, minha amiga ferozmente independente.

Alex... e casamento? Meu coração se inquieta com o pensamento. Eu costumava sonhar em me casar com o homem perfeito – meu príncipe encantado – quando eu era menina, mas esses sonhos se desvaneceram quando o casamento de meus pais desmoronou, e depois sumiu quando eu soube que nunca teria filhos.

— Vamos nos concentrar em seu casamento e passar por isso, beleza? — Paramos ao lado do jato particular da Stone Holdings, e Jake sai e abre nossa porta. — Okay, estou prestes a embarcar na aeronave da luxuosa companhia aérea Stone.

— Hmmm, que tipo de sobremesa eles servem? — Ryan ri.

— Você tem uma mente suja — zombo, sacudindo a cabeça e piscando para Alex assim que seus olhos encontram os meus. — Te vejo daqui a algumas horas.

— Tá bom, docinho. Até breve.

— Sobre o que conversaram? — Alex pergunta ao nos acomodarmos nas poltronas de couro, lado a lado, e apertamos nossos cintos de segurança.

Eu me inclino no assento, guardo meu telefone na bolsa e a coloco no compartimento ao lado.

— Ryan pensa que você vai me traçar durante o voo.

Alex segura minha mão e a leva aos lábios, os olhos agora escurecidos pelo desejo.

— Ryan está certo.

Saio do quarto do hotel onde Ryan está se preparando, e piso no corredor. Alex está caminhando na minha direção, mas chega a uma parada abrupta a alguns metros de distância. Seus olhos estão arregalados, a boca ligeiramente aberta, e ele me varre de cima a baixo com o olhar.

— O que foi? — pergunto, e rapidamente dou uma conferida no vestido. Ryan vai me matar se eu tiver derramado algo sobre ele.

Alex pigarreia.

— Você está vestindo branco.

— B-bem, é-é... — gaguejo. — É um casamento, alguém tem que usar um vestido branco.

Ele enlaça minha cintura, deixando espaço suficiente entre nós para me admirar mais uma vez. Seu olhar encontra o meu, e ele me puxa para perto e me beija.

— Você está tão linda, querida. Não vou conseguir desviar o olhar de você.

— Bom, não terei que me preocupar com nenhuma outra mulher — murmuro, antes de pressionar meus lábios contra os dele, e ele me puxar para perto de seu corpo.

— Jesus amado, vocês dois. — Paul nos interrompe, e me assusta. — Alguém pode pensar que são vocês que vão se casar.

Eu sorrio, meu coração bate mais rápido e eu olho para Alex. Tenho certeza de que ele ficou branco como um fantasma diante da simples menção ao casamento. Ele sorri e me dá uma piscadela.

Não é a reação que eu esperava, de modo algum!

Paul estende um par de abotoaduras e as larga na minha mão.

— Responsabilidades de madrinha — diz. — Você não pode usar o vestido e ter o título, sem ter que trabalhar por ele.

Alex se inclina e me beija na bochecha.

— Vou descer para arranjar um bom lugar para nós. — Ele abraça Paul, deseja-lhe sorte e meu coração quase explode de felicidade. — Te espero lá embaixo, querida.

Eu o observo se afastar, e depois volto minha atenção para Paul e suas abotoaduras. Confiro mais de perto, deparando no R de ônix negro, unido ao P de titânio.

— São espetaculares.

— Sim, é um presente de casamento do Ryan. Ele tem um par, também. Estou surpreso que você não as tenha visto.

— Eu também. — Dou uma risada. — O que significa que é melhor me certificar de que ele as colocou. — Endireito os punhos da camisa de Paul, e o encaro. — Você sabe o quanto estou feliz por você, não sabe?

Paul segura minhas mãos, dá um aperto suave e sorri.

— Eu sei. Sabe... o dia em que te conheci foi um dos melhores dias da minha vida. O segundo foi conhecer o Ryan, e eu lhe devo tudo por nos apresentar. Nós nos tornamos uma família a partir daquele momento — declara, e leva minhas mãos aos lábios. — Ryan e eu... nosso relacionamento não seria tão firme sem você. Você nos possibilitou descobrir quem realmente somos, e isso nos possibilitou a paixão e o amor.

— Os Três Mosqueteiros, certo? — sussurro, com a voz vacilante, e uma lágrima desce pelo meu rosto.

Paul envolve os braços musculosos ao meu redor e me abraça firmemente contra seu peito.

— Eu te amo tanto, K.

— Eu também te amo, Paul.

Ele me solta, e, rindo, nós dois limpamos as lágrimas do rosto. Paul não costuma se emocionar, mas acho que os casamentos trazem isso à tona em todos.

— É melhor eu ir me certificar de que Ryan não tenha arrumado o quarto de hotel para eliminar qualquer chance de algo dar errado hoje. — Na ponta dos pés, dou um beijo em sua bochecha.

— Diga a ele que nada vai dar errado. Esperamos muito tempo por isto, e nada vai nos atrapalhar. — *Uau, Paul todo sensível duas vezes em um dia. Isto tem que ser um recorde.* — As coisas podem dar errado amanhã.

E aí está o espertinho que conheço e amo.

Bato uma faca contra minha taça de champanhe. Um silêncio domina o grande salão de recepção, e todos os olhares se voltam para mim. Alex é fiel a sua palavra — seus olhos nunca se aventuraram para longe de mim, mesmo durante a cerimônia. Quase perdi Paul e Ryan trocando seus votos, porque estava envolvida demais em uma fantasia de nós dois em nosso casamento. Não sei o que há de errado comigo, pois não sou a favor de cerimônias emotivas e idiotas, e, certamente, não do meu próprio casamento.

Eu pigarreio de leve.

— Para aqueles que talvez não me conheçam...

— Devem estar vivendo debaixo de uma rocha — Paul interrompe. — Ou uma pedra[1].

A sala irrompe em gargalhadas. Eu olho para Alex, que também está rindo. O trocadilho com o sobrenome Stone não passou despercebido.

— Há quanto tempo você está esperando para contar essa piadinha? — pergunto a Paul. Sinto o rosto corado.

Paul ergue uma sobrancelha.

— Há quanto tempo você e Alex estão juntos?

— Como eu estava dizendo, sou Kylie Tate, a madrinha, e a encarregada de fazer o brinde hoje. — Sorrio para os meus dois melhores amigos,

---

1 No original, o personagem diz Stone, fazendo uma óbvia alusão ao sobrenome de Alex Stone.

vestindo ternos de casamento e mais felizes do que jamais os vi. — É difícil encontrar as palavras certas, porque quem conhece vocês dois, conhece o profundo amor e respeito que sentem um pelo outro. Havia um compromisso forte e sólido entre vocês muito antes da troca de votos que todos testemunhamos.

Levanto a taça de champanhe, lançando um olhar para todos os convidados, antes de me focar em Alex.

— Então, meu brinde é duplo. Que vocês continuem a amadurecer em seu amor, a encontrar alegria em todas as suas aventuras, assim como na rotina diária. Que seu compromisso um com o outro só se fortaleça à medida que envelhecem juntos.

Faço uma pausa, prestes a romper em lágrimas, e engulo o caroço na garganta para que eu possa terminar.

— Acima de tudo — me dirijo aos meus dois melhores amigos —, por favor, continuem a mostrar e ensinar ao resto de nós como se faz, que o verdadeiro amor existe, e é possível se nunca desistirem dele... ou um do outro.

Ergo a taça acima da cabeça, todos ficam de pé e seguem o exemplo.

— Para Ryan e Paul, que todos os seus sonhos se tornem realidade.

Gritos e aplausos ecoam através do salão. Inclino de leve a taça de champagne na direção de Alex. Ele sorri e entorna sua bebida. Tantas emoções passam por mim. O mais perturbador é a ideia de me casar com ele. Passei tantos anos aceitando que esse tipo de compromisso não era para mim. Alex e eu prometemos ficar juntos para sempre, mas nunca discutimos a extensão dessa promessa aos votos perpétuos.

Nem tenho certeza se Alex quer se casar, mas ele não hesitou quando Paul fez uma piada sobre casamento. E eu realmente quero me casar? No momento, sim, mas o quanto isso está sendo influenciado pela emoção e romance deste dia?

Deve ser isso. Estou me sentindo emotiva e confusa, porque meus melhores amigos estão felizes em seu compromisso, e estou considerando coisas que não tenho certeza se Alex e eu estamos sequer perto de discutir, muito menos de realmente fazer.

Depois do jantar, o DJ abre a pista de dança e, para minha surpresa, Alex está com disposição para dançar. Ele segura minha mão e me leva para a pista, serpenteando o braço ao redor da minha cintura e agarrando minha outra mão entre a dele. Nós dançamos ao som de uma canção romântica. Alex me gira de um lado ao outro e me puxa de volta para o calor de seus braços, me pegando completamente desprevenida. Com a cabeça inclinada para trás, disparo a rir.

Seus lábios estão colados ao meu ouvido, o hálito quente aquecendo minha pele quando ele sussurra a letra:

— *Eu quero amor, eu quero a gente, eu quero você, eu quero você comigo, eu quero paz.*

Meu coração derrete e poço jurar que estou prestes a me tornar uma poça no chão. Ele mordisca o lóbulo da minha, chupa a carne em sua boca e me arranca um arquejo.

— Quando suas obrigações de madrinha vão acabar oficialmente? — pergunta, a voz rouca, e os lábios traçam beijos no meu pescoço. — Se eu não te levar logo para casa, posso ser tentado a encontrar um canto escuro e tirar vantagem de você, Srta. Tate.

— Palavras perigosas, Sr. Stone, e uma ideia provocadora à qual não sou completamente contrária — respondo, roçando seus lábios com os meus, e enfiando minha língua em sua boca, antes que eu interrompa o beijo. — Mas acredito ter feito tudo o que era exigido de uma madrinha e estou livre para ir. Só preciso tirar minhas coisas do quarto que Ryan e eu usamos.

— Já pedi para Jake pegar suas coisas — afirma, segurando meu cotovelo e nos guiando através da multidão de dançarinos. Paul e Ryan estão sentados à uma mesa com alguns dos convidados quando nos aproximamos.

— Vocês dois já estão indo? — Paul pergunta, e aperta a mão de Alex quando ele se levanta da sua cadeira.

— Sim — Alex confirma, e eles dão um ao outro um daqueles abraços estranhos que são algo entre um aperto de mão e uma batida de peitorais.

Paul me agarra, me levanta no ar, e me abraça com força.

— Vai fazer coisinhas na cama, K? — sussurra no meu ouvido. Eu bato no braço dele, mas meu sorriso me entrega. Paul ri. — Ah, safadinha, você vai. Divirta-se.

Ryan me abraça e me dá um beijo.

— Não teria conseguido sem você, docinho. Nada disso.

— Eu faria qualquer coisa por vocês, e os dois sabem disso. Este dia significa tanto para mim quanto significa para os dois. Você e Paul me ensinaram tanto sobre amor e amizade, e o que significa ser uma família. Não há como retribuir isso, rapazes.

— Você pode retribuir encontrando o mesmo amor e felicidade que encontramos um com o outro — diz Ryan, e olha para Alex. — Acho até

CLEMÊNCIA

que você já o encontrou. Só precisa se permitir ser amada sem duvidar que merece. Ele pode te dar a vida que você nunca pensou ser possível, confie nele, e confie no seu amor.

Assinto em resposta e dou um beijo na sua bochecha. Alex se posta ao meu lado, entrelaça os dedos aos meus e me encara com um sorriso nos lábios.

— Pronta para ir? — pergunta.

— Pronta — respondo, acenando uma última vez para Paul e Ryan, e sigo Alex para fora do hotel e de volta à cobertura.

Recosto-me contra a cabeceira, puxando o lençol ao meu redor, e Alex me entrega a garrafa de champanhe depois de tomar um gole. Ele enterra o rosto no meu pescoço, mordiscando a pele, enquanto sua mão apalpa meu peito.

— É impossível você estar pronto para outra rodada. — Tomo outro gole do champanhe, inclinando a cabeça para trás, e olho para ele.

— Querida, eu te disse que não me canso de você. — Sua mão se move pelo meu peito, desliza sobre meu abdômen, até que eu o seguro. — O que foi? — Alex pergunta, a voz inocente, mas os olhos… longe disso.

Eu sacudo a cabeça.

— Chega, pelo menos não até que eu tenha algum tempo para me recuperar, Sr. máquina de sexo. Você vai me arruinar.

— Eu sei, querida, esse é meu plano — sussurra no meu ouvido, mordendo o lóbulo da orelha. — Eu vou te arruinar para todos os outros homens, reivindicar você, para que nunca queira me deixar por estar tão satisfeita sexualmente em todos os sentidos imagináveis.

— Deixar você? — escarneço. — Nesse ritmo, não poderei andar durante semanas, quanto mais realizar qualquer tipo de ato sexual. Vou ficar deitada aqui como um peixe morto e você me joga fora.

— Nunca — ele diz, beijando minha mandíbula, pescoço e meu peito. — Mas vou deixar você se recuperar para não ter que fazer sexo com um peixe morto. — Eu bato na cabeça dele, e ele olha para mim, um sorriso no rosto dele enquanto esfrega o local onde bati. Ele me puxa para deitar no colchão, lado a lado, fazendo contato visual. — Converse comigo.

— Sobre o que você quer conversar?

— Você.

— Você sabe tudo sobre mim.

— Não é verdade. Eu não sei nada sobre sua infância. — Ele segura um pedaço do meu cabelo entre os dedos e o enrola.

— Minha mãe foi embora, meu pai bebia. Eu fui embora, ele morreu. — Eu me aproximo, baixando a voz sedutoramente, e beijo levemente seu pescoço. — Vamos falar sobre a ilha tropical que você vai me dar.

Ele coloca um dedo debaixo do meu queixo e levanta minha cabeça, os olhos buscando respostas nos meus.

— Por que você não quer que eu saiba sobre sua infância?

Eu suspiro.

— Essa não é uma história feliz, Alex.

— É um conto de fadas.

Eu me deito de costas, cobrindo os olhos com o braço para bloquear tudo.

— Longe disso.

Ele afasta meu braço do rosto.

— Todos os contos de fadas têm um início trágico e um final feliz — diz ele, a voz é tranquilizadora. — Me conte a história fatídica de sua vida antes de conhecer seu Príncipe Encantado.

— E você é o Príncipe Encantado nesta história?

— É óbvio — ele confirma.

— Queria só esclarecer.

Ele se apoia em um cotovelo, os dedos entrelaçados aos meus enquanto se apoiam na minha barriga.

— Okay, eu começo por você. Era uma vez... agora continue.

Eu sorrio, não porque isso vai ser divertido, mas porque Alex está animado. Não há nada que amo mais do que quando ele está feliz e brincalhão. Eu lamento por estar prestes a acabar com o humor e destruir qualquer ideia que ele tenha da minha vida antes dele.

Eu inspiro, fecho os olhos e libero todo o ar em meus pulmões.

— Era uma vez, uma menina que tinha uma mãe, um pai, uma casa e uma família feliz. Então, um dia, a mãe partiu sem avisar, deixando um bilhete dizendo que tentou viver esta vida, mas precisava de mais do que podíamos oferecer. Meu pai entrou em uma fossa da qual nunca mais conseguiu sair. Ele começou a beber, parou de trabalhar e perdeu o emprego e depois a casa.

CLEMÊNCIA

209

— Quantos anos você tinha? — pergunta Alex.

— Doze. Nós nos mudamos para a cara de parentes e amigos até esgotarmos nossas acolhidas, quando o meu pai esvaziou seus armários de bebidas. Depois disso, vivemos em abrigos para os sem-teto até eu ter uns quatorze anos e conseguir meu primeiro emprego. Conseguimos arranjar um quarto por uma semana em motéis nojentos, mas era tipo um telhado, uma porta e uma fechadura. — Alex arqueia uma sobrancelha inquisitiva. — Homens dos abrigos de sem-teto gostam de garotinhas, às vezes, até demais.

Alex fica pálido, os olhos bem abertos.

— Ah, não, você foi…

Eu nego com um aceno.

— Não, eu não, mas ouvi algumas garotas falando sobre isso. Eu encontrava lugares para me esconder, debaixo dos beliches, em um armário; eu era ótima em me enrolar em uma bola e me tornar invisível.

Eu respiro fundo.

— Enfim — digo, expirando —, quando estava no ensino médio, consegui dois empregos, fui para a escola, e acabei sendo a segunda melhor aluna no meu último ano.

— Como você conseguiu fazer tudo isso? — pergunta Alex.

— Escola o dia todo, servia mesas em um restaurante depois das aulas, até fecharem, e depois limpava escritórios em um prédio comercial no centro da cidade. Eu estudava durante os períodos livres na escola, ou quando a lanchonete estava vazia.

— Isso é incrível. — Alex me encara fixamente, um leve sorriso no rosto. — Como seu pai morreu?

Faço uma pausa e baixo o olhar. Isto é algo em que não penso muito, e nunca converso sobre o assunto. É algo que tranquei há muito tempo. Foi assim que aprendi a bloquear as coisas quando John abusava de mim. É um dos demônios que ainda vive no meu interior, e não tenho certeza do que vai acontecer quando eu o deixar sair.

— Ele se enforcou durante meu segundo ano de faculdade. — A dor ainda me estilhaça, assim como no dia em que descobri, rasgando meu coração em pedaços. Lágrimas perfuram a parte de trás dos meus olhos, e me lembro do seu semblante, da tristeza em seus olhos, quando ele me implorava para prometer que eu voltaria para ele no final do meu primeiro ano.

Alex acaricia o lado do meu rosto.

— Oh, Deus, Kylie. Sinto muito.

— Eu entendo por que você se sente culpado pela morte de sua mãe, Alex. Tive que lidar com a culpa pela morte de meu pai durante toda minha vida adulta.

— Ele tirou a própria vida, querida, essa foi a decisão dele. Não sua.

— Porque ele pensou que eu o tinha deixado, assim como minha mãe.

Alex fecha os olhos e beija a minha testa.

— No final do meu primeiro ano, eu estava a alguns dias de voltar para casa, então fiz a histerectomia de urgência. Paul e Ryan não tinham ideia de como meu pai estava mal e não sabiam como contatá-lo. Quando não apareci, meu pai pensou que eu o tinha deixado, e não conseguiu lidar com o fato de estar sozinho, então ele acabou com tudo. O departamento do Xerife me localizou em Ann Arbor, mas eu estava em cirurgia. Quando acordei, Ryan e Paul tiveram que me contar que meu pai estava morto.

As lágrimas escoam pelos cantos dos meus olhos, meu peito se aperta, e eu suprimo um soluço desesperado para escapar.

— A família de Paul cuidou de todas as despesas para mim, minhas contas médicas, o enterro de meu pai, tudo. Eu não sabia que existiam pessoas assim. A família de Paul é tão generosa e amorosa, e cuidam uns dos outros. De alguma forma, tive a sorte de ser considerada parte da família.

— Não tinha ideia de que você tinha passado por tudo isso — diz Alex, acariciando meu rosto.

Dou de ombros.

— Não é algo sobre o qual goste de falar.

— Você já teve notícias de sua mãe? — pergunta.

— Não por alguns anos. Ela, normalmente, me contata entre os casamentos. Ela me envia um bilhete ou um cartão-postal, mas eu nunca falo com ela. — O gelo corre em minhas veias sempre que penso em minha mãe. — Não tenho nada a dizer a ela.

Alex me acalenta em seus braços, se deita de costas e faz com que eu repouse a cabeça em seu peito.

— Eu amava meu pai, mas fiquei com raiva por ele me ter roubado uma infância, não apenas uma infância normal, mas qualquer uma. Ele me obrigou a ser a adulta da casa e prover. Eu era sua cuidadora, era mais sua mãe do que sua filha. E, então, quando todos os sentimentos negativos me atingem, vem a culpa. Ele está morto, tudo porque eu tinha vergonha dele e não queria que meus amigos soubessem que ele era um bêbado. Se eu tivesse dito a Ryan e Paul como ele era instável, talvez eles pudessem ter lhe

CLEMÊNCIA

enviado uma mensagem. Avisado que eu estava no hospital. Em vez disso, ele morreu sozinho, pensando que ninguém o amava.

Nós ficamos assim, quietos, sem falar nada, apenas juntos. Ele esfrega as minhas costas e beija o topo da minha cabeça.

— Você nunca deveria ter sido colocada nessa posição, querida. Sei que você o ama e ele merece minha gratidão por trazê-la a este mundo, mas ele foi egoísta. Ele deixou sua jovem filha assumir suas responsabilidades. Então a sobrecarregou com culpa para o resto de sua vida, cometendo suicídio. — Ele suspira profundamente, e posso sentir seus músculos tensionando debaixo de mim. — Ele não deveria mais ter esse tipo de controle sobre você.

Eu me aconchego a ele, mas não sei o que dizer. Compartilhar isto com Alex me ajuda a colocar as coisas em uma perspectiva um pouco melhor, mas duvido que alguma vez me livrarei dos demônios que me lembram, que se não fosse pela minha vergonha, talvez o meu pai ainda pudesse estar vivo.

O ritmo dos batimentos do coração de Alex, juntamente com imagens de meu pai quando estava feliz e eufórico, mudando para o homem franzino e débil do qual me afastei, começam a induzir meu sono. Talvez Alex tenha razão, e eu deveria deixar a culpa de lado, mas não tenho certeza de como fazer isso… ou se consigo.

CAPÍTULO 34

Alex entra na cozinha com seus jeans gastos e um pulôver branco que exibe seu peito e braços musculosos. Ele beija minha bochecha, pega uma caneca do armário e se serve um café.

— Agora bebemos tanto café que temos que ter dois potes ao mesmo tempo? — ele pergunta e seu olhar se alterna entre mim e Jake, os loucos por café da casa, esperando por uma explicação. Ele bebe seu café e o cospe na pia. — Que porcaria é esta?

Jake aponta para mim.

— É o café que você me enviou enquanto eu estava na cidade. — Começo a rir e balanço a cabeça, em descrença. *Ele faz um gesto romântico que toca meu coração, e não consegue se lembrar?* Isso me faz pensar em que outras coisas ele já esqueceu. Salto do banco do bar, reabasteço a caneca de viagem e o beijo na bochecha. — Vou me encontrar com Jack para rever os planos para o novo escritório de advocacia.

Alex me segue até a garagem e abre a porta do Porsche.

— Obrigada, querido, eu estava me perguntando como iria conseguir abrir a porta com todas essas coisas nas mãos.

Eu me inclino para dentro do veículo e coloco a caneca no porta-copos, atiro minha pasta para o banco do passageiro e fico de pé.

Ele agarra meu cotovelo antes que eu possa deslizar atrás do volante e me vira para ficar de frente.

— Aquele não foi um beijo de despedida apropriado — rosna, enfiando a mão no meu cabelo conforme sua boca consome a minha. Ele inclina a cabeça, a língua abre minha boca e mergulha dentro dela. Centelhas elétricas disparam através de mim.

— Ai, por favor, faça isso novamente quando eu voltar — murmuro, de olhos ainda fechados.

— Isso é apenas um gostinho do que planejo te dar quando você voltar para casa.

Eu me afasto e tento mais uma vez entrar no carro, ou corro o risco de querer transar em cima do capô.

— Ei, quando mesmo que te mandei todo aquele café? — pergunta ele.

Eu sacudo a cabeça.

— Bem, primeiro, não foi a quantidade que está ali dentro — digo, apontando de volta para a cozinha. — Os pacotes na despensa foram entregues depois que eu me mudei de volta... Você esqueceu disso também?

— Devo ter esquecido, mas eu também não estava muito bem, naquela época. Só não sei por que eu teria comprado aquela marca, especialmente se a tivesse provado antes.

— Talvez suas papilas gustativas também não estivessem muito bem. Além disso, não é tão ruim assim, uma vez que você se acostuma. Eu bebo o tempo todo. — Percebo que ele franziu o cenho. — Ei, algum problema?

Seu olhar se foca ao meu, mas ele parece levar um tempo para assimilar o que eu disse.

— Hmmm, não. Não, só não consigo me lembrar, e isso me frustra. Tenho certeza de que me lembrarei e vou me sentir um idiota. — Ele me beija de novo e dá um tapa na minha bunda. — Agora, vá se encontrar com Jack e volte aqui. Há algumas coisas muito safadas que quero fazer com você, Srta. Tate.

— Sr. Stone, você precisa parar de molhar minha calcinha esta manhã.

Ele ri.

— Vai logo. — E então fecha a porta.

Embora eu não tenha ficado longe do escritório por muito tempo, é estranho estar de volta. Provavelmente, porque não tenho clientes, e meu caso, enquanto ainda está em deliberação, está praticamente terminado. Minha reunião com Jack foi bastante produtiva, e ele me deu muitas ótimas ideias e carta branca para decorar o espaço como acho melhor. Anotei algumas coisas sobre onde poderia querer instalar paredes, mas adoro ter o espaço aberto. Vou ligar para o arquiteto que restaurou minha casa na cidade, depois que John tentou incendiá-la, e ver se ele consegue fazer alguns planos.

Meu telefone toca e o nome de Reyes aparece na tela, o que faz com que meu estômago se revire. Não falo com ele desde a noite em que me deixou em casa, e ele e Alex tiveram uma briga por minha causa. É estranho, ainda mais do que quando ele me beijou, o que ainda não contei a Alex, especialmente agora, que ele sabe que Reyes nutre sentimentos por mim.

— Oi, Reyes, o que foi? — pergunto, e tento parecer o mais natural possível, não que isso funcione.

— Oi, Kylie. Onde você está? — pergunta, o tom de voz baixo.

— No escritório, por quê?

— Matt me pediu para ligar. O júri está de volta.

Meu estômago dá algumas voltas. Recebo os detalhes de Reyes, desligo e telefono para Alex.

— Você precisa pegar um terno para mim e me encontrar no meu escritório. O júri chegou a um veredito, e precisamos estar no tribunal em uma hora. Você, provavelmente, deveria avisar sua família, caso eles também queiram estar lá.

— Okay, algum terno em particular que você queira? — Alex pergunta, e posso ouvir cabides se arrastando ao longo da barra de metal em nosso armário.

— Não, você escolhe, basta chegar aqui o mais rápido que puder.

Cinquenta minutos depois, e com dez minutos de sobra, eu me sento na mesa da promotoria ao lado de Matt.

— Tem alguma informação privilegiada sobre o que eles deliberaram? Matt balança a cabeça.

— Não, mas odeio quando o júri fica fora tanto tempo.

— Eu geralmente amo isso, mas costumo estar sentada na outra mesa. Tenha em mente que tivemos o Dia de Ação de Graças durante este tempo, então eles ficaram uns quatro dias sem deliberar.

— Verdade — Matt concorda. — Vamos descobrir.

O juiz Franklin toma seu lugar no banco e pede ordem no tribunal, depois traz o júri.

A porta-voz, uma mulher de cinquenta anos, com grandes óculos redondos que ocupam uma boa parte de seu rosto, se levanta e entrega o veredito ao oficial de justiça. Franklin o desdobra, lê a decisão e depois a fecha novamente.

CLEMÊNCIA

— Pode o réu levantar-se, por favor.

Hamilton e Wells se levantam, e noto que James está um pouco instável em seus pés, as mãos segurando a borda da mesa para se apoiar.

— Porta-voz, pode ler o veredito, por favor?

— Sim, Meritíssimo. — A mulher respira fundo, a folha do veredito treme em sua mão e o suor cobre seu rosto. — Consideramos o réu, James Wells, culpado de assassinato em primeiro grau.

Eu me viro para Alex e enlaço seu pescoço.

— Nós conseguimos — sussurro.

— Você conseguiu. — Ele se agarra a mim, enfia a cabeça no meu pescoço e não me solta, mesmo quando o juiz Franklin bate seu martelo e exige ordem no tribunal.

Eu recuo antes que o juiz me condene por comportamento impróprio e me jogue na cadeia pela noite. Olho para a família de Alex, todos com lágrimas nos olhos e sorrisos no rosto. Leigha segura minha mão e a aperta. Eles não são apenas a família de Alex, são minha família. E nada melhor do que ficar aqui de pé, vendo o xerife algemar James Wells, para que ele nunca mais pise fora de uma prisão, sabendo que eu fiz isso.

Pela minha família.

Por Alex.

CAPÍTULO 35

— Vou correr ali dentro e pegar algumas coisas, então te encontro em casa — digo a Alex, saindo do SUV, e me virando para entrar no meu escritório. Ele desliza até a beirada do assento pela porta aberta, agarra minha mão e me puxa de volta. Seus lábios são tão macios, tão cheios de carinho, ternura e gratidão.

— Eu te amo — ele sussurra antes de me soltar.

Não posso falar, pois vou perder todo o controle das minhas emoções e me desfazer. Há um sentimento de alívio imenso que vem com o veredito. Eu não entendia bem o quanto estava preocupada em perder o caso e ser a razão pela qual James estava livre. Mas tudo isso se foi agora. Nós ganhamos. James Wells está de volta à prisão estadual para viver o resto de seus dias atrás das grades. E Alex nunca mais terá que lidar com seu pai novamente.

Uma hora depois, paro na garagem e entro na cozinha assim que meu telefone se acende com uma mensagem de Alex.

> Tive que parar para pegar algo especial… estarei em casa logo. <3

Embora muitos queiram colocar um rótulo de interesseira em mim, só porque estou apaixonada por um homem que possui vários bilhões de dólares, não espero realmente presentes luxuosos, quaisquer presentes, na verdade, de Alex. Não é por isso que eu o amo, e nunca será. Mas tenho que admitir: estou intrigada e um pouco tonta com a perspectiva do que Alex considera especial. Ele sempre coloca um pedaço de seu coração em tudo o que me dá. Minha mão vai, instintivamente, para o meu pescoço, para o pingente de diamantes e rubi com corações entrelaçados que ele me deu na noite em que disse que me amava pela primeira vez.

No dia seguinte, John atirou em mim.

Largo as anotações da reunião com Jack em cima da mesa, deixando a pasta no chão antes de desabar na cadeira. Do outro lado da sala, na mesa ao lado da poltrona, está uma caixa com um grande laço roxo sobre ela.

Alex.

Balanço a cabeça, sentindo o coração acelerar de emoção, e vou até ela. Uma etiqueta está presa ao laço com o meu nome.

Devo esperar até que ele chegue em casa para abri-la? Não... se ele quisesse que eu esperasse, por que a colocaria aqui onde eu certamente a encontraria ao entrar?

Puxo a ponta do laço, passando o dedo ao longo da borda da tampa e a retiro. Pilhas de lenços brancos amassados enchem a caixa. Arranco os papéis do interior, e os atiro por sobre meu ombro, mal me dando conta de que estão flutuando para o chão. Pouco depois, encontro um envelope com o meu nome. Eu o abro e retiro o cartão com cuidado. De um lado está um coração de papel alumínio vermelho estampado. Na parte de trás está uma mensagem escrita à mão:

> *Nunca esqueça o passado. Mude seu futuro, ou seu passado pode te assombrar.*
>
> *Você vai sobreviver uma segunda vez?*

Largo a nota sobre a mesa, me livrando do papel, e determinada a encontrar o que quer que esteja na caixa. Os lenços têm gotas vermelhas sobre eles, e quanto mais fundo vasculho, mais sujos ficam os lenços. Minha mão está tremendo. Sei que devo parar. Isto não é um presente de Alex. No entanto, algo está me levando a acabar com isso. O resultado não vai mudar, independente do tempo que levarei para descobrir. Minha ansiedade, entretanto, pode me fazer ter um ataque cardíaco antes de Alex chegar em casa.

Eu levanto outro lenço e tropeço para trás.

— Não, não, não — grito, histérica.

Dando um passo à frente, espreito pela borda da caixa e rezo para que meus olhos estejam me pregando uma peça. Ali dentro, acima dos lenços manchados de sangue, está um chicote de couro preto com pequenas bolas de metal nas pontas.

Meu estômago embrulha. Incapaz de me concentrar, cambaleio para a frente e caio na poltrona. As visões horríveis me assaltam, me arrastam de volta ao dia em que John usou aquele chicote para arrancar a pele das minhas costas. Pendurada na barra do chuveiro, nua e sangrando, implorei para que ele parasse, chorando e gritando quando a dor era demais para aguentar. Ele riu, ainda posso ouvi-lo nos meus ouvidos, e não consigo conter os soluços que agora sacodem meu corpo.

Nunca estarei livre dele, nunca saberei o que é não olhar por cima do ombro e esperar vê-lo, nunca mais terei sonhos que não se transformam em pesadelos onde ele me mata ou alguém a quem amo. Eu amaldiçoo Jake por não ter certeza de que seu tiro havia matado John, e amaldiçoo Alex por não exigir que Jake terminasse o trabalho. Porque essa é a única maneira de eu ser livre, a única maneira de Alex e eu podermos ter paz e um futuro.

John tem que morrer.

— Kylie? — Alex chama do corredor.

Limpo as lágrimas, me sento, mas não consigo me virar. Só em ver a caixa, sabendo o que está dentro, me apavora.

— Aqui dentro — respondo.

Ele se senta ao meu lado na poltrona.

— Oi, querida, eu tenho uma… — O sorriso se desfaz quando ele olha para mim, secando as lágrimas que derramei. — O que aconteceu?

Eu aponto para a caixa sobre a mesa atrás de mim. Alex segue até lá, fuçando nos papéis e praguejando ao ver o que está dentro. Ele se senta ao meu lado, com o bilhete na mão, e me encara com atenção.

— De onde veio isso?

Dou de ombros.

— Estava aqui quando entrei. Pensei que fosse uma surpresa sua, então a abri.

Alex se levanta, sai da minha vista e chama Jake. Os dois homens discutem o presente que recebi, mas não ouço uma palavra sequer. Estou contemplando o gramado extenso através da janela. Algumas folhas caíram das árvores e estão espalhadas por aí. Sempre me sinto tão segura aqui, nesta sala, neste lugar. Odeio que isso vá mudar agora. A única coisa do meu passado que ainda me afeta tão profundamente está dentro de uma caixa em meu santuário.

Eu pego o final da conversa atrás de mim. Jake pergunta a Alex sobre um possível motivo para eu receber o chicote depois de todos estes meses.

— Essa não é a primeira vez que recebo coisas como esta — admito, olhando rapidamente por cima do ombro, antes de olhar pela janela outra vez.

Alex senta-se ao meu lado na poltrona, e Jake fica perto da janela.

— Sim, eu sei, Reyes me contou sobre as flores mortas.

Cabisbaixa, encaro meu colo, brincando com a barra do meu suéter, e me lembro da discussão entre Reyes e Alex. Eles acham que eu poderia estar fazendo isso... por quê?

— Tem mais alguma coisa, Kylie? — pergunta Jake. — Não apenas presentes, mas outras coisas que você não nos contou?

Meus pensamentos congelam. Não tenho a menor ideia do que fazer. Contar tudo? Ver se eles decidem se estou perdendo o juízo como Reyes acredita... Ou apenas lidar com isso por conta própria?

Lidar com tudo por conta própria teve consequências horríveis no passado, e ignorá-las também. Provavelmente, será melhor contar a Jake. Talvez ele possa fazer algo. E se ele não acreditar em mim, bem, ele e Alex já estão questionando minha sanidade.

— Na outra noite... não foi a primeira vez que a BMW de John me seguiu. Aconteceu na cidade, mas nada como naquele dia.

Olho para Jake, com os braços cruzados e uma sobrancelha arqueada.

— Alguém também tem me seguido, mas nunca consigo identificá-lo.

Jake me olha de cima a baixo e, de repente, me sinto como uma menininha sendo repreendida por pegar o último biscoito e mentir sobre o feito.

— Isso é tudo? — pergunta ele.

Eu mordo meu lábio e balanço a cabeça.

— Recentemente, tenho recebido e-mails de um endereço desconhecido. Eles afirmam, basicamente, a mesma coisa que o bilhete que você está segurando.

Alex se volta para mim.

— Por que você não me falou sobre tudo isso?

— Eu tentei... na outra noite.

Ele fecha os olhos, encurva os ombros, e eu olho para Jake.

— Então, você nunca viu a pessoa que te segue? E quanto ao motorista? — pergunta ele.

Nego com um aceno.

— Não, a princípio eu pensava que a pessoa que me perseguia era John, mas liguei para o hospital e conferi que ele ainda se encontra lá.

— Por que você pensaria que era John? — O tom de Alex é um pouco mais suave, e os vincos em sua testa não são tão profundos.

— Senti o mesmo pavor sinistro que sempre vivenciei quando John estava perto de mim. — Tremo com as lembranças de John me atacando

220   **ANNE L. PARKS**

no hotel, invadindo minha casa, sempre acompanhada pelo medo.

Jake aponta para a caixa atrás de mim, em cima da mesa.

— Isso estava aqui quando você chegou em casa?

— Sim.

Alex olha para Jake.

— Não estava aqui quando saímos. Eu apaguei as luzes e não tinha nada aqui.

— E ninguém poderia ter passado pelo sistema de segurança — diz Jake.

Sistema de segurança?

— Que sistema de segurança?

Alex segura minha mão e a aperta.

— Mandei instalar enquanto você estava em recuperação.

— Mas nunca desarmei nenhum alarme quando voltei para casa — afirmo, meu olhar intercalando entre os dois homens.

— Funciona com o portão, os controles remotos da garagem e as câmeras de vigilância — explica Jake. — Desarma quando qualquer um de nós dirige para a propriedade.

Aceno com a cabeça, tensiono os lábios, e tento assimilar a informação. Não parece que Alex e Jake serão dissuadidos de pensar que estou louca e, aparentemente, perseguindo a mim mesma.

— Então, a caixa não estava aqui quando você saiu, ninguém consegue passar por nosso sistema de segurança supersecreto e de alta tecnologia, e eu sou a única que esteve aqui. — Cruzo os braços, sentindo-me exposta. Julgada. — Acho que isso significa que dei a mim mesma a única coisa que mais me aterroriza neste mundo e me força a reviver o pior dia da minha vida. — Dou um sorriso falso. — Faz todo o sentido para mim.

— Ninguém está dizendo que você fez isso, querida. — Alex tenta me acalmar, o que só me irrita ainda mais. — Só precisamos saber de tudo, para que possamos descobrir o que está acontecendo.

Eu me levanto de supetão, sobressaltando os dois.

— Okay, bem, foi muito bacana esse momento, mas estou com uma enxaqueca absurda, então vou pegar um copo grande de algo com teor alcoólico, tomar alguns analgésicos e ir para a cama. Vocês descobrirão se o bicho-papão é real, vivendo nesta casa, e desviando a atenção alegando ser a vítima. Estarei ansiosa, esperando suas conclusões.

Passo por eles, e sigo até o bar, plenamente consciente de que estou sendo imatura, mas também não dou a mínima para isso. O problema em declarar que você não fez nada, é que é quase impossível provar o contrário.

CLEMÊNCIA

CAPÍTULO 36

A casa está silenciosa quando acordo pela manhã. Ando suavemente pela cozinha, pego uma caneca e me sirvo de uma boa dose de café. Não tem ninguém aqui, nem mesmo Maggie, o que é estranho. Tiro meu celular do carregador e envio uma mensagem de texto para Alex.

> Onde estão todos?

As bolhinhas aparecem ao lado de seu nome.

> Jake e eu viemos à cidade para uma reunião. Thomas tinha algumas tarefas a fazer para mim, e Maggie tirou o dia de folga.

Okay, bem, acho que tenho a casa só para mim. Meu telefone toca de novo.

> Estaremos em casa em cerca de uma hora. Não vá a lugar algum.

Não ir a lugar algum? Por que não? *E ele pensa que pode me dizer o que posso e não posso fazer?*

> Está bem.

É minha resposta, mas a vontade mesmo é ir mandá-lo à merda. Estarei fora antes que ele volte para casa.

ANNE L. PARKS

A hora é agora. Tenho que parar de esperar que outras pessoas consertem meus erros. Esperar que outros me salvem de meus pesadelos. Disparo pelo corredor, e sigo rapidamente até o armário, pegando um vestido de tricô branco e minhas botas de cano longo marrom-escuras. Penteio o cabelo às pressas e aplico um pouco de maquiagem. O tempo está passando. O pensamento se formou na noite passada no chuveiro, e foi reforçado quando me assustei após outro pesadelo estrelado por John.

Minhas credenciais de advogada estão na pasta, que está no meu escritório – *merda!* A última coisa que preciso é ver aquele chicote. Espreito para dentro da sala. Nenhum sinal da caixa. Eu respiro em total alívio. Não sei onde a colocaram, e não me importo, desde que nunca mais tenha que vê-la novamente.

Pego as chaves do Porsche, saio da garagem de ré e acelero pela estrada até os portões. Quando Alex chegar em casa em uma hora, já estarei recebendo minhas próprias respostas... de John.

CLEMÊNCIA

CAPÍTULO 37

— Sim, eu sei que não tenho hora marcada — digo à recepcionista, pela décima vez. — Esta situação acabou de surgir e preciso discuti-la com o Sr. Sysco. Você não pode verificar e perguntar se ele está disposto a me ver?

Eu já sei a resposta. De jeito nenhum, John perderá a oportunidade de me ver.

A jovem mulher entrecerra os olhos, mas pega o telefone. Meu coração está acelerado, e tenho que me forçar a ficar parada apesar do nervosismo que me impele a me mover. Não posso parecer tão agitada quanto me sinto.

A recepcionista desliga e sorri.

— Você pode passar, Srta. Tate. O guarda a levará para a sala de entrevistas.

— Muito obrigada por sua ajuda — respondo, com a voz tão doce que estou quase com vontade de vomitar. — Na próxima vez, vou marcar uma hora.

Só que não haverá uma próxima vez. Depois que eu sair daqui hoje, nunca mais planejo voltar. Não haverá necessidade disso. John nunca mais me incomodará.

O guarda me acompanha até uma sala vazia com uma mesa e duas cadeiras. Eu me sento, as pernas tremendo sob a mesa, e pego um bloco e uma caneta da pasta. Não preciso deles. Tudo isso é apenas um estratagema para que eu possa entrar aqui enquanto pareço ter uma razão legítima para visitar um interno. Preciso fazer com que John abra o bico, algo que ele já adora fazer. Tenho que descobrir os planos dele. Descarrilá-los. Detê-lo e acabar com essa merda.

Uma porta do outro lado da sala se abre e John entra e se senta na cadeira oposta à minha.

— Bem, esta é uma surpresa agradável; eu não estava te esperando — ele diz, o olhar vagueando pelas partes visíveis do meu corpo, acima da mesa, e estagnando nos meus seios. — Mas estou muito feliz em te ver.

— Essa não é uma visita social. — Penteio meu cabelo com os dedos e baixo o tom de voz para que os três guardas não possam ouvir: — Eu sei que é você que está me enviando os e-mails e os presentes... me perseguindo...

Um sorriso maníaco se espalha pelos lábios.

— Pode ter certeza, que se eu tivesse saído daqui, não teria voltado. Infelizmente, eles têm uma vigilância de última geração. Eles capturam cada movimento que faço, inclusive aqui. — Seu tom é jovial, como se estivesse conversando com um velho amigo.

Eu o odeio.

Meus dedos agarram a caneta até formigar em dormência.

— Então você tem alguém te ajudando.

— Talvez — murmura, um brilho maligno no olhar.

Um arrepio se arrasta pelo meu corpo, e tremo só de pensar que alguém está fazendo isso comigo. Eu esperava essa porcaria de John, mas quem mais quer me machucar desta maneira?

Meu peito se aperta e a respiração acelera.

— Quem?

Sei que ele pode ver como me afeta. E sei que está se divertindo com meu medo. Mas parece que não consigo me recompor e me acalmar.

— Vamos, Kylie, você realmente acha que vou delatar o meu cúmplice? — Balança a cabeça. — Acho que não, considerando que tudo está se encaixando tão bem, se ao menos eu tiver *mesmo* um cúmplice. Ou está tudo em sua cabeça linda e fodida?

Meu coração está batendo rápido.

— O que quer dizer? — A tensão contrai todos os músculos do meu corpo. Estou nervosa. E cansada. Eu deveria ir embora. Agora mesmo. Sair daqui e nunca mais olhar para trás.

Se fizer isso, você nunca estará livre dele. Ele sempre a controlará.

— Significa que não tenho feito isso só porque é divertido, apesar de ter sido muito satisfatório, nesse aspecto. Sinto que, para sua própria segurança, e para a segurança daqueles ao seu redor, você vai acabar se tornando uma paciente aqui em breve. Comigo.

O quê? Estou respirando com dificuldade. *Como? Por quê?*

— Fico pensando se Alex alguma vez ficaria tão preocupado com você que tentaria te internar.

CLEMÊNCIA

A dor me rasga por dentro. *Alex vai mandar que me internem?* Posso sentir a sala se fechando ao meu redor. *Foi isso que ele foi fazer esta manhã? Foi por isso que ele me disse para não sair?* Não importa o que eu faça, não consigo pensar. Nada faz sentido. Tudo é uma bagunça na minha cabeça.

Ele está a caminho de casa com uma ordem para me trancafiar aqui?

O que há de errado comigo? Alex nunca faria isso comigo.

John esfrega o queixo.

— Como Alex vai lidar com isso, sabendo que você está aqui, tão perto de mim que posso te alcançar e tocar sempre que eu quiser? — Seus olhos cintilam com malícia. — Provavelmente, isso o deixará louco. Ele será consumido por pensamentos do que está acontecendo aqui, todas as coisas que eu poderia estar fazendo com você, e arrancando de você.

Ele se inclina para trás em sua cadeira, relaxado, e, evidentemente, satisfeito com minhas mãos se retorcendo em cima da mesa.

— E isso vai deixá-lo vulnerável. Será fácil para o meu comparsa do lado de fora fazer algo contra ele. Ele não estará esperando. E será incapaz de fazer algo a respeito.

Ah, meu Deus, o que isto significa? Será que ele contratou alguém para matar Alex?

— Você não pode fazer isso, John. — Meu corpo está tremendo. O medo toma conta de tudo. Será que saio daqui? Aviso Alex?

— Ah, Kylie, é aí que você está errada. Você sempre me subestima. — Ele se inclina um pouco mais, mas não o suficiente para chamar a atenção dos guardas. — Eu posso, e vou. Eu te disse que nunca a deixaria se afastar de mim. Você é minha. Pare de lutar contra isso. Aceite, porque nunca deixarei de ir atrás de você. *Nunca.*

Ele bate com as mãos nas coxas e fica de pé.

— Foi maravilhoso ver você — diz ele, sua voz animada e com um sorriso emplastrado no rosto. Inclinando-se mais sobre a mesa, ele abaixa o tom. Ele está tão perto. Muito perto. — Estarei ansioso para vê-la novamente... em breve.

Eu vou matá-lo.

E é aí que minha cabeça finalmente clareia. Eu sei o que tem que acontecer. Eu tenho que retomar o controle da minha vida. Tenho que parar de permitir que John cause estragos. Não vou mais olhar por cima do meu ombro, me perguntando o que ele está planejando a seguir.

Minha caneta está sobre a mesa. *Não vou mais deixar que você me controle!*

O cano comprido. A ponta afiada. *E vou proteger Alex.* Meus dedos se enrolam ao redor da caneta. Eu tenho uma chance. Uma única chance de livrar o mundo deste demônio.

Perderei Alex para sempre, mas salvarei sua vida.

Eu me afasto da minha cadeira... Tenho que matar John. Ele quase cai de sua cadeira, mas dou a volta na mesa antes mesmo que ele se dê conta do que estou fazendo. Meu braço se ergue em um arco acima da cabeça. Minha visão trava no peito de John. Eu me atiro contra ele. Imagino o sangue esvaindo de seu corpo, como aconteceu com o meu. Sua vida se extinguindo diante dos meus olhos. Tudo o que sinto é alegria. E paz.

O antebraço de John bloqueia meu braço. Sua mão livre agarra a caneta. Ele torce meu pulso para arrancar o objeto da minha mão. Dois guardas agarram seus braços e o arrastam para trás antes que ele possa pegar a caneta.

Seu peito está exposto. Ele está subjugado. E tenho uma mira certeira. Corro na direção dele, a caneta agora empunhada como uma lâmina pronta para cravar o coração sombrio do demônio e atirá-lo de volta para o inferno.

Braços me seguram por trás. O terceiro guarda me derruba, e ambos caímos. Eu aterrisso em cima de John.

Um sorriso maligno cruza o rosto dele. A boca dele forma uma única palavra... *minha.*

Meu corpo treme com uma força descomunal que nunca senti antes. Um rugido gutural do fundo do meu ser reverbera do meu peito, o som ecoando pelas quatro paredes.

Enfio a caneta em seu peito. O sangue jorra da ferida e cobre minha mão. Ele grita em agonia enquanto torço e afundo ainda mais o objeto afiado. Seus berros são música para os meus ouvidos. Eu arranco a caneta, ergo-a acima da cabeça e, desta vez, aponto para seu coração.

A dor irradia através do meu crânio. O preto substitui a névoa vermelha de fúria que coloriu minha visão. A escuridão me envolve. E eu sucumbo a ela.

CLEMÊNCIA

CAPÍTULO 38

O barulho irritante tem que parar.

Minhas pálpebras estão pesadas, e estou com sono. Consigo abrir os olhos, mas não mais do que uma fenda. Há pouca luz na sala. Não estou em casa, e o pouco que consigo ver não me parece familiar.

O martelo na minha cabeça não está facilitando a concentração. A dor é insuportável e estou lutando para manter os olhos abertos.

— Pare esse barulho — murmuro.

Alguém se mexe em uma cadeira ao meu lado. Uma mão repousa no meu braço, e belos olhos azuis me encaram de cima.

— Oi, linda — Alex sussurra. — Como você está se sentindo?

— A cabeça dói — resmungo.

Minha boca está seca, então minhas palavras saem ásperas. Estendo a mão em direção ao jarro de água no carrinho, e aponto.

Alex pega um copo e serve um pouco de água, inserindo um canudo antes de levá-lo aos meus lábios.

— Você quer se sentar?

Eu aceno, tomo um longo gole de água e solto o canudo. A cama se inclina lentamente, e mostro um joinha para indicar que estou confortável. Isto está realmente ajudando um pouco com a dor latejante, ou a água está, não sei.

— O que está apitando? — pergunto, capaz de focar um pouco melhor agora, e olhar ao redor da sala. — Estou no hospital?

— Sim. — Alex tira o copo da minha mão e o coloca de volta no carrinho.

— O que aconteceu? — pergunto.

— É uma boa pergunta. — A voz soa do outro lado do quarto. Um homem se levanta e vem até a lateral da cama. Reyes me encara com atenção, os lábios franzidos, e a postura rígida. — Você não se lembra do que aconteceu?

Qual é o problema dele? Eu olho para Alex. Ele olha fixamente para Reyes, e fecha a cara.

— Não — respondo.

— Qual é a última coisa que você se lembra, querida? — Alex pergunta, o tom suave, calmo. Não é hostil ou acusador, como o de Reyes.

— Hmmm, nós estávamos no tribunal para a leitura do veredito, então fui para casa. Eu estava na biblioteca… — Mais uma vez, lanço um olhar para Alex. — Eu estava conversando com você e Jake? Do que estávamos falando?

Faço uma pausa por um momento e deixo as lembranças voltarem.

— A caixa. Havia uma caixa, e eu a abri, e… — ofego, cobrindo a boca com a mão. Meu batimento cardíaco envia a máquina em um frenesi.

— E? — Os olhos de Reyes se estreitam. Ele olha de relance entre mim e Alex, esperando que um de nós responda.

— O chicote — murmuro. *Deus, eu odeio aquela coisa.* Nem sequer está aqui neste cômodo, e ainda me arrepia até a alma.

Reyes desloca o peso de um pé para o outro, com os braços cruzados.

— O que tem o chicote?

— Temos que fazer isso agora? — Alex pergunta, a mandíbula tensionada. Ele se inclina para tentar se meter entre mim e Reyes.

— Sim, nós temos — Reyes zomba. Ele me encara com os olhos frios. — O chicote?

Não sei o que aconteceu, mas parece que quaisquer sentimentos que Reyes possa ter por mim, não são mais calorosos. Ele está puto da vida, e só posso concluir que é porque ainda estou com Alex e não com ele.

— Havia uma caixa na biblioteca… encontrei o chicote dentro.

— Era a única coisa na caixa?

Eu balanço a cabeça. Ele respira fundo, e exala.

— O que aconteceu depois disso?

— Tive uma enxaqueca e fui para a cama. Não acordei antes da manhã. Ninguém estava em casa… Mandei uma mensagem de texto para Alex.

Reyes baixa um pouco a cabeça, esfrega a ponte do nariz, incapaz de disfarçar a irritação.

— Então, o quê?

Expiro ruidosamente pelo nariz.

— Recebi sua mensagem — dirijo-me a Alex, que acena com a cabeça,

CLEMÊNCIA

229

e confirma minha versão dos acontecimentos. — Bebi uma xícara de café… Aonde fui? — Olho para Alex e esfrego a testa. — Desmaiei… bati com a cabeça? — Meus dedos roçam meu couro cabeludo e encontram o galo. Sibilo assim que a dor me acomete.

Reyes esfrega o rosto com as mãos e pressiona os lábios.

— Você não se lembra de ter se vestido? Entrar no carro? — pergunta ele, com a voz arrastada.

Balanço a cabeça lentamente, meus olhos focados em algum ponto do cobertor.

— Não.

Ele dá uma risada desdenhosa.

— Isso é conveniente.

Desvio o olhar para ele.

— O que é conveniente? Do que você está falando?

— Cai fora, Reyes — Alex rosna, pronto para atacar e espancar o sargento.

— Parem, por favor — imploro, não querendo que uma guerra se desenrole. A dor me embaralha as vistas. Inspiro com força e dou as boas-vindas ao retorno do palpitar incessante. Repouso a cabeça de volta no travesseiro e fecho os olhos.

Porra, isto dói.

Alex se volta para Reyes.

— É hora de você ir.

— Não vou a lugar nenhum até que eu termine de interrogá-la, Stone. Isto é uma investigação policial. Sugiro que você não se meta nisso.

— O quê? — Abro os olhos e fico olhando para ele, confusa. — Estou sendo investigada?

Reyes agarra a beirada da cama, os nódulos dos dedos brancos, e estreita os olhos para mim.

— O que você fez depois de receber a mensagem de Alex, Kylie?

— Não sei… não consigo me lembrar.

— Sim, você se lembra. — Aponta o dedo na minha direção. Eu recuo, e ele se afasta.

Tentando me manter firme, fecho os olhos com força.

— Eu juro que não sei.

Reyes se aproxima da cama, e começa a se inclinar para perto, mas Alex coloca o braço na minha frente. Reyes se afasta um pouco e encara Alex.

— Saia daqui, Reyes, ou tiro você à força. — As mãos de Alex cerram em punhos.

— Faça isso, Stone. Não tem nada que eu adoraria mais do que prendê-lo por obstrução da justiça e agressão a um policial.

Um homem com um jaleco branco entra na sala, e olha para Alex e Reyes.

— Ei, vocês dois precisam se acalmar. Temos pacientes neste hospital que precisam descansar. Agora, saiam para que eu possa examinar minha paciente.

Eu seguro o braço de Alex e deslizo minha mão de encontro à dele.

— Ele pode ficar?

— Se você quiser que ele fique, tudo bem, mas se a incomodar, terá que ir embora. — Ele olha para Reyes. — Você é da família?

— Não, sou um sargento com...

— Fora — o médico ordena, apontando para a porta.

Reyes é surpreendido. Ele franze o cenho e encara o médico por um momento.

— Estou interrogando a Srta. Tate.

— Não, o que você está fazendo é perturbando minha paciente, e vai ter que sair. Depende de você se vai sozinho ou se tenho que chamar a segurança para acompanhá-lo e ligar para o seu chefe.

Reyes direciona o olhar a mim e Alex.

— Eu voltarei e quero respostas. — Ele passa pelo médico e sai.

O Dr. Katz, segundo seu crachá, para ao meu lado, abre minha ficha médica e fica em silêncio enquanto a lê.

— Você teve uns dias difíceis. Como está se sentindo?

Minha mão, instintivamente, toca o calombo na parte de trás da cabeça.

— A cabeça dói, muito.

Ele tira uma pequena lanterna do bolso dianteiro do jaleco, abre meu olho, e direciona o feixe de luz.

— Está certo, você tem um belo galo aí atrás. Toda essa gritaria, provavelmente, não ajudou em nada. — Ele desvia o olhar para Alex.

Alex se mexe, inquieto, e depois pigarreia.

— Ela está tendo dificuldade em se lembrar do que aconteceu.

— Isso não é incomum. — Ele examina meu outro olho, e depois rabisca algo na minha ficha. — Estou certo de que sua memória voltará quando você tiver tido a chance de se curar. Livrar-se de toda a Ritalina na sua corrente sanguínea deve ajudar a acelerar isso também.

CLEMÊNCIA

231

Ritalina? Minha mente procura por respostas.

— Eu... eu n-não tomo i-isso — gaguejo.

— Não conscientemente, ao que parece — atesta, inclinando gentilmente minha cabeça para a frente para avaliar o calombo na parte de trás. — Nós encontramos sinais da droga em seu exame toxicológico.

Ele coloca as mãos sobre meus ombros, e, com delicadeza, me guia de volta contra os travesseiros.

— Você tem apresentado sintomas de paranoia ou ansiedade? Além do que normalmente teria no dia a dia?

— Sim — respondo. — As duas coisas.

— Isso é típico da superdosagem de Ritalina. — Ele está um pouco distraído enquanto escreve na minha ficha, e logo depois olha para mim ao terminar. — Foi bom que descobrimos cedo. Pode causar convulsões, e com seus recentes traumas na cabeça, não é algo com o qual você realmente queira se meter.

Ele cruza os braços e me dá um sorriso tenso.

— Tudo certo, Srta. Tate, você parece bem, apenas com uma leve concussão. Quero que vá com calma durante a próxima semana ou duas. Se não estiver se sentindo melhor, volte para cá. Caso contrário, não vejo nenhuma razão para que precise ficar aqui. Vou te dar alta, mas cuide de sua cabeça. Dois traumas na cabeça, em um ano, é muito sério. Você precisa se manter extravigilante para evitar até mesmo ferimentos leves no futuro.

Assinto, e Alex estende a mão sobre mim e aperta a mão do Dr. Katz. Uma enfermeira entra e começa o procedimento para me dar alta e, dentro de uma hora, estou a caminho de casa.

Alex me ajuda a sentar no banco traseiro do SUV e entra depois de mim. Jake se afasta do hospital e dirige para fora da cidade. Conseguimos evitar Reyes, o que agradeço – não estou com disposição para tentar convencê-lo de que estou sofrendo de perda de memória.

Descanso a cabeça no banco.

— Eles encontraram Ritalina no meu sistema?

— Sim — Alex confirma.

— Okay, como eu estava ingerindo sem saber?

Um exalar ruidoso vibra do peito de Alex.

— O café — declara, e faz uma breve pausa antes de falar novamente: — Eu não o enviei para você, então quando você disse isso, fiquei preocupado. Jake mandou testá-lo, e Ritalina foi encontrada misturada com o pó de café.

Viro a cabeça para o lado, encarando o lado de fora da janela sem nada ver.

— O meu café está batizado com uma droga que me faz ser anormalmente paranoica... bem, isso é ótimo. Jake descobriu quem o enviou para mim?

— De acordo com a fatura... você.

É claro...

Estou totalmente muda, então, em vez disso, deixo sair um risinho desprovido de humor. Meus pensamentos estão se atropelando. Estou tonta, e há um palpitar incômodo no ponto exato onde fui atingida.

— Isso faz sentido e vai junto com as outras teorias de que estou enviando rosas mortas e chicotes sangrentos para mim mesma.

Fecho os olhos e tento dar sentido a tudo. Nunca fui de desejar poder voltar no tempo e mudar alguma coisa. Sempre aceitei o que quer que me ocorresse e seguia em frente, acreditando que tudo na vida é uma experiência de aprendizado e que isso me fortalece. Mas meu único arrependimento, o único evento que gostaria de poder refazer, é dizer 'sim' ao John quando ele me perseguiu pela primeira vez. Não sei onde eu estaria agora, se estaria melhor ou pior, mas não estaria aqui. E não teria passado pelos últimos dois meses pensando que estou ficando louca. E o maior problema agora, é que tenho que convencer as pessoas de que não surtei.

Alex se aproxima mais, levanta minhas pernas e as coloca sobre as dele, envolvendo meu corpo com seus braços fortes.

— Não sei o que está acontecendo, Kylie, mas não acredito que você seja responsável por estes incidentes. Quem quer que seja, é alguém que te conhece muito bem.

Alguém que me conhece?

Alguém que tem estado ao meu redor, conhece minha rotina e quer vingança. Não deixo muitas pessoas se aproximarem de mim, por isso a lista é bem curta, e é encurtada ainda mais ao descontar aqueles em quem confio. Isso deixa apenas uma ou duas pessoas.

— Por que estou sendo investigada?

CLEMÊNCIA

Alex pressiona os lábios na minha testa, inclina-se para trás, e olha bem dentro dos meus olhos.

— Você tentou matar John.

— O quê? Como? — Esfrego as têmporas com as pontas dos dedos. — John escapou?

— Não, você foi até o hospital e agendou uma reunião com ele. — Alex olha diretamente para mim. — O que você estava fazendo lá, Kylie?

— Não sei. — Sacudo a cabeça. — Tem que ser a mesma pessoa que está fazendo todas essas outras coisas para me incriminar.

Basta um olhar para as íris de Alex para saber que ele não pensa o mesmo.

— Foi você — atesta. — Você foi encaminhada para o hospital, saindo de lá. Mas tudo aponta para autodefesa.

— Reyes, obviamente, não pensa assim. — Há tanta confusão na minha mente neste momento, e isso não está ajudando em nada. Eu realmente preciso me concentrar. Reyes está me investigando. Ele também está tentando fazer com que eu seja condenada por tentativa de assassinato? — Por que ele não acredita que foi autodefesa?

— Há um problema com a fita de vídeo do incidente. Aparentemente, algum tipo de falha no sistema. Tudo que ocorreu naquele dia desapareceu, foi apagado, ou nunca foi gravado.

A cadência rápida do meu batimento cardíaco é compensada pela respiração acelerada.

— Tinha que haver guardas na sala, é o procedimento, o que eles estão dizendo? — Uma onda de náusea embrulha meu estômago.

— John tentou te atacar. Você estava com uma caneta na mão, e, inadvertidamente, o apunhalou quando ele te alcançou. Ele deve ter tropeçado para trás, porque quando viu o ferimento da caneta, partiu para cima de você outra vez. Foi quando a caneta se cravou em seu peito.

O que diabos está acontecendo? Nada disto está fazendo sentido.

Alex coloca o polegar e o indicador sob meu queixo e o levanta para que nossos olhares se encontrem.

— Não quero que se preocupe. Nós vamos resolver isso e você ficará bem. Jake conhece os guardas, falou com eles, e todos concordam que você não foi culpada.

Dedilho o colar, engolindo o nó alojado na garganta.

— John está vivo?

Alex exala um suspiro profundo.

— Sim, os ferimentos não impunham risco de vida. Ele se recuperará por completo, mas sentirá dores por um tempo.

Não tenho certeza de como me sinto. Posso evitar ir para a prisão, se Matt concordar que foi autodefesa, mas John ainda está vivo. E quem sabe qual será o próximo plano que ele vai tramar.

— A polícia foi capaz de interrogar John?

Alex me impede de torcer o pingente em torno dos dedos e leva minha mão aos lábios.

— Sim, e ele alega o que se esperaria que ele dissesse. Você o atacou, os guardas estão mentindo, a fita foi intencionalmente destruída... — Ele se afasta, o canto de sua boca se curva para um lado, e dá um leve aceno.

— É uma história e tanto. — Tento sorrir, mas não consigo.

— Suficiente para despertar o interesse de Reyes — Alex concorda. — Ele está convencido de que há uma conspiração, e estou no centro de tudo isso.

Claro, Reyes está culpando Alex – isso não me surpreende. Eles têm tido uma relação tensa desde o início. Mas o que me surpreende é o quanto Reyes está me incomodando.

— Matt disse alguma coisa sobre isso?

— Não, e acho que ele quer que tudo isso desapareça. As implicações de alguém ser capaz de esfaquear um paciente encarcerado, guardas encobrindo... seria uma bagunça para seu escritório.

Nós viramos na entrada e passamos pelos portões. Alex me ajuda a sair do banco de trás, e me guia pelo corredor até nosso quarto. Em seguida, ele me acomoda na cama, com todo conforto. Não sei quanto tempo levará para que meu corpo fique completamente livre da Ritalina, mas já me sinto uma pessoa diferente. Ainda não sei exatamente como tudo aconteceu, e o resultado ainda é indeterminado, mas o mais decepcionante é que nada mudou.

John permanece vivo.

CLEMÊNCIA

CAPÍTULO 39

Flocos suaves de neve estão caindo do lado de fora, mal cobrindo o solo. Estou hipnotizada, observando os flocos flutuarem vagarosamente até o chão. Assim que caem, já não são mais únicos, agora aglomerados em um imenso cobertor branco. A casa está zumbindo com pessoas entrando e saindo, descarregando suprimentos, arrumando mesas, tudo para a festa de Ano Novo.

Prefiro a solidão tranquila da minha biblioteca. O simples prazer de ver a mãe natureza trabalhando do lado de fora pela janela enquanto bebo meu chá.

A porta se abre às minhas costas e se fecha com um clique suave. Viro a cabeça e deparo com Alex vindo em minha direção. Ele se aproxima, enlaça minha cintura, e me dá um beijo estalado no pescoço. Já se passaram três semanas desde que saí do hospital e, apesar de estar curada da concussão, Alex ainda é muito cuidadoso comigo. Normalmente, isto me ofenderia, seria uma indicação de que ele acha que sou fraca, mas é meio agradável ser mimada.

— Você está se sentindo excluída do planejamento da festa? — pergunta ele.

Eu rio.

— Hmmm, não, eu não gosto muito de planejamentos de festas, suas irmãs são bem-vindas e parecem ter tudo sob controle sem precisar da minha opinião.

Ele segura minha mão, anda de costas para a poltrona e nós nos sentamos.

— Não temos falado muito sobre sua viagem. Foi tudo bem em Nova York?

De alguma forma, consegui convencer Alex a me deixar ir a Nova

York para ajudar Ryan e Paul a negociar um contrato com uma adolescente grávida. Só de pensar na empolgação de Ryan, e até mesmo de Paul, com a perspectiva de adotar um bebê, me faz sorrir.

— Toda a papelada foi apresentada e as triagens estão concluídas. Acho que todos estão felizes com o acordo que fizemos, especialmente a menina e seus pais.

Ryan e Paul foram muito generosos, pagando todas as despesas médicas da menina, oferecendo para deixá-la ficar com eles durante a gravidez. Acho que Paul até abriu um fundo universitário para ela.

— Agora, só esperamos o pacotinho fazer sua grande estreia no mundo.

— Então eles terão um bebê no próximo ano. — Alex abana a cabeça e sorri. — Quanto tempo até que descubram o sexo do bebê?

Dou de ombros.

— Não tenho certeza, na verdade. Eu diria um par de meses.

— Espero que sim. — Alex ri. — Não sei quanto tempo Ryan pode aguentar até que comece a decorar o berçário.

Eu começo a rir com ele. Se alguém tivesse dito, alguma vez no ano passado, que eu estaria loucamente apaixonada por Alex Stone, e que ele me amaria de volta, eu teria mandado o indivíduo procurar uma boa clínica de reabilitação para se livrar do vício em crack. Agora, não consigo imaginar minha vida sem ele. Os Três Mosqueteiros são agora um quarteto e é como se sempre tivesse sido assim.

E que família louca nós nos tornamos. Jake e Lisa, Thomas, Maggie... Eu os amo tanto quanto amo Harold, Leigha e os irmãos de Alex. Francine é outra história, mas espero que, com o tempo, possamos nos tornar mais próximas.

Alex se move e se vira para me encarar, preguiçosamente segurando minha mão.

— Falei com Jack hoje. O promotor está encerrando a investigação de seu caso e está decidindo que foi autodefesa.

Respiro fundo e exalo profundamente.

— Essa é uma boa notícia.

Pela primeira vez em meses, meu batimento cardíaco está estável e calmo. Há apenas mais uma coisa que preciso fazer, e estou lutando para encontrar as palavras certas. Fiz uma promessa, nenhum segredo a mais entre mim e Alex. Entrelaço meus dedos aos dele, dando um pequeno aperto para atrair sua atenção.

— Tentei matar John — admito.

CLEMÊNCIA

As sobrancelhas de Alex se unem, e ele parece um pouco perplexo.

— Eu sei.

— Eu também. Eu sempre soube. Desde o momento em que vi a caneta sobre a mesa, eu sabia o que tinha que fazer. — Mantenho contato visual com ele. Tenho paz de espírito, e uma sensação de liberdade. Não estou pedindo absolvição. Não estou pedindo desculpas por minhas ações. Estou revelando a verdade e libertando minha consciência. — Ele tinha um plano, e estava funcionando. Ele armou para mim, me fez parecer louca, me fez sentir louca, tudo para que eu fosse internada no hospital. Então seu cúmplice ia te matar.

Alex respira fundo, arregalando os olhos, e então expira. Ele está imóvel, e posso ver as engrenagens girando em sua cabeça. Fico quieta e lhe dou a oportunidade de compreender tudo o que contei.

— Quem você acha que é seu cúmplice? — ele pergunta.

Nego com um aceno e dou de ombros.

— Não faço ideia. E você?

— Sim — diz. — Reyes.

CAPÍTULO 40

A festa de Ano Novo é perfeita, nenhum detalhe foi negligenciado, inclusive o vestido que estou usando. Ellie escolheu um vestido de cetim vermelho de um ombro só. Ela penteou meu cabelo em cachos volumosos e soltos, e fez uma maquiagem leve para a primeira parte da noite. Não faço a menor ideia do que isso significa.

A transição do jantar para a dança é suave. Todas as toalhas de mesa de linho brancas estão sendo removidas, revelando toalhas douradas e prateadas de seda, e o DJ anuncia que agora está aceitando pedidos.

Tomando um gole do meu gin tônica, admiro o ambiente luxuoso. Quando Patty explicou pela primeira vez que a festa seria no pátio, sob tendas, nunca em meus sonhos mais loucos imaginei este resultado. As paredes de tecido estão enterradas no chão e criam uma vedação para manter o ar quente fornecido pelos aquecedores estrategicamente posicionados. A piscina se transformou na pista de dança, coberta por um acrílico resistente e uma estrutura metálica, com a água visível abaixo.

Mas são as decorações que são as mais deslumbrantes. Prata e ouro são o tema da noite. Agora que o jantar acabou, a iluminação é mantida em intensidade mais baixa, enfatizando os incontáveis fios de luzes brancas brilhando como estrelas em uma noite clara.

Ryan passa ao meu lado e aponta para Paul, através da pista de dança, conversando com o DJ.

— Isso não demorou muito. — Rio.

— É isso o que o deixa animado nesses eventos, dançar a noite toda — diz Ryan. O DJ se vira para a pilha de CDs, enquanto Paul permanece de pé com as mãos nos quadris. — E, agora, ele está tentando encontrar você, pequena dançarina. — Ele me empurra com seu cotovelo, sorri e depois acena com a mão para que Paul nos veja.

— Espero que você esteja devidamente hidratada, K. Dei ao DJ uma longa lista de pedidos. — Paul afirma assim que consegue atravessar a multidão.

— Não é minha primeira dança, Paul.

Bebo o restante da minha bebida de um gole só, entrego o copo ao Ryan e agarro a mão de Paul para que ele possa me levar à pista de dança. Este é o nosso lance – meu e de Paul –, nós dançamos e dançamos e dançamos. Tenho certeza de que foi assim que o conheci, as duas únicas pessoas dançando ao som de *Baby Got Back* em uma festa no ano de calouros, então, naturalmente, nos tornamos os melhores amigos. Ryan, Deus o perdoe, tem dois pés esquerdos, ritmo zero, e está feliz em nos deixar em paz.

Depois de cinco músicas, cambaleio para longe da pista, exausta e precisando de água. Avisto Leigha e sigo até a mesa dela. Eu desabo na cadeira ao lado, respiro fundo, sentindo braços e pernas flácidos. Leigha ri, seus olhos cintilando mesmo sob a parca iluminação, e se inclina para mais perto de mim de forma que eu possa ouvi-la acima da música.

— Você parece estar se divertindo. Paul é um maníaco na pista de dança.

— Ele é divertido, mas tem uma energia ilimitada. — Eu a acotovelo. — Você devia dançar com ele enquanto eu me recupero.

— Talvez eu dance, já que Will está andando por aí por insistência de Francine, cumprimentando as pessoas que ele não se lembra de conhecer. Mas os modos ditam que ele deve ir. As pessoas ricas têm regras estúpidas. — Ela balança o gelo em seu copo, olhando por cima da minha cabeça, então acena para alguém. — Seu homem está vindo para cá.

Olho por cima do meu ombro. Alex tem um sorriso no rosto, e estou admirada de como ele é bonito. Eu adoro vê-lo em um *smoking* perfeitamente ajustado ao corpo, sua confiança surpreendentemente sexy. É um mistério como tive tanta sorte, e não estou minimamente interessada em resolver.

— Oi, Leigha, você está se divertindo? — ele pergunta.

O sorriso dela se alarga.

— É claro, é a noite mágica perfeita — diz ela, com uma piscadela. Alex ri.

— Se importa se eu roubar Kylie para uma dança?

— De jeito nenhum.

Alex desliza sua mão na minha, nos conduzindo através das mesas, até chegarmos no centro da pista de dança. A música começa e Alex envolve minha cintura, beija minha mão, e puxa meu corpo contra o dele. Gingamos ao som do solo do violão. Até agora, somos os únicos na pista de dança, e ninguém parece ter intenção de se juntar a nós.

240   **ANNE L. PARKS**

— Por que ninguém mais está dançando? — sussurro no ouvido de Alex. Ele olha em volta.

— Talvez eles estejam fazendo uma pausa. — Ele me puxa de novo para perto, chega perto do meu ouvido e canta a letra suavemente.

— *Eu não desistirei do amor...*

Fecho os olhos, deixando as palavras me consumirem, agora ainda mais significativas vindas de Alex. A festa desaparece, e nada existe fora da nossa dança, a música, e a promessa de amor verdadeiro para sempre.

Amor verdadeiro.

Nunca acreditei realmente que ele existisse, nunca pensei que fosse possível, até Alex aparecer. Ele vira de ponta-cabeça tantas coisas que eu pensava sobre o amor... Alex é meu único e verdadeiro amor, ele é dono do meu coração, e confio nele para estimá-lo e mantê-lo seguro.

Penso em meus pais, nas vidas que tiveram juntos e separados, e lamento por eles. Minha mãe foi embora em busca de algo melhor e passou anos pulando de um casamento para o outro, cada relacionamento condenado desde o início, e nunca compreendendo que o amor é dar tanto quanto receber.

Meu pai desperdiçou sua vida sofrendo por um amor perdido, incapaz de aceitar que tinha sido enganado a pensar que eles compartilhavam um laço inquebrável. Ele nunca tentou encontrar alguém novo para amar, que o amasse em troca, aceitá-lo por quem ele era e o que podia oferecer. Ele morreu no dia em que minha mãe saiu pela porta, e se tornou um fantasma do homem que conheci quando era criança.

E então me dou conta de uma coisa. O amor que Alex e eu compartilhamos é tão raro. Nem todos experimentam um sentimento tão profundo. O amor que entra no coração, e vive na alma, e se torna tão essencial para a vida quanto o ar que respiramos. Eu tenho isso, e nunca vou deixar de lutar por ele.

Alex inclina a cabeça para trás, me encarando com reverência.

— Eu te disse uma vez que nossas vidas eram perfeitas assim como são, que não queria ou precisava de mais. Eu estava errado. Preciso de você ao meu lado para sempre. Quero te dar tudo, meu coração, minha alma, minha vida. Todo o meu amor. Prometer proteger seu coração e seu amor, e quero que meus votos sejam perpétuos.

Estou sem fôlego.

— Casa comigo.

CLEMÊNCIA

Todas as partes do meu corpo formigam. Estou paralisada, física e mentalmente. Alex está me encarando, os olhos suaves, mas também apreensivos.

— Você quer se casar comigo? — Minha boca fica seca de repente, e mal consigo controlar um sussurro.

Ele sorri, e seu olhar nunca se desvia do meu. Nada parece real. Minha cabeça está flutuando. Será que estou respirando?

— Case-se comigo, Kylie? — ele pergunta novamente.

Isto não pode ser real… pode?

— Kyl…

A adrenalina toma conta de mim.

— Sim!

Pela primeira vez na vida, estou certa do que o futuro me reserva. Meu futuro está à minha frente.

— Sim, Alex, eu me casarei com você.

EPÍLOGO

— Reyes — o oficial de patrulha que cuida da recepção me chama.
— Sim? — ladro de volta.
— Acho que você precisa atender este telefonema.

Encaro a tela do meu computador e olho para ele. É melhor que ele não esteja interrompendo minha partida de *Candy Crush* por alguma merda com a qual ele não quer lidar.

— Sim, tudo bem, transfira para cá.

Meu telefone de mesa toca, e eu o tiro do gancho.

— Sargento Reyes.
— Oi, é o Turner. — Kevin Turner é um dos meus amigos do ensino médio. Ainda mantemos contato desde que ambos entramos para a polícia, em áreas diferentes. Turner é guarda na prisão estadual há tanto tempo quanto estou na força policial.

— Já faz um bom tempo. Como vai a vida com os condenados?
— Estimulante como sempre — ele solta. — Exceto que temos um a menos, fugitivo da enfermaria. Alguém que você conhece.

Isso chama minha atenção. O cabelo da minha nuca se arrepia. Já coloquei muitos homens na prisão, mas tenho a sensação de que sei quem escapou.

— Quem?
— James Wells.

Eu sabia. Esfrego o rosto com a mão livre.

— Puta merda, quando isso aconteceu?
— Há algumas horas. O diretor está tentando encobrir. Os federais foram chamados, mas nada se tornou público, ainda. Pensei em te avisar, no entanto.

Eu respiro fundo.

— Obrigado, estou em dívida com você. Me ligue um dia desses para que possamos nos encontrar para uma ou duas cervejas. Eu pago.

— Bem, você falou minha língua — Turner brinca, e depois desliga o telefone.

Eu volto para o meu lugar e tento raciocinar. *Porra de justiça poética.* Kylie trabalhou tanto para manter Wells na prisão, e um mês depois, ele foge e está livre. Considerando como as coisas acabaram com ela, não tenho certeza se ligo. Se fosse apenas Stone afetado por isto, eu não me importaria, mas, caramba, aquela mulher ainda me atiça.

Não sou obrigado a contar isto a ninguém, não temos nada a ver com o caso no momento. Então, por que sinto a necessidade de contar à Kylie? Porque ela pode estar em perigo, e eu quero que ela se mantenha alerta? Se Wells for inteligente, ele vai fugir do país.

Eu pego as sobras da pizza na sala de descanso e seleciono uma fatia de pepperoni, tão fria que há uma camada de gordura alaranjada cobrindo a carne e o queijo.

Estou tão desesperado para falar com ela novamente, que estou procurando alguma desculpa para entrar em contato com ela? Isso, provavelmente, está mais próximo da realidade, mas não quero lidar com isso agora.

Um dos outros infelizes detetives convocados para o serviço esta noite chega, sacode a neve de seu casaco e o pendura no gancho de seu cubículo.

— Tá nevando lá fora? — pergunto, dando uma dentada na pizza, e me arrependo na mesma hora dessa decisão, pois a gordura reveste minha língua.

— Como você sabia? Você deve ser um detetive ou algo assim.

— O melhor daqui — declaro, e arroto para um efeito adicional.

Ele ri.

— Certo, é por isso que você pegou o turno mais merda do ano.

— Vá se foder. — Ele me manda um beijo.

Atiro a pizza no lixo e tomo um gole do café esperando que, de alguma forma, ele me livre do gosto nojento que tenho na boca.

— Onde você esteve? — sondo.

Ele grunhe.

— No manicômio. Algum médico extraviou um de seus pacientes e eles me pediram para ir checar os armários. Não o encontraram e tive que dirigir todo o caminho de volta, já que não é mais nossa jurisdição.

Meu estômago despenca como se eu tivesse engolido uma pedra de cinquenta quilos.

— Qual é o nome do paciente?

Ele puxa seu bloco de notas.

— John Sysco. Parece que ele simplesmente saiu pela porta da frente e ninguém o impediu.

— Eles acham que ele tem um cúmplice? — O suor cobre meu corpo, e estou respirando com dificuldade agora.

— Tem uma câmera de vigilância que o mostra com roupas civis. Não sei como ele as conseguiu, ninguém suspeito o visitou vinte e quatro horas antes de ele sair.

Eu respiro fundo e exalo.

— Ouvi dizer que o cara é rico — comenta o detetive. — Ele, provavelmente, está em alguma praia tropical, para nunca mais ser visto.

— Sim — murmuro. — Provavelmente, você está certo.

Volto para minha mesa e me sento encarando a parede. Sysco e Wells escapam no mesmo dia. Não esperava isso. É coincidência demais para que não estejam relacionados. Eu não sabia que eles sequer se conheciam, embora compartilhem uma sede de vingança e um ódio severo por Alex Stone, algo com o qual posso me identificar também.

Olho para o meu relógio. Quase meia-noite. A festa ainda está em andamento na mansão de Stone, tenho certeza. Matt Gaines recebeu um convite, então estará lá, esfregando os cotovelos com os ricos, e arrecadando fundos para sua próxima campanha.

Eu pego meu celular, e envio uma mensagem para Matt.

> Você ainda está na festa do Stone?

Ele responde logo depois:

> Sim.

Eu hesito. Tenho quase certeza de que Matt descobriu meus sentimentos, então isso só me faz parecer patético.

> A Kylie está aí?

> Você quer dizer a futura Sra. Stone? Sim, ela está aqui, e ostentando o diamante enorme em seu dedo anelar.

CLEMÊNCIA

Porra!

Uma foto aparece na minha tela, aquele bastardo do Stone colocando um anel no dedo da Kylie, e ela sorrindo como se isso fosse o máximo. Tenho quase certeza de que vou cuspir fogo.

Matt envia outra mensagem:

Aconteceu alguma coisa?

Meu sangue está fervendo, e a última coisa que quero fazer é avisá-los sobre o que pode estar vindo. O problema não é meu. Ela não é problema meu. Eles vão descobrir isso quando Wells e Sysco aparecerem.

Nada que não possa esperar.

Eu atiro o telefone sobre a mesa. Ela está comprometida com aquele idiota! Pego meu telefone, encontro o nome na minha lista de contatos e digito outra mensagem:

Alex Stone e Kylie Tate acabaram de ficar noivos. Pensei que você gostaria de saber.

Aperto enviar e desligo o celular.
Feliz Ano Novo, porra.

SOBRE A AUTORA

Nascida e criada na região das Montanhas Rochosas, Anne L. Parks morou em todos os cantos dos Estados Unidos com seu marido marinheiro. Com formação jurídica, ela mudou de carreira e seguiu seu sonho de se tornar autora. Quando não está escrevendo, passa o tempo lendo, praticando ioga, andando de bicicleta e mimando sua cadela da raça Pastor Alemão, Zoe. E bebendo vinho.

Parks ama criar estórias com mistério, reviravoltas e muito suspense. Com experiência em criminalística, além de um marido militar, ela está bem familiarizada com machos alfa altamente treinados, embora ligeiramente exaustos, e sempre a postos para levar os vilões à justiça, ao lado de mocinhas corajosas que os amam, mas que conseguem lidar com qualquer obstáculo. Assassinos, terroristas, dramas nos tribunais... Mesmo se tratando dos aspectos mais sombrios da natureza humana, Parks não teme se envolver nas profundezas das perversidades, levando seus leitores ao longo da jornada.

A The Gift Box é uma editora brasileira, com publicações de autores nacionais e estrangeiros, que surgiu no mercado em janeiro de 2018. Nossos livros estão sempre entre os mais vendidos da Amazon e já receberam diversos destaques em blogs literários e na própria Amazon.

Somos uma empresa jovem, cheia de energia e paixão pela literatura de romance e queremos incentivar cada vez mais a leitura e o crescimento de nossos autores e parceiros.

Acompanhe a The Gift Box nas redes sociais para ficar por dentro de todas as novidades.

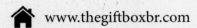 www.thegiftboxbr.com

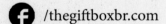 /thegiftboxbr.com

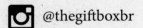 @thegiftboxbr

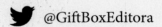 @GiftBoxEditora

Impressão e acabamento